行者無疆

余秋雨 著

第一卷　**南歐**

第二卷　**中歐**

第三卷　**西歐**

第四卷　**北歐**

自序

這本書，是《千年一嘆》的續篇。

初一看，「續」得有點勉強。因為這分明是截然相反的兩組人間風景。你看，一邊是，又一場沙漠風景蒙住了壕塹後面的零亂槍口，槍口邊上是惶恐而又無望的眼神；另一邊是，濕漉漉的精雅街道上漂浮著慵懶的咖啡香味，幾輩子的社會理想似乎都已經在這裡完滿了結。

除了這樣的強烈對比外，還有更刺激的對比。天眼有記：今日沙漠壕塹處，正是人類文明的奠基之地；而今日濕漉漉的街道，當時還是茫茫荒原。

怎麼會這樣？最不符合邏輯的地方，一定埋藏著最深刻的邏輯。

其實我原先並不打算把它們對比在一起的，而是只想以數千年對比數千年，在沙漠壕塹中思考中華文化的生命力。這種對比是一場曠日持久的殊死歷險，卻使我對中華文化產生了前所未有的好感。我一路逃奔一路推進，一路講述一路寫作，通過鳳凰衛視的轉播產生了巨大影響。但是我在路上並不知道這種影響，直到二十世紀最後幾天，亞洲一個國家的媒體官員帶著翻譯趕到半路上堵截我，說我已被他們國家選為「世界十大跨世紀」的「十人」之一，我才大吃一驚。我問，其他九人都是世界級的政要大亨，為什麼放進了我？他回答道：「是你一步一步地告訴了世界，人類最輝煌的文明故地大多已被恐怖主義控制，而你自己又恰恰代表著另一種古文明。」

我帶著這種文化自豪感穿過喜馬拉雅山回到國內，沒想到，每個城市的報刊亭上都懸掛著誹謗我的文章。一開始我以為是一股陡起陡滅的狂風惡浪，後來發現，那些一眼就能識破的謠言只要有人製造出來，就立即在中國變成銅鑄鐵澆，十幾年都破除不了。這就給我企圖重新評價中華文化的熱忱，當頭澆了一盆冷水。是啊，在浩瀚的中華文化中，誰想尋找一種機制來阻止謠言和誹謗嗎？沒門；誰想尋找某種程序來懲罰誣陷和毀損嗎？還是沒門。

這是一種根深蒂固的傳統，因此本身就是文化的一部分。

回想起來，至少從屈原、司馬遷、嵇康開始，二千年間所有比較重要的文人幾乎沒有一個例外，全都掙扎在謠言和誹謗中無法脫身。他們只要走了一條別人沒有走過的路，說了一些別人沒有說過的話，獲得了別人沒有獲得過的成就和名聲，立即就成為群起圍啄的目標，而且無人救援。於是，整部中華文化史，也就成了「整人」和「被整」的歷史。

感謝一切造謠者、誹謗者、起鬨者，他們在中華文化中永遠不受譴責的洋洋得意，糾正了我對中華文化過於光明的讀解。於是，我決定尋找另一種對比座標。

可以找美國，但它太年輕，缺少年代上的可比性，更何況它太霸道，缺少平等對話的可能；也可以找日本，但它太小，缺少體量上的可比性，更何況它與中國的歷史恩怨太深，缺少平等對話所需要的安靜。那麼，只能是歐洲了。

我的這個想法，又一次與鳳凰衛視一拍即合。於是，重新出發。我考察了歐洲九十六座城市，這是連歐洲學者也很難做到的事。與《千年一嘆》所記述的那次行程不同，這次考察除了在西班牙北部受到民族武裝勢力的小小驚嚇，在德國受到「新納粹」的某種騷擾外，基本上都平安無虞。也沒再遇到什麼食宿困難，可以比較從容地讀讀寫寫，這就是這本《行者無疆》的由來。

我說過，《千年一嘆》的不少篇目是在命懸一線之際趕寫出來的，因此捨不得刪削和修改；那麼，相比之下，對《行者無疆》就不必那麼疼惜了。一路上寫了很多，刪改起來也就比較嚴苛。

在歐洲漫遊期間，驚訝不多，思考很多。驚訝不多的原因，是我曾經花費多年的時間鑽研過歐洲從古希臘開始的歷史文化，幾乎已經到了沉溺的地步。我在心裡早就熟知的那些精神老宅，那些神聖長髯，那些黃銅般的哲言，那些被黑色披風所裹捲的詩情。但是，這一切在以前都是風乾了的記憶碎片，現在眼見它們衍生成一種綜合生態瀰漫在街市間的時候，我不能不深深思考。它們為什麼是這樣？中國為什麼是那樣？

從美第奇家族的府邸到巴黎現代的咖啡館，從一所所幾百年歷史的大學到北歐海盜的轉型地，我一直在比較著中華文明的缺失。它的公民意識、心靈秩序、法制教育、創造思維，一次次使我陷入一種整體羞慚。但是，走得遠了，看得多了，我也發現了歐洲的憂慮。早年過於精緻的社會設計成了一種面對現代挑戰的體制性負擔，以往遠航萬里的雄心壯志成了一種自以為是的心理狹隘，高福利的公平理想成了制約經濟發展的沉重滯力……，總之，許多一直令我們仰慕不置的高塔，已經敲起了越來越多的警鐘，有時鐘聲還有點淒厲。

當然，我也要把這種感受表述出來。於是，以中華文化為中介，《千年一嘆》和《行者無疆》也就連貫了起來。

《行者無疆》第一版的正版，已經銷售了一百多萬冊。曾經有人告訴我，很多到歐洲旅行的中國人，身邊都會帶這一本書。有一次在歐洲的一輛載滿各地中國人的大型遊覽車上，一位導遊說，誰沒有帶《行者無疆》的請舉手，結果舉手的只有兩位。這件事讓我亦喜亦憂，喜不必說，所憂者，是要讓大家明白，此書作為導遊讀物很不合格。

這次修訂，刪去了三分之一篇幅，文字也有較大的改動，使之更加乾淨。

二〇〇一年九月成書，二〇一一年五月改定新版並重寫此序

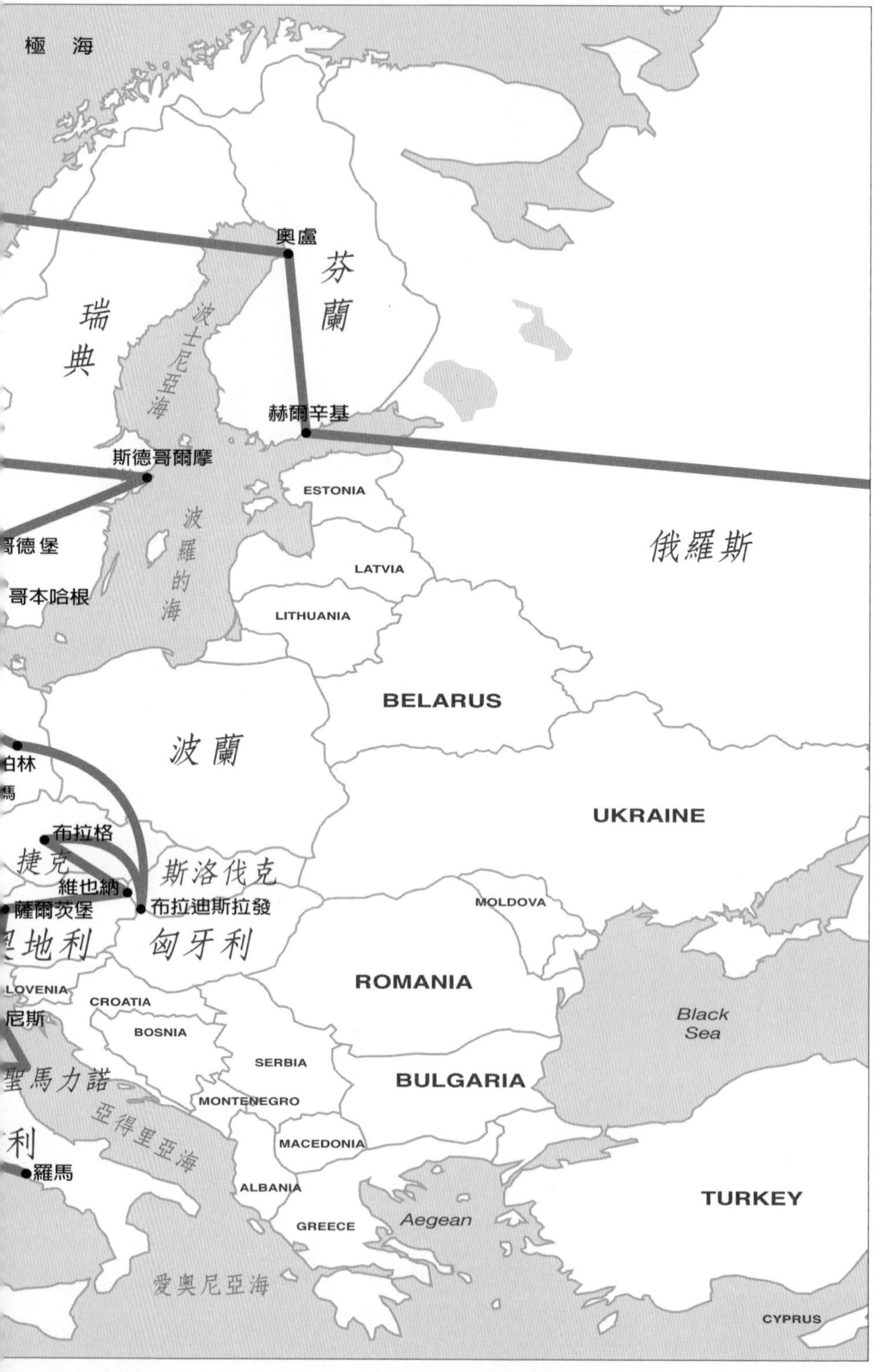
極 海
奧盧
芬蘭
瑞典
波士尼亞海
赫爾辛基
斯德哥爾摩
ESTONIA
德堡
波羅的海
俄羅斯
LATVIA
哥本哈根
LITHUANIA
BELARUS
波蘭
林
UKRAINE
布拉格
捷克
斯洛伐克
維也納
布拉迪斯拉發
薩爾茨堡
MOLDOVA
地利
匈牙利
ROMANIA
LOVENIA
CROATIA
尼斯
BOSNIA
Black Sea
SERBIA
聖馬力諾
BULGARIA
MONTENEGRO
亞得里亞海
MACEDONIA
利
羅馬
ALBANIA
TURKEY
GREECE
Aegean
愛奧尼亞海
CYPRUS

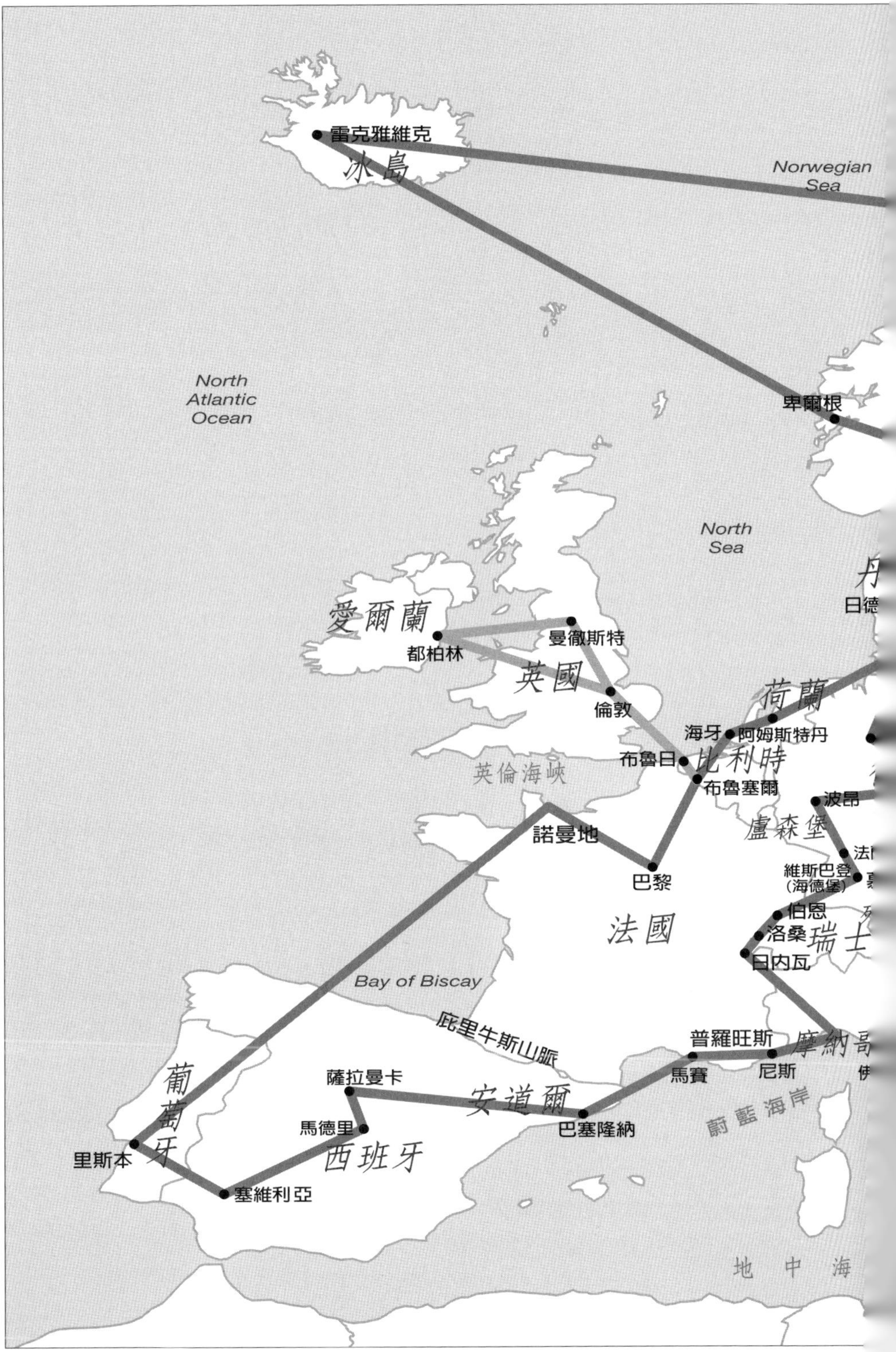
雷克雅維克
冰島
Norwegian Sea
North Atlantic Ocean
卑爾根
North Sea
日德
愛爾蘭
都柏林
曼徹斯特
英國
倫敦
荷蘭
海牙
阿姆斯特丹
布魯日
比利時
布魯塞爾
英倫海峽
波昂
盧森堡
諾曼地
巴黎
維斯巴登
(海德堡)
伯恩
法國
洛桑
瑞士
日內瓦
Bay of Biscay
庇里牛斯山脈
普羅旺斯
摩納哥
薩拉曼卡
安道爾
馬賽
尼斯
葡萄牙
馬德里
巴塞隆納
蔚藍海岸
里斯本
西班牙
塞維利亞
地中海

第一卷 南歐

南方的毀滅

一

考察歐洲第一站，居然是面對一場大災難。我知道，這個行程一定是深刻的，因為人類的歷史也是一個從災難開始的宗教寓言。

所謂「終極思考」，其實有一半也就是「災難思考」。因此，災難的廢墟，是幫助我們擺脫日常平庸的課堂。

世上發生過一些集體死亡、霎時毀滅的情景，例如地震、海嘯和原子彈襲擊。這類情景，毀滅得過於徹底，使人難於對毀滅前後進行具體的對比。龐貝的毀滅是由於火山灰的堆積，連火山熔漿都未曾光臨，於是千餘年後發掘出來，竟然街道、店鋪、庭院、雕塑一應俱全。不僅如此，街石間的車轍水溝、麵包房裡的種種器皿、妓院裡的淫蕩字畫、私宅中的詭異祕室，全都表明人們剛剛離開，立即就要回來。

誰知回來的卻是我們，簡直是仙窟千載、黃粱一夢。

二

使我久久駐足的是那兩個劇場，一大一小。大劇場是露天座位，可容四五千觀眾；小劇場有頂蓋，可容千餘觀眾。這兩個劇場外面，有廣場和柱廊。廣場上的樹現在又長得很大，綠森森地讓人忘記毀滅曾經發生，只以為劇場裡正在演戲，觀眾都進去了。

在歐洲戲劇史上，我對羅馬的戲劇評價不高，平時在課堂上總以羅馬戲劇來反襯希臘戲劇。但是站在龐貝的劇場，我就不忍心這樣想了。他們當時在這裡演的，有塞內加的悲劇，有米南德的喜劇，有很世俗的鬧劇、默劇、歌舞劇，也有一些高雅詩人戴著面具朗誦自己的新作。今天我在兩個劇場的環形座位上方分別走了一遍，知道出事那天，這裡沒有演出。

我們說那天出事的時候沒有演出，是因為十九世紀的考古學家們在清理火山灰的凝結物時沒有在這裡見到可認定為觀眾的大批「人形模殼」。

什麼叫「人形模殼」呢？當時被火山灰掩埋的人群，留下了他們死亡前的掙扎形體，火山灰冷卻凝固時也就成了這些形體的鑄模硬殼。人體很快腐爛了，但鑄模硬殼還在，十九世紀的考古學家一旦發現這種人形模殼，就用一根管子把石膏漿緩緩注入，結果剝去模殼，人們就看到了一個個活生生的人，連最細微的皮膚皺紋、血管脈絡都顯現得清清楚楚。這個辦法是當時龐貝古城挖掘工作的主持者費奧萊里（G. Fiorelli）發明的，使我們能夠看到一批生命與死神搏鬥的最後狀態。

在一個瓦罐製造工廠，有一個工人的人體抱肩蹲地，顯然是在承受窒息的暈眩。他沒有倒地，只想蹲一蹲，憩一會兒就起來。誰知這一蹲就蹲了一千多年。更讓他驚訝的是，重見天日之時，發現自己的身體竟然變成了自己的作品，都成了硬邦邦的石頭。

記得馬克·吐溫在一篇文章中說，他在這裡見過一具挺立著的龐貝人遺體，非常感動。那是一個士兵，在城門口身披甲冑屹立在崗位上，至死都不挪步。我沒有見到這位士兵的人體模型，算起來馬克·吐溫來的時候龐貝古城只開挖了一小半，費奧萊里為模殼注石膏漿的方法還沒有發明，因此他見到的應該是一具骨骼。

馬克·吐溫除了感動之外也有生氣的時候。龐貝城的石材路上有深深的車轍，他走路時把腳陷進去了，絆了一下。他由此發火，斷言這路在出事之前已經很久沒有整修了，責任在城市的道路管理部門。這個推斷使他見到死亡者的遺骨也不悲傷了，因為任何一個死亡者都有可能是道路管理人員。

我覺得馬克·吐溫的這種推斷過於魯莽。石材路一般都不會因為有了車轍就立即更換，有經驗的駕車人也不會害怕這些車轍。從龐貝古城的道路整體狀況看，有關管理人員還算盡職。馬克·吐溫把自己偶然陷腳的原因推給他們，連他們慘死了也不原諒，過分了。

比馬克·吐溫更為過分的指責，出自一大批虛偽的道德學家。他們憑著道聽塗說，想像這座城市的生活非常奢侈糜爛，因此受到了上帝的懲罰。奢侈糜爛的證據是公共浴室、私家宅院、妓院和不少春宮畫。其實在我看來，這裡呈現的是古羅馬城市的尋常生態，在整體上還比較收斂。歌德一七八七年三月十一日到達這裡，他在當天的筆記裡寫道：

龐貝又小又窄，出乎參觀者的意料之外。街道雖然很直，邊上也有人行道，不過都很狹窄。房屋矮小而且沒有窗戶，房間僅靠開向庭院或室外走廊的門採光。一些公共建築物、城門口的長凳、神廟，以及附近的一座別墅，小得根本不像是建築物，反而像是模型或娃娃屋。但這些房間、通道和走廊，全都裝飾著圖畫，望之賞心悅目。牆上都是壁畫，畫得很細膩，可惜多已毀損。

——《義大利之行》

我也有歌德的這種感覺，但這裡包含著某種錯覺。我們平時去看正在建築中的樓房地基，也會驚訝每個房間為什麼如此之小。其實這是因為室內空間尚未形成，只拿著一個個房間的地基面積與無垠的天地去比，當然顯得狹窄。龐貝廢墟的多數民房遺跡也成了這種開放式的地基，因此就有了歌德的這

番驚訝。後來他進入了那些比較完整、又有器物裝飾的房間後感覺就不同了，說：「龐貝的屋子和房間看似狹窄，卻彷彿又很寬廣。」

法國史學家泰納（Taine）比歌德早來二十多年，得出的結論是：「他們的生活享受遠不如我們現在這樣舒適多樣，這樣多彩多姿。」從時間上說，幾乎所有斷言龐貝城因奢侈糜爛而受到上帝懲罰的道德評論家們，都是在泰納之後，甚至在歌德之後才出現的。當然，他們也沒有心思去閱讀泰納和歌德的文章。

我鄙視一切嘲笑受難者的人。我懷疑，當某種災難哪一天也降落到他們頭上，他們會做什麼。

三

龐貝城災難降臨之時，處處閃爍著人性之光。除了馬克・吐溫提到的那位城門衛士，除了那些「人形模殼」表現出的保護兒童和老人的姿態之外，我心中最高大的人性形象是一個有名有姓的人。他就是《自然史》的作者老普林尼（Gaius Plinius Secundus）。

稱他老普林尼，是因為還有一位小普林尼（Gaius Plinius Caecilius），是他的外甥，後來又收為養子。這位小普林尼是羅馬帝國歷史上著名的散文作家。羅馬的散文有很大一部分其實是書信，這種傳統是由西塞羅（Marcus Tullius Cicero）發端的，小普林尼承襲這一傳統，成了寫漂亮書信的高手。幾年前我在《羅馬文化與古典傳統》一書中讀到小普林尼寫的一封信，其中提到了老普林尼犧牲的過程。

老普林尼是一位傑出的科學家，又是當時義大利的一位重要官員，龐貝災難發生時他擔任義大利西海岸司令（又稱地中海艦隊司令）。真不知道他長達三十七卷的巨著《自然史》和其他百餘卷的著作是怎麼抽空完成的。

據小普林尼信中記述，出事那天中午，老普林尼聽說天空出現了一片奇怪的雲，便穿上靴子登高觀察，看了一會兒便以科學家的敏感斷定事情重要，立即吩咐手下備船朝怪雲的方向駛去，以便就近觀察。

但剛要出門，就收到了維蘇威火山附近居民要求救援的信。他當機立斷放棄科學觀察，命令所有的船隻都趕到災區去救人，他自己的船一馬當先。燙人的火山灰、燃燒過的碎石越來越多地掉落在船上，領航員建議回去，老普林尼卻說：「勇敢的人會有好運」，他命令再去救人。作為艦隊司令，他主要營救逃在海上或躲在岸邊的人。

他抱著瑟瑟發抖的朋友們，不斷安慰，為了讓他們鎮靜下來，自己滿面笑容，洗澡、吃飯，把維蘇威火山的爆發解釋為由爐火引起的火災。最後，他號召大家去海灘，因為那裡隨時可以坐船逃離，但到了海灘一看，火山的爆發引起了大海發狂，根本無法行船。

大家坐在海灘上，頭上縛著枕頭，以免被碎石傷害。但是，火焰越來越大，硫磺味越來越濃，人們開始慌亂奔逃，卻不知逃到哪裡去。就在這時，老普林尼突然倒地，他被火山灰和濃煙窒息而死，終年五十六歲。

小普林尼那年十八歲，竟然僥倖逃出來了。這封信是二十五年之後寫的，那時他已經是一位四十多歲的中年人。幸好他寫這封信，使後人看到了那場災難唯一親歷者的敘述。

四

我對這位因窒息而閉眼的老普林尼深深關注，原因之一是他在歐洲較早地看到了中國。

我沒有讀過他的《自然史》，據《羅馬文化與古典傳統》一書介紹，老普林尼已經寫到中國人「舉止溫厚，然少與人接觸。貿易皆待他人之來，而絕不求售也」。他當時把中國人叫成「賽里斯人」。

他說這句話的時間是那麼早，比馬可．波羅來華早了一千二百年，比利瑪竇來華早了一千五百年。他是通過什麼途徑知道中國人的這些特點的呢？我想，大概是幾度轉說，被他打聽到了。作為一個科學家，他會篩選和分析，最後竟然篩選出了「舉止溫厚」這個概念，把儒家學說的基本特徵和農耕文明的不事遠征，都包括在裡邊了。

他寫《自然史》的時代，在中國，王充在寫《論衡》，班固在寫《漢書》。龐貝災難發生的那一年，班固參加了在白虎觀討論五經的會議，後來就有了著名的《白虎通義》。

「舉止溫厚」的王充、班固他們不知道，在非常遙遠的西方，有人投來關注的目光。但那副目光不久在轟隆轟隆的大災難中埋葬，埋葬的地方叫龐貝。

羅馬假日

一

世上有很多美好的詞彙，可以分配給歐洲各個城市，例如精緻、渾樸、繁麗、古典、新銳、寧謐、舒適、神祕、壯觀、肅穆……。

只有一個詞，各個城市都不會爭，只讓它靜靜安踞在並不明亮的高位上，留給那座唯一的城市。

這個詞叫偉大，這座城市叫羅馬。

偉大是一種隱隱然的氣象，從每一扇舊窗溢出，從每一塊古磚溢出，從每一道雕紋溢出，從每一束老藤溢出。但是，其他城市也有舊窗，也有古磚，也有雕紋，也有老藤，為什麼卻乖乖地自認與偉大無緣？

羅馬的偉大，在於每一個朝代都有格局完整的遺留，每一項遺留都有意氣昂揚的姿態，每一個姿態都

經過藝術巨匠的設計，每一個設計都構成了前後左右的和諧，每一種和諧都使時間和空間安詳對視，每一回對視都讓其他城市自愧弗如，知趣避過。

因此，羅馬的偉大是一種永恆的典範。歐洲其他城市的歷代設計者，連夢中都有一個影影綽綽的羅馬。

二

我第一次去羅馬，約了一幫友人，請蔣憲陽先生帶隊。他原本是上海的男高音歌唱家，因熱愛義大利美聲唱法而定居羅馬多年。他先開車到德國接我們，然後經盧森堡、法國、摩納哥去義大利，一路上見到雕塑、宮殿無數，但只要我們較長時間地駐足仰望，他就豎起一根手指輕輕搖動，說：「不！不！要看羅馬的，那才是源頭。」我們笑他過分，他便以更自信的微笑回答，不再說話。但是一進羅馬就反過來了，沉默的是我們，大家確實被一種無以言喻的氣勢所統懾，而他則越來越活躍。

今天我再次叩訪羅馬，夥伴們聽了我的介紹都精神抖擻，只想好好地領受一座真正偉大的城市。但是，誰能想到，最讓人驚訝的事情發生了。

夥伴們不相信自己的眼睛，呆看半晌，便回過頭來看我，像是在詢問怎麼回事，但他們立即發現，我比他們更慌神。

原來，眼前的羅馬幾乎是一座空城！

這怎麼可能？

家家商店大門緊閉，條條街道沒有行人。千年城門敞然洞開，門內門外闃寂無聲。城門口也有持劍的衛兵，但那是雕塑，銅肩上站著一對活鴿子。

即便全城市民傾巢出征，也不會如此安靜。即便羅馬帝國慘遭血洗，也不會如此死寂。當然偶爾也從街角冒出幾個行人，但一看即知也是像我們這樣的外國來訪者，而不是城市的主人。好不容易見到兩位老者從一間屋門裡走出來，連忙停車詢問，才知，昨天開始了長假期，大家全都休假去了。據說，五千八百萬義大利人，這兩天已有三千萬到了國外。

如此的人數比例我很難相信，但是後來住進旅館後看到，電視台和報紙都這麼說。

歷來羅馬只做大事。我站在空蕩蕩的大街上想，這寬闊的路，這高大的門，這斑駁的樓，曾經見過多少整齊的人群大進大出啊，今天，這些人群的後代浩蕩離去，大大方方地把一座空城留給我們，留給全然不知來路的陌生人，真是大手筆。

在中國新疆，我見過被古人突然遺棄的交河古城和高昌古城，走在那些頹屋殘牆間已經驚恐莫名。我知道那種荒廢日久的空城很美，卻總是不敢留在黃昏之後，不是怕盜賊，而是怕氣氛。試想，如果整整一座西域空城沒有一點動靜，月光朦朧，朔風淒厲，腦畔又浮出喜多郎的樂句，斷斷續續，巫幻森森，而你又只有一個人，這該如何消受？

今天在眼前的，是一座更加古老卻未曾荒廢的龐大空城。沒有人就沒有了年代，它突然變得很不具體。那些本來為了召集人群、俯視人群、笑傲人群、號令人群的建築物怎麼也沒有想到哪一天會失去人群，於是便傲然於空虛，雄偉於枉然。

營造如此空靜之境的，是羅馬市民自己。這才猛然記起，一路上確有那麼多奇怪的車輛逆著我們離城而去。有的拖著有臥室和廚炊設備的房車，有的在車頂上綁著遊艇，有的甚至還拖著小型滑翔機。總之，他們是徹徹底底地休假去了。

三

何謂徹徹底底地休假？

在觀念上，這裡體現了把個體休閒權利看得至高無上的歐洲人生哲學。中國人刻苦耐勞，偶爾也休假，但那只是為了更好地工作；歐洲人反過來，認為平日辛苦工作，大半倒是為了休假。因為只有在休假中，才能使雜務中斷，使焦灼凝凍，使肢體回歸，使親倫重現。也就是說，使人暫別異化狀態，恢復人性。這種觀念溶化了西方的個人權利、回歸自然等等主幹性原則，很容易廣泛普及、深入人心，甚至走向極端。

中國駐義大利大使館的一位朋友告訴我，有次中國領導人訪問羅馬，計畫做了幾個月，但當領導人到達前一星期，義大利方面的計畫負責人突然不見了，把大家急成了熱鍋上的螞蟻，只得重新開始計劃。奇怪的是，他們那方的人員只著急不生氣，因為那個負責人的突然不見有一個神聖的理由：休假去了。

我們很多企業家和官員其實也有假期，而且也能選擇一個不受干擾的風景勝地。然而可惜的是，他們放不下身分。於是，一到休假地立即用電話疏通全部公私網路，甚至還要與當地的相關

機構一一接上關係。結果可想而知，電話之頻、訪客之多、宴請之盛，往往超過未曾休假之時，沒過幾天已在心裡盤算，什麼時候回去好好休息一下。

四

那麼多羅馬人到國外休假，我想主要是去了法國、西班牙和德國南部。義大利人的經濟狀況在整體上比法國、德國差得多，比西班牙好一點，他們在外應該是比較節儉的一群。歐洲人出國旅遊一般不喜歡擺闊，多數人還願意選擇艱苦方式來測試自己的心力和體力，這與我們一路上常見的那些腰包鼓鼓、成群結隊、不斷購物的亞洲旅行者很不一樣。

那天我們去東海岸的聖喬治港，經過一個小鎮，見到有一位白髮老者阻攔我們，硬要請我們到附近一家海味小館吃飯。理由是他曾多次到過中國，現在正在這個小鎮的別墅裡渡假。

跟著他，我們也就順便逛了一下小鎮。小鎮確實很小，沒有一棟豪華建築，全是一排排由白石、水泥、木板建造的普通住房，也沒有特別的風景和古蹟，整個兒是一派灰白色的樸素。

大概走了十分鐘路，我們就見到了那家海味小館。老人不說別的，先讓我們坐下，一人上一碗海鮮麵條。

那碗麵條有什麼奧妙？我們帶著懸念開始下口。麵條居然是中國式的，不是義大利麵食，大湯，很清，上面覆蓋著厚厚一層小貝殼的肉，近似於中國沿海常吃的「海瓜子」。這種小貝殼的肉吃到嘴裡，酥軟而又韌性，鮮美無比，和著麵條、湯汁一起咽下，真是一大享受。老人看著我們的表情放心地一笑，開始講話。

他的第一句話是：「現在我已向你們說清我在這個小鎮買別墅的原因，這麵條，全義大利數這裡做得最好。」說完，他才舉起酒杯，正式表示對我們的歡迎。

我們感謝過後，問起他曾多次去過中國的事。

他的回答使我們大吃一驚，他去中國的身分是義大利的外貿部長、郵電部長和參議員！這就是說，坐在我們對面的白髮老人是真正的大人物。

今天他非常不願意在自己擔任過的職務上說太多的話，因為他在休假。

他努力要把攔住我們的原因，縮小為個人原因和臨時原因。他說，妻子是一個詩人，現在正在別墅裡寫詩，但別墅太小，他怕干擾妻子，便出來蹓躂，遇到了我們的車隊。

告別老人後，我們又行走在小鎮灰白的街道上了。我想，這樣的小鎮，對所有被公務所累的人都有吸引力和消解力。它有能力藏龍臥虎，更有能力使他們忘記自己是龍是虎。這種忘記，讓許多漸漸走向非我的人物走向自我，讓這個世界多一些赤誠的真人。因此，小鎮的偉力就像休假的偉力，不可低估。

那麼羅馬，你的每一次空城，必然都會帶來一次人格人性上的重大增補。

興亡象牙白

一

一見到元老院的廢墟，我就想起凱撒——他在這裡遇刺。那天他好像在演講吧？被刺了二十三刀，最後傷痕累累地倒在龐培塑像面前。

我低頭細看腳下，猜測他流血倒下的地方。這地方一定很小，一個倒下的男人的軀體，再也不可能偉岸，黯然蜷曲於房舍一角。但是當他未倒之時，實在是氣吞萬里，不僅統治現在義大利、西班牙、法國、比利時，而且波及德國萊茵河流域和英國南部。他還為追殺政敵龐培趕到埃及，與埃及女王生有一子，然後又橫掃地中海沿岸。

但是，放縱的結果只能是收斂，揮灑的結果只能是服從。就連凱撒，也不能例外。當他以死亡完成最徹底的收斂和服從之後，他的繼承者、養子屋大維又來了一次大放縱、大揮灑，羅馬帝國橫跨歐、亞、非三洲，把地中海當作了內湖。

我有幸幾乎走遍了凱撒和屋大維的龐大羅馬帝國屬地，不管是在歐洲、亞洲還是非洲。在那裡，經常可以看到早已殘損的古羅馬遺跡，一看就氣勢非凡。我相信，當茫茫大地還處於蒙昧和野蠻階段的時候，羅馬的征服，雖然也總是以殘酷為先導，但在很大程度上卻是文明的征服。

偉大見勝於空間，是氣勢；偉大見勝於時間，是韻味。古羅馬除氣勢外還有足夠的韻味，你看那個縱橫萬里的凱撒，居然留下了八卷《高盧戰記》，其中七卷是他親自所寫，最後一卷由部將補撰。這部著作為統帥等級的文學寫作開了個好頭，直到二十世紀人們讀到邱吉爾第二次世界大戰回憶錄時，還能遠遠記起。

凱撒讓我們看到，那些連最大膽文人的想像力也無法抵達的艱險傳奇，由於親自經歷而敘述得平靜流暢；那些在殘酷搏鬥中無奈缺失、在長途軍旅中苦苦盼望，因由營帳炬火下的筆畫來彌補，變得加倍優雅。

羅馬的韻味傾倒過無數遠遠近近的後代。例如莎士比亞就寫了《尤利烏斯．凱撒》、《安東尼和克莉奧佩特拉》等歷史劇，把古羅馬黃金時代的一些重要人物一一刻畫，令人難忘。尤其是後一部，幾乎寫出了天地間最有空間跨度、最具歷史重量的愛情悲劇。

既然提到了安東尼，那麼我要說，這位痴情將軍有一件事令人不快，那就是他對西塞羅太殘忍了。西塞羅是他的政敵，但畢竟是古羅馬最優秀的散文家，安東尼怎忍心，割了他的頭顱帶回家欣賞，然後又長久懸掛在他平日演講的場所，讓眾人參觀。正因為這個舉動，我對安東尼後來失去愛情、失去朋友、失去戰爭而不得不自刎的結局，沒有太多的惋惜。

二

任何一個國家歷史上的皇帝總是有好有壞，不必刻意美化和遮掩，但也有極少數皇帝，壞到人們不願再提起。

尼祿（Nero Clandius Caesar）這個名字，我早有關注，但一到羅馬就被一種好心情所裹捲，生怕被這個名字破壞掉，因此一直避諱著。今天去鬥獸場，聽說前面就是尼祿「金宮」遺址，心想終於沒有避開。

我以前關注他，與講課有關。我講授的《觀眾審美心理學》裡有一個艱深的課題：尼祿在日常生活中殺人不眨眼，一到劇場裡看悲劇卻感動得流淚不止，這是為什麼？人們很容易猜測是以虛情假意欺騙民眾，但他的至高地位否定了他有欺騙的必要。這個課題關及人類深層心理結構的探索，我的歷屆學生都不會忘記。

說尼祿殺人不眨眼，實在是說輕了，因為這會把他混同於一般的暴君。他殺的是自己的親生母親、妻子、弟弟和老師，聽起來簡直毛骨悚然。

當然這種殺戮與宮闈陰謀有關，例如他的母親確實也不是什麼好人，我們且不去細論；讓我憤怒的是，西元六十四年一場連續多日的大火把羅馬城大半燒掉，這個皇帝居然欣喜地觀賞，還對著大火放聲高唱。火災過後為了抑制民憤，胡亂捕了一些「嫌疑犯」處死，而處死的手段又殘忍得讓人不知如何轉述。例如把那些「嫌疑犯」當作「活火炬」慢慢點燃，或蒙上獸皮讓群犬一點點撕裂。

這樣一個人，居然迷醉希臘文化，迷醉到忍不住要親自登台表演。甚至，當他發現羅馬人對他的表演不夠推崇，居然花了一年時間在希臘從事專業演出！一個人的藝術和人品很可能完全是兩回事，尼祿就是一個極端化的例子。

如果說，一個國家最大的災難莫過於人格災難，那麼，尼祿十餘年的統治也像那年在他眼前燃燒的大火，對羅馬的損害非常嚴重。人們由此產生的對於羅馬的幻滅感、碎裂感、虛假感，無異於局部的國破家亡。驚人的光輝和驚人的無恥同根而生，濃烈的芬芳和濃烈的惡臭相鄰而居，尼祿使羅馬有了自己的陰影。所幸的是，不是尼祿消化了羅馬，而是羅馬消化了尼祿。

三

羅馬帝國最終滅亡於西元四七六年，最後一位皇帝叫羅慕洛斯．奧古斯都。當代瑞士出生的劇作家狄倫馬特寫過一部《羅慕洛斯大帝》，頗為精彩。幾年前曾有一些記者要我評點二十世紀最優秀的劇作，我點了它。

在狄倫馬特筆下，羅慕洛斯面對日爾曼人的兵臨城下，毫不驚慌，悠然養雞。他容忍大臣們裹捲國庫財物逃奔，容忍無恥之徒誘騙自己家人，簡直沒有半點人格力量，令人生厭。但越看到後來越明白，他其實是一位洞悉歷史的智者。如果大車必然要倒，卻試圖去扶持，反而會成為歷史的障礙；如果歷史已無意於羅馬，勵精圖治就會成為一種反動。於是，他以促成羅馬帝國的敗亡來順應歷史。他太瞭解羅馬，知道一切均已無救。

但是，作為戰勝者的日爾曼國王更有苦衷。他來攻打羅馬，是為了擺脫自己的困境。他沒有兒子，按傳統規矩只能讓侄子接班，但這個侄子是一個年輕的野心家和偽君子。國王既已看穿又別無良策，只能通過攻打來投靠羅慕洛斯，看看有沒有另一種傳位的辦法。

於是，敗亡者因知道必敗而成了世界的審判者，勝利者因別有原因而渾身無奈。

由此聯想到，人類歷史上的多少勝敗，掩蓋了大量的反面文章。

我認為這是最高層次的喜劇，也是最高層次的歷史劇。

跳開虛構的藝術，回到真實，我又低頭俯視腳下。

羅馬帝國滅亡之後，這裡立即荒涼。不久，甚至連人影也看不到了，成了一個徹底的廢墟。野草、冷月、斷柱、殘石，除了遺忘還是遺忘。

文藝復興時大家對希臘、羅馬又產生興趣，但對希臘、羅馬的實址又不以為然。文藝復興需要興建各種建築，缺少建築材料，這裡堆積著大量古代的象牙白石材，於是一次次搬運和挖掘，沒有倒塌的建築則為了取材而拆毀。

考古發掘，是十八世紀以後的事。

難得這片廢墟，經歷如此磨難，至今威勢猶在。

在一千多年野草冷月的夜夜祕語中，它們沒有把自己的身分降低，沒有把自己的故事說歪。

四

今天的羅馬，仍然是大片的象牙白。只不過象牙白不再純淨，斑斑駁駁地透露著自己嚇人的輩分。後代的建築當然不少，卻都恭恭敬敬地退過一邊，努力在體態上與前輩保持一致。結果，構成了一種讓人不敢小覷的傳代強勢，這便是今日羅馬的氣氛。

就在寫這篇筆記的三小時前，我坐在一個長滿羅馬松的緩坡上俯瞰全城。應該是掌燈時分了，但羅馬城燈光不多，有些黯淡。正想尋找原因，左邊走來一位散步的長者。

正像巴黎的女性在氣度上勝過男性，羅馬男人在風範上勝過女性，尤其是頭髮灰白卻尚未衰老的男人，簡直如雕塑一般。更喜歡他們無遮無攔的熱情，連與陌生人打招呼都像老友重逢，爽爽朗朗。此刻我就與這位長者聊上了，我立即問他，羅馬夜間，為什麼不能稍稍明亮一點？

「先生平常住在哪個城市？」他問。

「上海。」我說。

他一聽就笑了，似乎找到了我問題的由來。他說：「哈，我剛去過。上海這些年的變化之大，舉世少有，但是……」他略略遲疑了一下，還是說了出來：「不要太美國。」

細問之下，才知他主要是指新建築的風格和夜間燈光，那麼，也算回答了我的問題。

他把頭轉向燈光黯淡的羅馬，說：「一座城市既然有了歷史的光輝，就不必再用燈光來製造明亮。」

我從心裡承認，這種說法非常大氣。不幸的是，正是這種說法，消解了他剛剛對美國和上海的批評，變成了自相矛盾。因為與羅馬一比，美國和上海的歷史都太短了。它們沒有資格懷抱著幾千年的安詳，在黑暗中入夢。它們必須點亮燈光，夜以繼日地書寫今天的歷史。

老人不知道，當時真正與羅馬城並肩立世的，是長安。但現在西安晚上的燈光，也比羅馬明亮。西安不端元老的架勢，因此充滿活力，卻也確實少了一份羅馬的派頭。

點燃亞平寧

從羅馬向東，路邊有許多灰褐色的高牆，圍住了一座座巨大的宅院。

高牆沒有坍塌，卻已頹弛，剝落嚴重。磚石間虯出的枯藤，木門上貼滿的乾苔，使整個院子成了一個龐大的遠年文物。

裡邊還會有人住嗎？

歐洲多怪事。一位外交家告訴我，有時偶爾遇到一個衣著隨便的先生，談得投機，成了朋友，幾度交往後被邀請到他家坐坐，誰知一到他家大吃一驚，不由得睜大眼睛重新打量他起來，原來他擁有整整一座十八世紀的古典莊園！

我還沒有遇到過這樣的先生，因此一路觀察著每個門庭，看到稍稍整齊一點的，便猜測會是一位什麼樣的先生住在裡邊。

但我知道，所謂「稍稍整齊一點」的感覺往往出錯。在歐洲，對於古代的遺跡大多不作外部修繕，而只是暗中加固。因此，那種看似危險的頹弛，可能早已無虞。

果然，一路上那麼多老門，倒是最破敗的那一扇，開了。

我們正想看看門內的廢苑景象，誰知一輛最時髦的焦黃色加長敞篷跑車，從裡邊開了出來。

這樣的反差讓我們目瞪口呆，更何況車上坐著兩位典型的義大利美女。

跑車輕輕地拐到街道上，在我們的前方悠然馳去，我們的車隊跟在它的後面。很快跑車駛上了山路，兩位美女長長的金髮忽忽飄起，很像兩簇舞動的火焰。

焦黃的跑車托著金髮的火焰變成了一具通體透亮的火炬，像是執意要點燃亞平寧山脈。但是一路行去青山漠然，岩石漠然，樹叢漠然，跑車生氣似地躥上了盤山公路。

金髮終於飄到了雲底，正巧這時黃昏降臨，白雲底緣一溜金光，它真的被點著了。

於是，整個亞平寧山脈一片燦爛。

我想，果然不能小看了歐洲破舊的院落，似病似死間，也可能豁然洞開，驚鴻一瞥，執掌起滿天晚霞。

霞光下，再也分不清何是古代，何是現代，何是破敗，何是美豔，何是人間，何是自然。

尋常威尼斯

一

我一直在想，為什麼世界各地的旅客，都願意到威尼斯來呢？

論風景，它說不上雄偉也說不上秀麗；說古蹟，它雖然保存不少卻大多上不了等級；說美食，說特產，雖可列舉幾樣卻也不能見勝於歐洲各地。那麼，究竟憑什麼？

我覺得，主要是憑它特別的生態景觀。

首先，它身在現代居然沒有車馬之喧。一切交通只靠船楫和步行，因此它的城市經絡便是河道和小巷。這種水城別處也有，卻沒有它純粹。

其次，這座純粹的水城緊貼大海，曾經是世界的門戶、歐洲的重心、地中海的霸主。甚至一度，還是自由的營地、人才的倉庫、教廷的異數。它的昔日光輝，都留下了遺跡，這使歷史成為河岸景觀。旅客行船閱讀歷史，就像不太用功的中學生，讀得粗疏、質感、輕鬆。

再次，它擁擠著密密層層的商市，卻沒有低層次攤販的喧鬧。一個個門面那麼狹小又那麼典雅，輕手輕腳進入，只見店主人以嘴角的微笑作歡迎後就不再看你，任你選擇或離開，這種氣氛十分迷人。

不幸的是，正是這些優點，給它帶來了禍害。

小巷只能讓它這麼小著；老樓只能讓它在水邊浸著；那麼多人來來往往，也只能讓一艘艘小船解纜繫纜地麻煩著；白天臨海氣勢不凡，黑夜只能讓狂惡的海潮一次次威脅著；區區的旅遊收入當然抵不過攔海大壩的築造費用，也抵不過治理污染、維修危房的支出，也只能讓議員、學者、市民們一次次呼籲著。

大家都注意到，牆上的警戒線表明，近三十年來，海潮淹城已經一百餘次。運河邊被污水浸泡的很多老屋，早已是風燭殘年、岌岌可危。彎曲的小河道已經發出陣陣惡臭，偏僻的小巷道也穢氣撲鼻。

威尼斯因過於出色而不得不任勞任怨。

好心人一直在呼籲同情弱者，卻又總是把出色者歸入強者之列，似乎天生不屬於同情

範圍。其實，世間多數出色者都因眾人的分享、爭搶、排泄而成了最弱的弱者，威尼斯就是最好的例證。

我習慣於在威尼斯小巷中長時間漫步，看著各家各戶緊閉的小門，心裡充滿同情。抬頭一望，這些樓房連窗戶也不開，但又有多種跡象透露，裡面住著人。關窗，只是怕街上的喧囂。這些本地住家，在世界旅客的狂潮中，平日是如何出門、如何購物的呢？家裡的年輕人可能去上班了，那麼老年人呢？我們聞到小河小港的惡臭可以拔腳逃離，他們呢？

二

我對威尼斯的小巷小門特別關注，還有一個特殊原因。一個與我們中國關係密切的人物從這兒走出。

當然，我是說馬可．波羅。

馬可．波羅是否真的到過中國，他的遊記是真是偽，國際學術界一直有爭議，而且必將繼續爭論下去。沒有引起爭議的是：一定有過這個人，一個熟悉東方的旅行家，而且肯定是威尼斯人。

關於他是否真的到過中國，反對派和肯定派都拿出過很有力度的證據。例如，反對派認為，他遊記中寫到的參與攻打襄陽，時間不符；任過揚州總管，情理不符，又史料無據。肯定派則認為，他對元大都和盧溝橋的細緻描繪，對刺殺阿合馬事件的準確敘述，不可能只憑道聽塗說。我在讀過各種資料後認為，他確實來過中國，只是在傳記中誇張了他遊歷的範圍、身分和深度。

他原本只是一個放達的旅行家，而不是一個嚴謹的學者。寫遊記，並不是他出遊的目的，事先也沒有想過，因此後來的回憶往往是隨興而說。其實這樣的旅行家，我們現在還能看到，一路的艱辛使他們不得不用誇張的口氣來為自己和夥伴鼓氣，隨處的棲宿使他們不得不以激情的大話來廣交朋友，日子一長便成習慣，有時甚至把自己也給搞糊塗了，聽他們說旅行故事總要打幾分折扣。因此，我們不能把馬可·波羅的遊記當作歷史學者或地理學者的考察筆記來審讀。

當然這中間還應考慮到民族的差別。義大利人至今要比英國人、德國人隨意。隨意就有漏洞，但漏洞不能反證事情的不存在。不管怎麼說，這位隨意順興、誇大其詞的旅行家其實非常可愛。正是這份可愛，使他興致勃勃地完成了極其艱難的歷史之旅。

儘管遊記有很多缺點，但一旦問世就已遠遠超越一人一事，成了歐洲人對東方的夢想底本，也成了他們一次次冒險出發的生命誘惑。後來哥倫布、達·伽馬等人的偉大航海，都是以這部傳記為起點的，船長們在狂風惡浪之間還在一遍遍閱讀。

三

成天吵鬧的威尼斯也有安靜的時候。

我想起一件往事。

兩年前我在一個夜晚到達，坐班車式渡船，經過十幾個停靠站，終點是一個小島，我訂的旅館在島上。這時西天還有一脈最後的餘光，運河邊的房子點起了燈，燈光映在河水裡，安靜而不冷落。

燈光分兩種，一種是沿河咖啡座的照明，一種是照射那些古建築的泛光。船行過幾站，咖啡座已漸漸關閉，只剩下了泛光。這些泛光不亮，使那些古建築有點像勉強登台的老人，知道自己已經不適合這樣亮相。浸泡在水裡的房子在白天溶入了熙熙攘攘的大景觀，不容易形成凝視的焦點，此刻夜幕刪除了它們的背景，燈光凸現了它們的頹唐。本來白天與我們相對而視，此刻我們躲進了黑暗，只剩下它們的孤傷。

班車式渡船一站站停泊，乘客很多。細細一看幾乎都不是遊客，而是本地居民，現在才是他們的時間，出來活動了。踩踏著遊人們拋下的垃圾污穢，他們從水道深處的小巷裡出來，走過幾座小橋來到碼頭，準備坐

船去看望兩站之外的父母親，或者到廣場某個沒有關門的小店鋪去購買一些生活用品。

開始下雨了，船上乘客越來越少，最後只剩下五六個，都與我一樣住在小島。進入大河道了，雨越下越大，已成滂沱之勢，我在擔憂，到了小島怎麼辦？怎樣才能冒雨摸黑，找到那家旅館？

雨中吹來的海風，又濕又涼，我瞇著眼睛向著黑森森的海水張望，這是亞得里亞海，對岸，是麻煩重重的克羅地亞。

登岸後涼雨如注，我又沒有傘，只得躲在屋簷下。後來看到屋簷與屋簷之間可走出一條路來，便挨著牆壁慢慢向前，遇到沒屋簷的地方抱頭跑幾步。此刻我不想立即找旅館，而是想找一家餐館，肚子實在很餓，而在這樣的深更半夜，旅館肯定不再供應飲食。但環視雨幕，不見燈光人影，只聽海潮轟鳴。

不知挨到哪家屋簷，抬頭一看，遠處分明有一盞紅燈。立即飛奔而去，一腳進門，果然是一家中國餐廳！

何方華夏兒女，把餐廳開到這小小的海島上，半夜也不關門？我喘了一口氣，開口便問。

回答是，浙江溫州樂清。

四

莎士比亞寫過一部戲叫《威尼斯商人》，這使很多沒來過威尼斯的觀眾也對這裡的商人產生了某種定見。

我在這裡見到了很多的威尼斯商人，總的感覺是本分、老實、文雅，毫無奸詐之氣。最難忘的，是一個賣面具的威尼斯商人。

義大利的假面喜劇本是我研究的對象，也知道中心在威尼斯，因此那天在海邊看到一個面具攤販，便興奮莫名，狠狠地欣賞一陣後便挑挑揀揀選出幾副，問明瞭價錢準備付款。

攤販主人已經年老，臉部輪廓分明，別有一份莊重。剛才我欣賞假面的時候他沒有任何反應，甚至也沒有向我點頭，只是自顧自地把一具具假面拿下來，看來看去再掛上。當我從他剛剛掛上的假面中取下兩具，他突然驚異地看了我一眼，沒有說話。等我把全部選中的幾具拿到他眼前，他終於笑著朝我點了點頭，意思是：「內行！」

正在這時，一個會說義大利語的朋友過來了，他問清我準備購買這幾個假面，便轉身與老人攀談起來。老人一聽他流利的義大利語很高興，但聽了幾句，眼睛從我朋友的臉上移開，擱下原先準備包裝的假面，去擺弄其他貨品了。

我連忙問朋友怎麼回事，朋友說，正在討價還價，他不讓步。我說，那就按照原來的價錢吧，並不貴。朋友在猶豫，我就自己用英語與老人說。

但是，我一再說「照原價吧」，老人只輕輕說了一聲「不」，便不再回頭。

朋友說，這真是強脾氣。

但我知道真實的原因。老人是假面製作藝術家，剛才看我的挑選，以為遇到了知音，一討價還價，他因突然失望而傷心。

這便是依然流淌著羅馬血液的義大利人。自己知道在做小買賣，做大做小無所謂，是貧是富也不經心，只想守住那一點自尊。

去一家店，推門進去坐著一個老人，你看了幾件貨品後小心問了一句：「能不能便宜一點？」他的回答是抬手一指，說：「門在那裡。」

冷冷清清、門可羅雀，這正是他們支付的代價，有人說，也是他們人格的悲劇。

身在威尼斯這樣的城市，全世界旅客來來往往，要設法賺點大錢並不困難，但是他們不想。店是祖輩傳下的，半關著門，不希望有太多的顧客進來，因為這是早就定下的規模，不會窮，也不會富，正合適，窮了富了都是負擔。

歐洲生活的平和、厚重、恬淡，部分地與此有關。

如果說是悲劇，我對這種悲劇有點尊敬。

稀釋但丁

佛羅倫斯像個老人，睡得早。幾年前我和幾位朋友驅車幾百公里深夜抵達，大街上一切商店都已關門，只能在小巷間穿來穿去尋找那種熬夜的小餐館。腳下永遠是磨得發滑的硬石，幽幽地反射著遠處高牆上的鐵皮街燈。兩邊的高牆靠得很近，露出窄窄的夜空，月光慘澹，酷似遠年的銅版畫。路越來越窄，燈越來越暗，腳步越來越響又悄悄放輕，既怕騷擾哪位失眠者，又怕驚醒一個中世紀。

終於，在前邊小巷轉彎處，見到一個站著的矮小人影，紋絲不動，如泥塑木雕。走近一看，是一位日本男人，順著他的目光往前打量，原來他在凝視著一棟老樓，樓房右牆上方垂著一幅布幔，上書「但丁故居」字樣。

但丁就是從這裡走出。他空曠的腳步踩踏在昨夜和今晨的交界線上，使後來一切早醒的人們都能朦朧記起。

這次來佛羅倫斯，七轉八轉又轉到了故居前，當然不再是黑夜，可以從邊門進入，一層層、一間間地細細參觀。

但丁在青年時代常常由此離家，到各處求學，早早地成了一位百科全書式的學者，又眷戀著

佛羅倫斯，不願離開太久。這裡有他心中所愛而又早逝的比阿特麗（Beatrice），更有新興的共和政權。三十歲參加佛羅倫斯的共和政權，三十五歲時甚至成為六名執政長官之一，但由於站在新興商人利益一方反對教皇干涉，很快就被奪權的當局驅逐，後來又被缺席判處死刑。

被驅逐那天，但丁也應該是在深夜或清晨離開的吧？小巷中的馬蹄聲響得突然，百葉窗裡有幾位老婦人在疑惑地張望。放逐他的是一座他不願離開的城市，他當然不能選擇在白天。

被判處死刑後的但丁在流亡地進入了創作的黃金時代，不僅寫出了學術著作《饗宴》、《論俗語》和《帝制論》，而且開始了偉大史詩《神曲》的創作，他背著死刑的十字架而成了歷史巨人。

佛羅倫斯當局傳信給他，說如果能夠懺悔，就能給予赦免。懺悔？但丁一聲冷笑，佛羅倫斯當局於一三一五年又一次判處他死刑。

但丁回不了心中深愛的城市了，只能在黑夜的睡夢和白天的痴想中懷念。最後，五十六歲客死異鄉。佛羅倫斯就這樣失去了但丁，但是最終還是沒有失去，後世崇拜者總是順口把這座城市與這位詩人緊緊地連在一起，例如馬克思在引用但丁詩句時就不提他的名字，只說「佛羅倫斯大詩人」，全然合成一體，拉也拉不開。

佛羅倫斯終究是佛羅倫斯，它排斥但丁的時間並不長。我在科西莫・美第奇的住所見到過但丁臨終時的臉模拓坯，被供奉得如同神靈。科西莫可稱之為佛羅倫斯歷史上偉大的統治者，那麼，他的供奉也代表著整座城市的心意。

最讓我感動的是一件小事。但丁最後是在佛羅倫斯東北部的城市拉文那去世的，於是也就安葬在那裡了。佛羅倫斯多麼希望把他的墓葬隆重請回，但拉文那怎麼會放？於是兩城商定，但丁墓前設一盞長明燈，燈油由佛羅倫斯提供。一盞燈的燈油能有多少呢？但佛羅倫斯執意把這一粒光亮、一絲溫暖，永久地供奉在受委屈的遊子身旁。

不僅如此，佛羅倫斯聖十字教堂（Santa Croce）安置著很多本地重要人物的靈柩和靈位，大門口卻只有一座塑像壓陣，那便是但丁。

但丁塑像為純白色，一派清瘦憂鬱，卻又不具體，並非世間所常見。我無法解讀凝凍在他表情裡的一切，只見每次都有很多鴿子停落在塑像上，兩種白色相依相融。很快鴿子振翅飛動，飛向四周各條小巷，像是在把艱難的但丁，稀釋化解開去。

城市的符咒

一

第一次來佛羅倫斯時就對一件事深感奇怪，那就是走來走去總也擺脫不了這幾個字母：MEDICI。像符咒，像標號，鐫在門首，寫在牆面，刻在地下，真可謂抬頭不見低頭見，躲來躲去躲不開。昨天寫但丁，就沒有躲開。

這是一個家族的名稱，中文譯法多種多樣，我就選用「美第奇」吧。看得出來，現在佛羅倫斯當局並不想張揚這個家族，不願意把各國旅人紛至沓來的理由歸諸一個門戶。但是，旅人們只要用心稍細，便能發現要想避諱某種事實十分困難。

全城向旅人開放的幾座大教堂中，居然有四座是美第奇家族的家庭禮拜堂；明明說是去參觀當年佛羅倫斯共和國的國政廳，看來看去竟看到了什麼「族祖」的畫像、「夫人」的房間，原來國政廳就是他們的家。

更驚人的是那家聞名世界的烏菲齊美術館，據一種顯然誇張的說法，西方美術史上最重要的畫幾乎有一半藏在這裡。但是，我們一到五樓的陳列室門口卻看到了一圈美第奇家族歷代祖先的雕像，一問，整個美術館原本就是他們家族的事務所，那些畫也是他們幾世紀來盡力收集的，直到美第奇家族的末代傳人安娜．瑪麗亞，才捐贈給佛羅倫斯市。

好像也有別的富豪之家想與這個家族一比高下。例如十五世紀佛羅倫斯的銀行家皮提（Luca Pitti）曾建造了一所規模浩大的宅院，請來設計的恰恰是與美第奇家族關係密切的設計大師布魯納萊斯基，明顯要與美第奇家族共分威勢。但遺憾的是，皮提家族正由於這座宅院的巨額開支而漸漸敗落，這座宅院也就由美第奇家族買下，並成為主要住所。美第奇家族長期住在這裡又不更改「皮提宅院」之名，看似照顧了對手的名聲，實際上卻加倍證明了自己的勝利。

一個家族長久地籠罩一座城市，這不太奇怪，值得注意的是這

座城市當時正恰是歐洲文藝復興的搖籃。難道，像文藝復興這樣一個改變了人類命運的偉大運動，也與這個家族息息相關？答案是肯定的。

因此，我決定，這次在佛羅倫斯要留駐較長時間，仔細研究一下美第奇家族。有關這個家族的文字資料，以前我也讀過一些，但在這裡，條條街道都是讀本，隨時都可以遇到老師。我深信這種留駐是值得的，因為這個家族收藏著太多「歐洲的祕密」。

美第奇家族非常富有。祖先原是托斯卡納的農民，做藥商發財，進而開辦銀行而漸漸成為歐洲最大的銀行家。他們在銀行中運用從阿拉伯人那裡學來的複式簿記法，效率大大提高，金融業務快速發展，還為羅馬教會管理財政。十五世紀中後期，這個家族又在政治上統治佛羅倫斯六十年。這六十年，既是佛羅倫斯的黃金時代，又是文藝復興的黃金時代。

在我看來，美第奇家族對文藝復興的支持，有三方面的條件，一是巨額資金，二是行政權力，三是鑑識能力，三者缺一不可。

為什麼呢？

第一，文藝復興雷霆驚人、萬人翹首，是由許多作品來撐持的，這些作品不管是壯麗的建築還是巨幅的壁畫，都耗費不菲，遠不是藝術家本身所能應付。因此，美第奇家族的資金注入，至關重要。

第二，文藝復興畢竟又是一場挑戰，一系列全新的觀念和行為，勢必引來廣泛反彈，構成對一個個創新者的包圍。這就需要權力的保護了，而美第奇家族又正巧具備了這種權力，給很多藝術家一種安全感。

第三，美第奇家族是靠什麼來確定資助和保護對象的？靠他們的鑑識能力。這種鑑識能力既包括對古希臘文化的熟知，又包括對新時代文化的敏感。他們通過設立柏拉圖學園、雕塑學校和圖書館，從歐洲各地攬集人才，使佛羅倫斯市民的文化水準有了大幅度的提高。這實在難能可貴，因為世界各國歷來也會出現一些熱衷於藝術的財富集團和權力集團，卻每每因鑑識能力低下而貽笑大方。

美第奇家族從這三方面一使勁，在佛羅倫斯造成了一種民眾性的文化崇拜。這對一場思想文化運動聲勢的形成，都極其重要。

在佛羅倫斯大街上我反覆自省：為什麼自己與美第奇家族無怨無仇，卻從一開始就在心理上懷疑他們對文藝復興的巨大影響呢？這也許與中國的某種傳統觀念有關。中國的民間藝術家和文人藝術家歷來以蔑視權貴為榮，以出入權門為恥；而與他們同時存在的宮廷藝術家，則比較徹底地成了應命的工具，描富吟貴、歌功頌德。這兩個極端之間，幾乎沒有中間地帶。我們似乎很難想像當年佛羅倫斯的那些藝術大師，居然沒有陷入兩個極端中的任何一端，大大方方地出入權門卻又未曾成為工具。

美第奇家族總的說來比較尊重創作自由。他們當然也有自己的藝術選擇，例如那位著名的羅倫佐．美第奇非常欣賞米開朗基羅而對達．芬奇卻比較漠然，而他的兒子對米開朗基羅也有點冷漠。但這一些都無改於這個家族對藝術群體的整體護惜。米開朗基羅十四歲就被這個家族賞識培養，長大後懷著報恩之心為他們做了不少事，也曾支持過市民反抗美第奇家族的鬥爭，對此美第奇家族也沒有怎麼為難他。

由美第奇家族聯想到，中國古代的顯貴、官僚、豪紳，一涉足藝術文化，因此常常奢侈在高牆內，毀棄在隔代間，難於積累成實實在在的社會精神財富，讓全民共用。

二

光天化日之下的巨大身軀，必然會帶出同樣巨大的陰影。我在考察過程中漸漸發現，美第奇家族後來遇到的麻煩，更具有哲學意義。因此，不妨多講幾句。

美第奇家族一開始還比較靠近平民，但一旦掌權就難免與平民對立，這個悖論首先被那位科西莫．美第奇（Cosimo Medici）敏感到了。科西莫當時採取的辦法是淡化掌權的名義，強化市民的身分，只在幕後控制政局。

在美第奇家族中可以與科西莫相提並論的是他的孫子羅倫佐（Lorenzo Midici）。羅倫佐當政時年紀還輕，不再採取祖父那種謹慎低調的掌權方式，而是果斷勇猛、雄才大略。一四八〇年羅馬教皇聯合那不勒斯威脅佛羅倫斯，羅倫佐面對如此強大的對手居然隻身南行，到那不勒斯談判，頃刻間化敵為友，成為歐洲外交史上的美談。

這樣一位統治者必然是自信而強勢的，市民們一直以他為驕傲，但時間一長，彼此都覺得有點異常。政治便是這樣，低調維持平靜，強勢帶來危機，最輝煌的收穫季節必然也是多事之秋，聰明的羅倫佐很快就領悟到了這一點。他進退有度，願意分出更多的時間討論古希臘哲學，也寫了不少傷感的詩，例如，我們可以用中國古詩的風格翻譯一首：

灼灼歲序，
恰似晨露。
今朝歡愉，
明日何處？

羅倫佐遇到過很多對手，而最大的對手卻是他統治下的佛羅倫斯市民。市民是善於厭倦的，何況佛羅倫斯已風氣初開、思想活躍，很難長時間地皈伏於一個家庭的統治。如果說美第奇家族親手宣導了這種風氣，那麼，正是這種風氣要反過來質疑這個家族。

我在市中心著名的老橋上方，看到一種奇怪的舊建築，似房似廊，貫穿鬧市，卻密封緊閉，只開一些小窗。詢問一位導遊，他說，這是美第奇家族穿行於不同住處間的走道。他

們不會像舊式貴族官僚那樣戒備森嚴地在官道上通過，但又不敢毫無遮攔地與市民並肩而行。

羅倫佐奇怪地發現，越來越多的市民都向一家修道院湧去，而柏拉圖學園早已門可羅雀。

市民是去聽修道院院長薩伏納洛拉（Savonarola）講道的，講道的內容是批判佛羅倫斯城裡的奢侈之風、腐敗之氣，認為這完全背離了基督精神。這樣的講道契合市民的切身感受，很有鼓動力，而更讓人震撼的是，薩伏納洛拉指名道姓地批判了美第奇家族和羅倫佐本人，而且自詡有預言能力，警告佛羅倫斯如果不改邪歸正，必定有災難降臨。於是，佛羅倫斯市民以敬佩和驚慌的心情聚集在他周圍，他以宗教淨化和社會批判這兩條路，成了世俗市民的精神領袖。後來法國入侵、局勢混亂，他也就被市民選為執政，取代了美第奇家族。

這從政治角度來看，市民通過選舉推翻了一個家族專制，這一個民主行為，但從整體文明上看卻正恰相反。政治模式和文明模式，在這件事情上南轅北轍。薩伏納洛拉實行的，是宗教極端主義和禁欲主義。例如市民們原來聽他演講中批判美第奇家族的奢侈時，覺得大快人心，現在美第奇家族已倒，那麼對不起，請所有市民把家裡可能保存的奢侈品全部交出來，當眾焚毀。他不僅一切娛樂被禁止，連正常的結婚也不受鼓勵，全面禁欲，其嚴厲程度，不但在佛羅倫斯歷史上，而且在義大利歷史上也是從七世紀之後從未有過。文藝復興中湧現的許多藝術作品，也被看成是不道德的東西，大批投入火海。於是，一座生氣勃勃的城市，轉眼成了文化上的死城。

佛羅倫斯市民對於自己用「民主」方式「造」出來的這種結果，當然更加不能容忍，他們以比厭倦美第奇家族更快的速度厭倦了薩伏納洛拉。薩伏納洛拉以往針對別人的演講又為自己設置了陷阱。例如，既然他說能被烈火焚毀的一切都是魔鬼，那麼市民就想看看他自己承受烈火焚燒而不毀的奇蹟。正好他所宣揚的宗教極端主義對羅馬教皇也持譴責態度，教皇也就反過來判他一個「異端」，在美第奇家族宅院門口的塞諾里亞廣場上執行火刑把他燒死。現在這個廣場的噴泉附近地上還有一塊青銅圓基，石碑說明，這是薩伏納洛拉被燒的地點。我蹲下身來仔細觀看。

這塊小小的銅基是一個值得玩味的傷疤，兩種歷史力量一種立足民主一種立足文明在這裡撕拉出血淋淋的裂痕。這個裂痕，也是歐洲公民社會的一個「兩難」。而任何「兩難」，一旦暴露，都是拐點。今天的遊人幾乎都不會注意到它，只顧興高采烈地踩踏著它，抬頭看米開朗基羅的《大衛》雕塑。

薩伏納洛拉在中國史學界的評價差距很大，大陸有人把他說成是被反動勢力殺害的民主鬥士，台灣有人把他說成是「妖僧」，這兩種說法我都不敢苟同。看到過他的畫像，黑布包頭，眼有異光，瘦頰豐唇，可以想像他在修道院當眾抨擊文藝復興中的佛羅倫斯時，一定很有感染力。

薩伏納洛拉事件使佛羅倫斯市民的水準有點提高，他們開始以比較冷靜的態度來對待美第奇家族。但自從羅倫佐去世之後，佛羅倫斯再也沒有出現過強有力的統治者，長期陷於內亂和衰落之中。美第奇家族在十六世紀二十年代又下過一次台，後來還是一直把握著這座城市的統治權，直到十八世紀四十年代因家族無嗣而自然退出。

一座城市，一個家族，一場運動，一堆傷疤，就這樣纏纏繞繞、時斷時續地綰接了一段重要的歷史。

大師與小人

一

在聖十字教堂米開朗基羅的靈柩前我想，文藝復興運動退潮的標誌，應該是米開朗基羅之死吧？

如果我的判斷沒錯，那我就不能僅僅把他看作是一個雕塑家和畫家了。因此，我決定在佛羅倫斯再留駐幾天，一次次去他的故居，讀多種資料。我漸漸明白，一個輝煌時代的代表者也會遇到人格困境，而他的人格困境，很可能正是這個時代失去輝煌的標誌。

米開朗基羅死在羅馬，享年八十九歲。比之於達．芬奇死於六十多歲，拉斐爾死於三十多歲，實在是高壽。他與他們兩人的關係曾出現過一些尷尬，但他們都已在四十多年前去世，他一人承受了四十多年缺少高層次朋友和對手的無限孤獨。

記得那時，已經畫出了《最後的晚餐》的達．芬奇回到佛羅倫斯時是何等榮耀，年輕氣盛的米開朗基羅曾經公開衝撞過他。後來米開朗基羅發現達．芬奇為佛羅倫斯國政廳畫壁畫的報酬是一萬金幣，而自己雕刻《大衛》的報酬是四百金幣，心中不平，表示也要畫一幅壁畫來與達．芬奇較量。這種眾目睽睽下的比賽，時時引發不愉快的事情。例如這期間有人用石塊投擲陳放於廣

場上的《大衛》，立即被想像成受達．芬奇指使，使達．芬奇不知如何洗刷。

但是大師畢竟是大師，米開朗基羅剛想把比賽的那幅壁畫從紙稿上畫到牆上，卻被教皇召到了羅馬。等他後來回到佛羅倫斯，發覺達．芬奇早已因別的原因中止壁畫而遠走他鄉。他在達．芬奇留下的壁畫遺跡前大為震動，因為他能理解全部筆觸間的稀世偉大。照理，此時的他，已經沒有競爭地獲得了單獨完成壁畫的機會，但達．芬奇已走，自己再畫還有什麼意思？他也停止了。於是，兩位大師重新用溫和的目光遠遠地互相打量，霎時和解。

拉斐爾比米開朗基羅年輕八歲，對米開朗基羅和達．芬奇的藝術都非常崇拜。但他是當時主持聖彼得大教堂工程的著名建築師布拉曼特的同鄉和遠親，布拉曼特對米開朗基羅不無嫉妒，結果使拉斐爾一度也成了米開朗基羅心理上的對立面。米開朗基羅懷疑，教皇硬要他這個雕刻家在西斯廷教堂的頂棚作大型壁畫，很可能是布拉曼特和拉斐爾出的壞主意，目的是讓他出醜。他作這幅壁畫時拒絕別人參觀，但很快發現有人在夜間進來過，一查，又是布拉曼特和拉斐爾，這使他非常氣惱。其實拉斐爾是來虔誠學習的，當米開朗基羅這幅名為《創世紀》的壁畫完成後，拉斐爾站在壁畫前由衷地說：「米開朗基羅用上帝一樣的天才，創造出了這個世紀！」

布拉曼特只主持聖彼得大教堂工程八年便去世了，拉斐爾繼位。可惜他那麼年輕工作了六年也去世了，奇怪的是，另一位建築師剛剛接手又去世。教廷百般無奈，最後只好去請七十二歲高齡的米開朗基羅主持其事。

米開朗基羅覺得自己只是雕刻家，由於布拉曼特別有用心的推薦不得已成了畫家，卻又怎能在這麼蒼老的晚年再來變成一個建築師，更何況要接手的是布拉曼特的工作！因此幾度拒絕。後來實在推不過，就提出要改變布拉曼特的方案才能考慮，教廷也居然同意。但是，當他用挑剔的目光一遍遍審視布拉曼特的設計方案後，不得不驚呼：誰想否定這麼精彩的方案，一定是瘋子！

這聲驚呼，是從藝術良知發出的。真心的藝術家之間可以互不服氣，可以心存芥蒂，但一到作品之前，大多能盡釋前嫌。一種被提煉成審美形式的高貴人格，遲早會互相確認。

二

米開朗基羅晚年的苦惱，在於再也遇不到這種等級的互相對峙和確認，迎面而來的儘是一些被他稱作「卑鄙造謠者」的小人群體。

請不要小看小人，他們是種種偉大的消解者。消解的速度，遠遠超過當初的建設。

從米開朗基羅給侄兒的那些書信看，直到臨死之前他還在受小人們的折磨。他們的名字，現在還能從史料中查到。我們有時傻想，年近九十而又名震全歐的藝術大師，為什麼還會在乎這些卑鄙的造謠者呢？看了資料才知道，這些人在當時都具有一定的話語權，還有一定的運作能力，而謠言的內容無論是教皇還是民眾都一時很難分辨。其中最惱火的是有關工程的謠言，不斷預言米開朗基羅正在建造的那個教堂大穹頂已留下很嚴重的技術後果而必定坍塌。這在當時無法驗證，卻能破壞建造者的心緒，可能一氣而中止工程，而中止又正恰是造謠者的目的，好讓自己來接手穹頂。

那天我正好讀了這些資料，便要去聖彼得大教堂前參加一個盛大典禮，看到連教皇都出來了。但我的心思卻一直駐定於藍天下的那個穹頂，想著幾百年前米開朗基羅有口難辯的憤怒。

其實米開朗基羅的這種麻煩，在他完成傑作《最後的審判》時就遇到了。那時大師年近古稀，突然發現這種看似卑瑣的對手比他經歷過的各種危難還要兇險。

當時有個威尼斯的諷刺作家叫阿雷提諾，兼做兩項職業謀生，一項是受人僱傭寫誹謗文章，領取傭金；另一項是向藝術家無償索取作品，如遭拒絕則立即發表攻擊性雜文。

這兩項職業，其實都是由文化小人變成了文化殺手。第一項是僱傭性文化殺手，第二項是報復性文化殺手。他在當時十分強大，因為一幅壁畫一畫幾年，他的雜文一天幾篇，攻守嚴重失衡；更因為他的誹謗和攻擊持續不斷，而且發表得很有規律，結果幾乎所有的名人、藝術家都非常怕他，他也就順順當當地獲得了大量的金錢和其他利益。

這次他向米開朗基羅索要畫稿，未能如願，便發表了一封公開信，說米開朗基羅拿了教皇的大堆黃金而沒有畫成像樣的東西，是騙子和強盜，品行不端。米開朗基羅雖然非常生氣卻沒有理會，阿雷提諾便進一步以傳單的方式指責《最後的審判》傷風敗俗，「有路德教派的思想」——這個指控在當時有可能引來殺身之禍，幸好教皇沒怎麼在意。

像一切以評論家身分出現的小人一樣，阿雷提諾竭力想把一個藝術家拉到政治審判和道德審判的被告席上。即使最後沒有成功，他也攪亂了社會注意力。連當時為米開朗基羅辯護的人們也沒有發現：《最後的審判》在人物刻畫和構圖上已與文藝復興時期的古典主義告別。這是大師花了整整六年時間，白天黑夜艱難探索的結果，誰知一問世就被惡濁的喧嘩所掩蓋。

大師想探索的命題，還有很多，他時時想從新的起跑線上起步，但小人們的誹謗使他不得不一次次痛苦地為自己本想放棄的東西辯護。他多麼想重新成為一個赤子繼續探索藝術的本義，但四周的一切使他只能穿上重重的盔甲，戴上厚厚的面罩。社會氣氛已經無法幫助他成為一個輕鬆的創造者，這正表明文藝復興的大潮已開始消退。

一五六四年二月十八日，大師臨終前對站在自己面前的紅衣主教說：「我對藝術剛剛有點入門，卻要死了。我正打算創作自己真正的作品呢！」

大師的親屬只有一個不成器的侄子。這個侄子草草地把大師的遺體捆成一個貨物模樣，從羅馬運回佛羅倫斯，完成了遺囑。

我想，如果沒有那些小人，讓米開朗基羅的後半輩子不要長期間地困於苦悶、掙扎之中，而是「創作自己真正的作品」，那麼，歐洲的文藝復興必將會更精彩，全人類的美好圖像也必將會更完整。因此，我不能不再一次強烈地領悟：歷來糟踐人類文明最嚴重的人，不是暴君，不是強盜，而是圍繞在創造者身邊的小人。

圍啄的雞群

一

伽利略趕在米開朗基羅去世前三天出生，彷彿故意來連接一個時代：文藝復興基本完成，近代科學開始奠基。

佛羅倫斯聖十字教堂內的名人靈柩，進門右首第一位是米開朗基羅，左首第二位是伽利略，也像是一種近距離的呼應和交接。

但是，這種呼應和交接，兩邊都充滿悲劇氣氛。伽利略的遭遇比米開朗基羅更慘，證明人類的前進步伐，跨得越大就越艱辛。

我給自己立下一個限制，不能把這次考察變成對一個個歷史人物的回顧。除了美第奇家族和米開朗基羅，我只允許再加一個義大利人，不再多加了。這個人就是伽利略。

嚴格說起來伽利略應該算是比薩人。在比薩出生，在比薩求學，又在比薩大學任教。據說他曾在比薩斜塔上做過一個自由落體的實驗，現在有人經過考證認為這個實驗沒有做過，但世界各國旅人仍然願意把那座斜塔當作他的紀念碑。

但是，他的靈柩卻安置在佛羅倫斯。

這是因為，佛羅倫斯對伽利略有恩，而且是大恩。

那年羅馬教廷通知七十高齡的伽利略到羅馬受審，伽利略因患嚴重關節炎無法長途坐馬車，請求就近在佛羅倫斯受審，但教廷不許。年輕的佛羅倫斯大公費迪南二世派出一乘轎子送伽利略前往，而在羅馬第一個迎接這位「罪人」的，是佛羅倫斯駐羅馬大使尼科利尼，尼科利尼還邀請伽利略住在自己寓所裡。

在如此險惡的形勢下，佛羅倫斯能在自己的地盤裡保護伽利略已經不易，沒想到它居然伸出長長的手臂，把這種保護追隨到教廷所在的羅馬。

年邁的科學家對世事天真未鑿。他困惑地問尼科利尼：「為什麼我的很多朋友以前很支持我，現在一看風頭不對都起勁地攻擊我？我對他們做錯了什麼嗎？」

尼科利尼笑著回答：「您對人性的瞭解，遠不如對天體的瞭解。您的名聲太大，這就是原因。」

伽利略不解。尼科利尼又說：「小時候見到一群小雞狠命地圍啄一隻流血的雞，我驚恐地問奶媽怎麼回事，奶媽說，雞和人一樣，只要發現一隻比較出色又遭到了麻煩，便聯合起來把它啄死。」

伽利略睜大眼睛聽著，茫然不解又若有所悟。

這場圍啄的中心活動，是要伽利略讀一份「懺悔書」。連他的女兒出於對他生命安全的考慮也來勸他懺悔，他拒絕。但到最後，經過宗教裁判所的「嚴厲考驗」，他還是「懺悔」了。

「懺悔」在羅馬，而在佛羅倫斯，費迪南二世卻說：「我只有一個伽利略。」

二

伽利略的懺悔，是跪在地上做的。懺悔的中心內容，是他曾在著作中認為地球不是宇宙的中心，並且運動著。這位患有嚴重關節炎的古稀老人下跪時一定十分困難，當終於跪到地上之後，他又一次感知了地球。據他的學生文欽卓·比維亞尼回憶，他讀完懺悔詞後還嘆息般地嘀咕了一句：「然而此刻地球還是在轉動！」

他在當時當地是否真的說了這句話，我們還沒有看到除比維亞尼一人回憶之外的其他證據。我們能看到的那份懺悔詞是老人逐字逐句大聲宣讀的，當時曾散發到整個基督教世界。

懺悔書中最讓人傷心的一段話，是他不僅承認自己有「異端嫌疑」，而且向教廷保證：

……當我聽到有誰受異端迷惑有異端嫌疑時，我保證一定向神聖法庭、宗教裁判員或地點最近的主教報告。

這樣的話無疑是一種最殘酷的人格自戕，因為此間的伽利略已經不是一個懺悔者，而是「自願」要成為一個告密的鷹犬。

伽利略為什麼作這個選擇？歷來各國思想界有過多次痛苦的討論。法國思想家伏爾泰有一個令人費解的說法：伽利略「因為自己有理，而不得不請求寬恕。」

德國戲劇家布萊希特在《伽利略傳》裡把這位科學家的懺悔寫成一個人格悖論，即他在科學上是巨人，在人格上卻並不偉大；但布萊希特認為也有別的多種可能，例如他的一位學生憑藉著他所寫的一部著作證明，老師很可能是故意避開人生的直線在走一條曲線，因為沒有先前的懺悔就沒有後來的著作。

不管伽利略是自恃有理，還是故意走曲線，懺悔的後果總的說來是可怕的。就個人而言，多年囚禁，終身監控，女兒先他九年而死，他後來又雙目失明，在徹底的黑暗中熬過了最後五年；就整體而言，誠如英國哲學家羅素所說，這個案件「結束了義大利的科學，科學在義大利歷經幾個世紀未能復甦。」

事情很大，但我總覺得伽利略的心理崩潰與尼科利尼向他講了「雞群啄」的原理有關。既然友情如此虛假，他寧肯面對敵人，用一紙自辱的懺悔來懲罰背叛的「雞群」和失察的自己。這相當於用污泥塗臉，求得寂寞與安靜。

文藝復興雖然以理想方式提出了「人」的問題，卻還遠沒有建立一個基本的人格環境。因此科學文化的近代化無從起步，這就給以後一批批人文主義大師留出了有待回答的大課題。

流浪的本義

一

每一座城市都會有一個主題，往往用一條中心大街來表現。是尊古？是創新？是倚山？是憑海？……

巴塞隆納的主題很明確，是流浪。

全城最主要位置上的那條大街。就叫流浪者大街，叫得乾脆俐落。它的正式名字應該是蘭布拉大街，很少有人知道。

這條大街是逛不厭的，我先是和夥伴們一起逛，不過癮，再獨個兒慢慢逛，逛完，再急急地拉夥伴們去看我發現的好去處。夥伴們也各自發現了一些，一一帶領過去，結果來回走了無數遍，腰痠腿疼而遊興未減。於是相約，晚飯後再來，看它夜間是什麼模樣，大不了狠狠逛它個通宵。

來自世界各地的流浪者在這裡賣藝賣物，抖出百般花樣，使盡各種心智，實在是好玩極了。

我也想過，世上的商街也都在賣藝賣物，司空見慣，為什麼這裡特別吸引人？

首先，這裡渾然融和，主客不分。不分當地人和外來人，不分西班牙人和外國人，不分東方人和西方人，大家都是流浪者，也不分嚴格意義上的賣者和買者，只是像「賣者」和「買者」一樣開心晃蕩。

其次，這裡洋溢著藝術氣氛。所有的賣家多半不是真正的商人，是昨天和明天的行者。只因今天缺錢，便在這裡稍稍鬧騰。主要不是鬧騰資金和商品，而是手藝和演技，因此又和藝術銜接在一起，光鮮奪目，絕招紛呈，就像過節一般。

第三，這裡籠罩著文明秩序。不知什麼時候形成的規範，在這裡出現的一切，必須乾淨、文雅、禮貌、美觀，不涉惡濁，不重招徠，大家都自尊自愛，心照不宣。這就使它與我們常見的喧鬧劃出了界線，具備了國際旅遊質素。

……

這些特點，在我看來，全都體現了世間一切優秀流浪者的素質。他們的謀生能力，開闊心境，自控風範，物化為一條長廊。其實，這也是一切遠行者的進修學校。

我一直認為，正常意義上的遠行者總是人世間的佼佼者。他們天天都可能遭遇意外，時時都需要面對未知，如果沒有比較健全的人格，只能半途而返。

有人把生命偪促於互窺互監、互猜互損之中，有人則把生命釋放於大地長天、遠山滄海之間。因此，在我眼中，西班牙巴塞隆納的流浪者大街，也就是開通者大街，快樂者大街。

二

巴塞隆納流浪者大街的中間一段，是表演藝術家的活動天地。有的在做真人雕塑，有的在演滑稽小品。

真人雕塑在歐洲很多城市都有，人們因為看慣了普通雕塑，形成了視覺慣性，突然看到這幾尊雕塑有點異樣，總會由吃驚而興奮。很多行人會與「雕塑」並肩拍張照，「雕塑」會與你拉手、摟肩。拍完照片，你就應該往腳前的帽子裡扔點錢。

有的旅客小氣，不與「雕塑」並肩、握手，就站在邊上，讓他作為街景拍張照，以為可以不付錢。這種「偷拍客」在這裡有點麻煩。快門一響，「雕塑」警覺，一看有一個小姐快速離去的背影，就會從基座上跳下來去追趕。於是，一尊埃及法老金塑在邊追邊喊一名滿臉通紅的金髮女郎，一座渾身潔白的希臘偉男石雕在阻攔一名黑髮黑衫的亞洲女士，這情景實在好玩，往往引得周圍一片歡呼。

無論是金塑還是石雕都笑容可掬，語氣間毫無譴責：「小姐，我能不能再與你照一張？」小姐當然連忙給錢，「雕塑」收下後還滿口客氣：「其實這倒不必。」

只有一宗表演我看不明白。一口華麗的棺材，蓋子打開了，裡面躺著一位化了妝的男演員，作死亡狀，臉上畫著濃重的淚痕。棺材上掛著一張紙，用西班牙文寫著一排詩句，我懷疑是莎士比亞某劇中的一個片斷，但哪一個劇呢？想了半天無法對位。棺材旁坐著一位女性，顯然是演員的妻子，她腳下有一個皮袋，過往行人丟下的錢幣很多。

從演員的呼吸狀態看，他顯然是睡著了。睡著而能比那些活蹦亂跳的賣藝人賺更多的錢，也真有本事。

三

流浪者大街的東端直通地中海，逛街勞累後我想吹吹風，便向海邊走去。

海邊是一個廣場，中間有一柱高塔，直插雲端。高塔底部，有費迪南國王和伊莎貝爾女王的雕像。高塔頂部，還有一尊立像。

這會是誰呢？連堂堂國王和女王都在那麼低下的部位守護著他，難道他是上帝？

雲在他身邊飄蕩，他全然不理，只抬頭放眼，注視遠方。

我立即猜出來了，只能是他，哥倫布。一問，果然。

我看了看整體形勢，這座哥倫布高塔，正與流浪者大街連成一直線。那麼，這位航海家也就成了大街上全體流浪者的領頭人。或者說，他是這裡的第一流浪者。

其實豈止在這裡。他本是世界上最大的

流浪者。

為了爭取流浪，他在各國政府間尋找支持。支持他的，就是現在蹲坐在他腳下的皇家夫妻。他發現了一片大陸，於是走進了歷史。但他至死都不清楚，自己發現的究竟是什麼大陸。

哥倫布表明了流浪的本性：不問腳下，只問前方。

四

從哥倫布，我理解了巴塞隆納的另一位大師：高第。

我以前對高第知之甚少。讓我震動的，是他建造聖家族大教堂的業績。

他接受這項工程時才三十歲，造了四十四年，才造成一個外立面。在外立面完工慶典前的兩個星期，他因車禍去世，終年七十四歲。

到今天，正好又過了七十四年，他的學生在繼續造，還沒有造好。對此，巴塞隆納的市民著急了，向市政當局請願，希望自己有生之年能參加這個教堂的落成典禮。於是市政當局決定加快步伐，估計二十年後能夠完成。

那麼，這個教堂建造至今，已歷時一百四十八年，再過二十年是一百六十八年。

這種怪異而又宏偉的行為方式，使我想起流浪者的本性，不問腳下，只問前方。

我到那個教堂的工程現場整整看了一天。高第的傑作如靈峰，如怪樹，如仙窟，累累疊疊、淋淋漓漓地結體成莊嚴。後續工程至今密布著腳手架，延續著高第飽滿的創作醉態又背離了他，以挺展的線條、乾淨的變形構建成一種新的偉大。

由此也深深地佩服巴塞隆納市民，他們竟然在一百四十幾年之後才產生焦急，這是多大的寬容和耐心。今天的焦急不是抱怨高第和他的學生，而是抱怨自己有限的生命。

為了彌補以前對高第的無知，我這次幾乎追蹤到了他在城裡留下的每一個足跡。細細打聽，步步追問，凡有所聞，立即趕去。

他終生未娶，即便年老，也把自己的居所打扮成童話世界。每一把椅子，每一張桌子，每一面鏡子，只要人手可以搓捏的，他都要搓捏一番，絕不放過。他最躲避的是常規化定型，因此每做一事都從常規出走，從定型逃離，連一椅一桌都進入了流浪。

高第於一九三六年死於車禍，當時缺少圖像傳媒，路人不認識倒地的老人是誰，把他送到了醫院，搶救無效又送到了停屍房。但是，幾天之後，「高第之城」終於發現找不到高第了，才慌張起來，四處查訪，最後，全城長嘆一聲，知道了真相。

人們來到他的故居，才發現，他的床竟如此之小。

這時大家似乎最終醒悟。一個真正的流浪者，只需要一張行軍床。

只因牠特別忠厚

西班牙到處都是鬥牛場，有的氣勢雄偉，有的古樸陳舊。

但無論如何，我不喜歡鬥牛。

牛為人類勞累了多少年，直到最後還被人吃掉，這大概是世間最不公平的事。記得兒時在鄉間看殺牛，牛被捆綁後默默地流出大滴的眼淚。於是一群孩子大喊大叫，挺身去阻攔殺牛人的手。當然最終被阻攔的不是殺牛人而是孩子，來阻攔的大人並不叱罵，也都在輕輕搖頭。

從驅使多年到一朝割食，便是眼開眼閉的忘恩負義，這且罷了，卻又偏偏園出一個鬥牛場去激怒牠、刺痛牠、煽惑牠，極力營造殺死牠的藉口。一切惡性場面都是誰設計、誰布置、誰安排的？卻硬要把生死搏鬥的起因推到牛的頭上，似乎是瘋狂的牛角逼得鬥牛士不得不下手。

人的智力高，牛又不會申辯，在這種先天的不公平中，即使產生了英雄，也不會是人，只能是牛。但是，人卻殺害了牠，還冒充英雄。世間英雄，真該為此而提袖遮羞。

再退一步，殺就殺了吧，卻又聚集起那麼多人起鬨，用陣陣呼喊來掩蓋血腥陰謀。

有人辯解，說這是一種剝除了道義邏輯的生命力比賽，不該苛求。

要比賽生命力為什麼不去找更為雄健的獅子老虎？專門與牛過不去，只因牠特別忠厚。

小巷老門

西班牙的一半風情，在佛朗明哥舞裡蘊藏。

入夜，城市平靜了，小巷子幽幽延伸。我們徒步去找一個地方，走著走著連帶路的朋友也疑惑起來：路名不錯，門牌號碼已經接近，為什麼還這麼闃寂無聲？

要找的門牌號碼，掛在一扇老式木門上，門關著。用指背輕叩三下，門開了，是一個瘦小的男人。我們說已經來過電話預訂，他客氣地彎腰把我們迎入。

進門有一堵很舊的木牆擋眼，地方只容轉身。但轉身就看到了木牆背後的景象，著實讓我們吃了一驚。

一個很大的場子，已經坐了一二百人。大家都圍著一張張桌子在喝酒，談話聲很小，桌上燭光抖抖，氣氛有點神祕。場子內側有舞台，所有的人都是來看一個家庭舞蹈團演出的，包括我們在內。這是他們家庭的私房，所以躲得那麼隱祕，塞得那麼擁擠，一門之外，竟毫無印跡。

舞台燈光轉亮，演出開始了。

娉娉婷婷出來三個年輕女郎，一個溫和，一個辛辣，一個略略傾向另類，都極其美麗，估計是這個家庭的女兒和小媳婦。她們上場一派端莊，像剛剛參加過開學典禮，或結伴去做禮拜。突然，其中一個如旋風初起，雲翼驚展，舞起來了，別的兩位便讓到一邊。舞者完全不看四周，只是低頭斂目，如深沉自省，卻把手臂和身體展動成了九天魔魅，風馳電掣。

但恰恰在怎麼也想不到的瞬間，她驟然停止，提裙鶴立。應該有一絲笑容露臉，卻沒有，只以超常的肅靜抵賴剛才的一切，使全場觀眾眨著眼睛懷疑自己：這樣雅淑懦弱的女郎怎麼會去急速旋轉呢？

瘦削的男子一臉愁楚，一出場就把自己的腳步加速成夏季的雨點，像要把一身燙熱霎時瀉光。他應該是這個家庭的小兒子，家庭遺傳使他有了如此矯健的步數。

靜靜地，儀態萬方，一個中年女子上場，她應該是這家的大媳婦。同樣的奔放在她這兒歸結為聖潔，同樣的激越在她這兒轉化為思考。最後她終於笑了，與年輕的舞者結束時誰也不笑不同，只有她敢笑，但笑容裡分明有三分嘲諷隱藏。她是在嘲諷別人還是在嘲諷自己？她是在嘲諷世界還是在嘲諷舞蹈？不知道。只知道有這三分嘲諷，這舞蹈便超塵脫俗，進入了可以平視千山的成熟之道。

舞台邊上一直站著一個胖老漢，一看便知是家長，正在監督演出的全過程。沒想到大媳婦剛退場，他老人家卻走到了舞台中央。以為要發表講話，卻沒有，只見他突然提起西服下襬，輕輕舞動起來。身體過於肥硬，難於快速轉動，但他有一股氣，凝結得非常厚重，略略施展只覺得舉手投足連帶千鈞，卻又毫無躁烈，悠悠地旋動出了男人的嫵媚、老人的幽默。這位最不像舞者的舞者怎麼著都行，年歲讓他的一舉一動全都成了生命的古典魔術。

高潮是老太太的出場。這是真正的台柱、今晚的靈魂，儘管她過於肥胖又過於蒼老。

老太太一出場便不怒自威，台上所有的演員都虔誠地站在一邊注視著她，包括那位胖老漢，她的夫君。連後台幾個工作人員也齊刷刷地端立台角，一看便知這是他們家庭的最高儀式。剛才的滿台舞姿全由老太太一點一點傳授，此刻宗師出馬，萬籟俱靜。

老太太臉上，沒有女兒式的平靜，沒有兒子似的愁楚，沒有大媳婦的嘲諷，也沒有胖老漢的幽默，她只是微微蹙眉又毫無表情，任何表情對她都顯得有點世俗。她的一招一式，這是他們天天面對的經典，卻又似乎永遠不可企及。

耳邊有人在說：整個西班牙已經很少有人能像她這樣，下肢如此劇烈地舞動而上身沒有半點搖擺。

老太太終於舞畢，在滿場的掌聲中，他們全家一起進入舞蹈狀態，來為今晚的演出收尾。但奇怪的是，每個舞者並不互相交流呼應，也不在乎台下觀眾，各自如入無人之境，因此找不到預料中的歡樂、甜媚、感謝和道別。有的只是熾烈的高傲、流動的孤獨、憂鬱的奔放。

觀眾至此，已經意識不到這是沉沉黑夜中一條小巷中的家庭舞會，只覺得滿屋閃閃的燭影，已全然變成安達盧西亞著名的陽光。

在西班牙南部，陽光、夜色、晨曦、暮靄，大半從舞者的身體迸出，留下小半才是自然天象。

死前細妝

在很長一個時期，西班牙人成批地到一個廢棄的宮苑門口久久排隊。好不容易放進去一批，便在荒草、瓦礫中艱難行走，去尋找一座座神祕的庭院。後來，歐洲人也來排隊了，美國人也來排隊了，有些著名作家還想方設法在裡邊住一陣，全然不怕無月的黑夜野貓和碎瓦一起墮落在荒草間，而手邊又摸不到燭台。

一年年下來，有關當局終於下決心，投入漫長的時間和大筆的經費來清理這個宮苑。剛清理完，立即被公認為世界第一流名勝。當年康有為先生旅行歐洲，特地辛辛苦苦到西班牙南部來看它，看完寫詩驚嘆它的土木建築水準，我們中國很難比得上。

這便是阿爾罕布拉宮（Alhambra）。

今天我們一行來到這裡，首先驚詫它的巨大。一層層進去，對於能否在一天之內走完它，已失去信心。

我帶了好幾本這個宮苑的地圖，因此不會迷失於路線。但我相信，很多遊人會被它的歷史圖像，迷失得糊里糊塗。

這事說來話長，早在西元八世紀，也就是中國李白、杜甫的時代，一部分阿拉伯人和柏柏爾人，從北非西部渡海進入現在的西班牙地區，建立政權，史稱「摩爾人」。到十五世紀，摩爾人統治這方土地已經七百多年，早已血緣相混、語言相融，他們壓根兒沒有懷疑過統治的合理性。只有早年的歷史記載才告訴他們，自己的祖先當初是如何從北非漂泊過來。

然而，西班牙人沒有忘記。他們從很早就開始醞釀著收復失地的運動。是這個運動提醒了摩爾人，事情有點麻煩。當時摩爾人無論從哪一方面都比西班牙人強大，因此即使感到麻煩也有恃無恐。但那種深埋於土地深處的種子，有的是時間。

一百年、一百年地悄悄過去，北方的政治勢力此起彼伏，收復失地的運動漸漸擁有了自己的領袖和據點。最後，變成了聲勢浩大的軍事行為。摩爾人終於發現，自己已被包圍，包圍圈越縮越小，不可突圍。

最明智的方案是自動離開。但他們並不是剛剛來了幾十年，還能找到出發的地點，而是早就在這裡代代生根，已經不知道天底下何處可回。於是我們看到，當年，雄健得不受地域限制的祖先留下了一批沒有地域安身的子孫，淒怨動人，著實可憐。

最驚人的事情，是西班牙人打下了南方的絕大多數地方，只剩下格拉納達一座孤城，而這場包圍居然延續了兩百多年！

歷史學家們提出過很多理由解釋這場包圍延續如此久遠的原因，而我感興趣的，則是這兩百多年間兩方面的文化心理走向。

摩爾人當然開過很多會議，動過很多腦筋，想過很多活路，但在無數次失敗後不得不承認，這是摩爾人在伊比利亞半島上的最後一個王朝。這種絕望在開始階段是悲痛和激憤的，但由於時間拖得太長，漸漸趨於平靜。而絕望中的平靜，總是美麗的。

阿爾罕布拉宮，就是在絕望的平靜中完成的精雕細刻。因此，它的一切講究都不是為了傳代，更不是為了炫耀，而是進入了一種無實利目的的終極境界。

我想，最準確的比喻應該是死前細妝。知道死期已臨，卻還有一點時間，自己仍然精力充沛、耳聰目明，於是就細細妝扮起來。早已不在乎明日，不在乎觀者，不在乎評論，一切只給自己看，把最精微的心思投注其間。

什麼時候，包圍的敵軍會把這一切燒毀、砸碎呢？

這個時間很可能是明天，也可能再過百年。不管了，只顧一點點建造，一點點雕刻。這種心緒在世界各個宮殿間我都沒有體會過，唯有在這裡體會了。

那麼，且來看看城外。

數百年收復失地運動的悲壯，先驅者拋擲生命的歷史，使包圍者們對格拉納達城有一種潛在的敬畏。其實已經很容易攻下，但還是謀劃長久，發兵數萬，甚至御駕親征。

親征的御駕是費迪南國王和伊莎貝爾女王，他們的聯姻推動了西班牙的統一，現在剩下格拉納達是統一的最後障礙了。在這件大事上，伊莎貝爾充分展現了她驚人的魄力和才智。一方面利用格拉納達王國統治集團的內部矛盾，各個擊破；一方面又動員各地力量投入戰爭，甚至為了軍費不惜典押自己的金銀首飾。更令人佩服的是，在如此繁忙的前線營帳裡，她還接見了一位希望獲得遠航支持的義大利人，他就是哥倫布。

此時，在格拉納達城內，雕欄畫棟正簇擁著一個年輕的皇帝，他叫阿卜迪拉，有些中國書翻譯成阿蒂兒，更顯其小。他父親因愛上了一位基督徒而被廢黜，自己即位後就面臨著不可收拾的危局。父皇的荒唐在於用愛情背叛了政治，明明滿城人民要他舉起宗教的旗幟來對抗城外，因為此外再也沒有別的旗幟可舉，而他卻把愛交給了城外的宗教。阿卜迪拉不知道父親這麼做究竟是算和解、突圍，還是投降，只可憐自己不明不白地當上了替罪羔羊。但既然已經有了這樣的父親，他對自己的職責也就認真不起來了。

這一切決定了阿卜迪拉的最終選擇：棄城投降。因此費迪南和伊莎貝爾的密密層層的營帳頃刻失效。西班牙人認為這是上帝賜予的奇蹟，數萬人聽到消息後立即齊刷刷地跪於城下謝恩，而實際上，真正需要感謝一聲的倒是那位明智的年輕君王。他不可能力挽狂瀾，但如果頭腦不清，或想擺弄幾個英勇的身段，也完全有可能導致對峙雙方大量生靈死亡。

年輕的皇帝找了一個邊門出宮，走到遠處一個山崗上又回頭眺望，不禁暗暗垂淚。據說他母親當時在邊上說：「哭吧，孩子，一個男子漢守不住自己的功業，應該流一點眼淚！」

一個王朝，一段歷史，居然結束得這樣平和。因此，連阿爾罕布拉宮裡最細微的花紋，直到今天還在完好無損地微笑。

那一天，是一四九二年一月二日。

半年之後，哥倫布的遠航船隊出發。西班牙開始謀求自己新的形象。

歷史上有一個說法，年輕的皇帝阿卜迪拉棄城出走時對勝利者提出一個條件，把他出走的那扇邊門立即用牆磚封上。我在宮牆四周細細尋找，想找到那扇被封住的門，但宮牆太長，我又缺少線索，連一點可疑的痕跡都沒有找到。

古老的窄街

塞維利亞（Sevilla），為什麼一提這個地名，我就產生了一種莫名的興奮？

在十六、十七世紀，它是世界第一大港，這是原因。

但是，更重要的原因還在於文學作品。

最容易想到的是塞萬提斯。他在這裡度過青年時代，很多街道和房屋的名稱出現在他的作品中。

他是西班牙作家，這還不算奇怪。奇怪的是，一些並非西班牙籍的世界文學大師，特別喜歡把自己的主角的活動場所，選定在塞維利亞。

法國作家博馬舍寫了《塞維利亞的理髮師》，那位機敏可愛的理髮師叫費加洛，於是後來又有了《費加洛的婚禮》。全世界的觀眾從笑聲中想像著這個城市的古老街道。

英國詩人拜倫寫了《唐璜》，開門見山便是：

他生在塞維利亞，一座有趣的城市，
那地方出名的是橘子和女人——

沒有見過這座城市的人真是可憐……

那麼，唐璜這個貴公子的風流和熱情，在讀者心目中也就成了塞維利亞的性格。當然還要提到法國作家梅里美。他把妖麗、邪惡而又自由的吉卜賽姑娘卡門，也安排到了塞維利亞，結果又給這個城市帶來了異樣的氣氛。

這一切，確實是塞維利亞使我們興奮的原因。但是，原因之上應該還有原因。為什麼這些異國文學大師，都會把自己最鍾愛的奇特人物放心地交付給塞維利亞？

這是受天意操縱的靈感，艱深難問。我們唯一能做的是前去感受，儘管這座城市現在已經並不重要。

在它非常重要的時代修建的雄偉城堡，看到了。作為第一大港所保存的哥倫布的種種遺物，看到了。多種多樣的精緻花園，包括阿拉伯式花園、文藝復興式花園、英國式花園和現代花園，也看到了。但是，我更喜歡那些古老的窄街。幾百年未曾改變，應該與塞萬提斯、博馬舍、拜倫、梅里美見到的沒有太大差別。一圈一圈，縱橫交錯，一腳進去，半天轉不出來。

窄街窄到什麼程度？

左邊樓牆上的古老路燈，從右邊樓房的陽台上伸手就可以點著。但此刻天還未暗，用不著火，倒是一束斜陽把兩邊窗口的鮮花都點燃了，兩番鮮亮，近在咫尺。等斜陽一收，路燈就亮了。

一排小桌沿街排列，行人須側身才能通過。張張桌前座無虛席，而且人人都神采奕奕。西班牙人有一個長長的午休，於是一天也就變成了兩天，現在正是同一日期下的第二天的黃金時段。他們樂呵呵地坐著笑著，吃著喝著。端走了盤碟，桌上還閃亮著透明的紅醋和橄欖油。不管是陽光還是燈光，都把它們映照成寶石水晶一般。

男女侍者個個俊美，端著餐盤哼著歌。他們要在小桌邊飛動，又要為川流不息的行人讓路，既不撞翻餐盤也不丟失禮貌，扭來扭去當作了一種自享的舞蹈。座位上的外國遊人，已經從他們的腰身眉眼間尋找出費加洛的影子，甚至還會猜測，哪個是復活的卡門？哪個是回鄉的唐璜？

現在我已略略理解了文學大師們的地點選擇。塞維利亞，因奇異的歷史，因多民族的組合，因理性的薄弱和感官的豐裕，因一個個藝術靈魂的居住和流浪，使每個角落都充滿了彈性。

這裡沒有固定主題，一切都有可能發生；

這裡從來不設範本，人人都是藝術典型；

這裡的神祕並不陰暗，幾乎近於透明；

這裡的歡樂毫不靡假，比憂傷還要認真。

貝殼未碎

小城薩拉曼卡（Salamanca）十分緊湊。不管你怎麼走，只要找得到中間像一個方形老城堡似的市政廣場，怎麼也迷不了路。

但是，對於歐洲小城，千萬不能這麼套近乎。你以為已經瞭若指掌，實際上恐怕連邊沿都沒有摸著。

薩拉曼卡真正的亮點，是那所著名的大學。

薩拉曼卡大學是西班牙最古老的大學。我曾在一本歷史書上讀到，哥倫布出發遠航前，曾特地來到薩拉曼卡，與幾位博學的修士探討，這些修士，當時多數就是薩拉曼卡大學的教授。那麼，小小的薩拉曼卡，早在哥倫布時代就已經是學術研究中心。

哥倫布到這裡來的具體行跡已經找不到參證，但我願意帶著冒險家出發前的心境在這些安適的街道間走走。想的是，安適如何慫恿了冒險，小街如何覬覦著大海。

正這麼走著，我發現天色不早，黃昏已臨，準備找一個旅館住下，卻突然停步。因為在一個街口我看到了一幢古老的巨大建築，渾身是古樸的土黃，但滿牆卻雕滿了貝殼！對大海的渴望，竟然展現得如此氣派。我連忙拉住兩個學生模樣的年輕人打聽，他們說，這樓就叫貝殼屋，建於十五世紀末，至今已有五百多年。我在心底暗暗一算，那正是哥倫布準備出發的年代。

貝殼屋有台階可上，無人阻攔。進去幾步就是一個洞窟般的大廳，四周矗立著巨大而密集的古柱。此時天色已暗，大廳古柱間更是陰氣森森，像是不小心誤入了一個酋長的巢穴，一個恐怖的王府。但我心裡明白，這王府的名稱就叫時間。

大廳有二樓，是長長的迴廊，那裡倒是泛出一些光來，使我還能在大廳古柱間辨別物象、輕步踩踏。

左前方有了燈光，越近越亮，也開始有人。終於走進了一間有現代設施的廳室，看那文字標牌，原來是到了薩拉曼卡大學的公共圖書館。伸頭一望，有不少學生在書庫翻閱。至此我才明白過來，剛才穿越的古柱森森的貝殼屋，就是這個圖書館的門廊。

那麼，這個圖書館也實在太排場了。

哥倫布當年一定會來到這裡。薩拉曼卡大學不大，貝殼屋當時新建，他沒有不來的道理。這個航海迷一見滿牆的貝殼，一定笑逐顏開了吧？

五百多年來貝殼未碎、古柱未倒，本是一個奇蹟。然而，更大的奇蹟是：五百多年後它們仍然不以自身的資格讓人供奉，只是默默地支撐在一起做了大學圖書館的門廊。就像一代元勳已經鬚髮皓然，還樂呵呵地為孩子們看家護院。

我猜想，大學當局作這番設計，是要讓所有的青年學生每天走一走這道門廊。但是，不知有多少學生能夠體會其間的象徵。今天圖書館裡的任何一本書都比不上牆上貝殼的年歲，因此，燈光明亮的現代書庫只是白沫一閃。人類求知的道路仍然如古柱下無燈的恐怖，老牆上對水的渴念。

等著吧，當今天自以為是的學者們全部退出歷史，這滿牆的貝殼仍然不會破碎。

我的窗下

里斯本西去三十公里有危崖臨海，大西洋冷霧迷茫。這裡的正式地名叫羅卡角（Cabo da Roca），俗稱歐洲之角，因為這是歐洲大陸的最西點。

風很大，從大西洋吹來，幾乎噎得人不能呼吸。海邊樹立著一座石碑，上有十字架，碑文是葡萄牙古代詩人卡蒙斯寫的句子：

大地在此結束，
滄海由此開始。

我在石碑背風的一面躲了一會兒風，瞇眼看著大西洋，身心立即移到五百年前，全然理解了當年葡萄牙航海家們的心思。海的誘惑太大了，對「結束」和「開始」的懷疑太大了，對破解懷疑的渴望太大了。

據我過去在閱讀中留下的粗淺印象，對於近代航海事業，葡萄牙覺悟最早。那時德國、義大利還在封建割據，英國、法國還無心問鼎新的航道，而葡萄牙、西班牙的航海技術卻有了長足的進步。與西班牙相比，葡萄牙王室裡又出現了一代代真正痴迷航海的專家，如亨利親王、阿方索五世、約翰二世和曼努埃爾一世。我相信葡萄牙王室的航海專家們曾一次次來到羅卡角，在這海風雨霧間思考著遠行的路線。作為「熱身賽」，他們已經親自率隊航行過非洲。他們的最終目標，與當時絕大多數歐洲航海家一樣，都是《馬可・波羅遊記》中記述的中國。

今天我在這裡又找到了新的證據。羅卡角南方不遠處，正是古代王室的居住地，一代王朝就在這山崖上思念著海那邊的東方。怎麼才能航行過去呢？葡萄牙王室中的航海專家已有初步的

判斷。他們認為，應該從羅卡角向南，到達非洲海域後仍然向南，繞過非洲南端的好望角後再折向東。現在我們已經知道，他們的判斷是正確的。

就在這種情況下，他們遇到了哥倫布。哥倫布決定橫渡大西洋去尋找馬可・波羅的腳印，希望獲得葡萄牙王室的資助。葡萄牙王室太內行了，一聽就覺得方向有誤，未予支持。哥倫布轉而向西班牙王室求援，伊莎貝爾女王支持了他。

結果，葡萄牙由於太內行而失去了哥倫布，而哥倫布也因為沒有理會葡萄牙王室的意見而失去了馬可・波羅。他橫渡大西洋果然沒有找到東方，卻歪打正著，找到了美洲。

然而，心裡發酸的葡萄牙王室仍在暗想，儘管哥倫布已經名動天下，東方，還應該是一個目標。

五年後，葡萄牙人達・伽馬果然按照南下折東的路線，準確地找到了印度。他回來時，葡萄牙人舉行隆重儀式歡迎，他帶回來的財富，是遠征隊全部費用的六十倍，其中寶石和香料讓歐洲人眼花繚亂，一時的影響，超過了哥倫布。二十年後，葡萄牙人麥哲倫奉西班牙政府之命乾脆把地球繞了一圈，但他沒有回來。

無論是達・伽馬還是麥哲倫，都還沒有進入《馬可・波羅遊記》裡描寫的世界。這總於心不甘，於是，葡萄牙還是一心要從海上尋找中國。

我在這裡看到一份資料，提及葡萄牙國王在一五〇八年二月派出一個叫塞誇拉的人率領船隊到麻六甲，要他在那裡打聽：中國有多大？中國人長多高？勇敢還是怯懦？信奉什麼宗教？使用什麼兵器？

有趣的是，國王特別向遠征船隊下令，不准向中國人挑釁，不准奪取中國人的戰利品。顯然，他對神祕的中國保留著太多的敬畏。

幾年後又派出一個叫皮萊斯的人來偵探。皮萊斯的情報抄本現在已經發現，他說中國人非常懦弱，用十艘船就能完全征服，奪取全中國。

中國地方官員沒有國際知識和外交經驗，互相都在小心翼翼地窺探。葡萄牙人先要停泊，後要借住，借住後也繳稅繳租；中國官員不知道他們會不會做壞事，特地在他們的借住地外面築了一道城牆，把握關閘大權，定期開閘賣一點食物給他們。這種情景，居然也維持了幾百年，說明雙方心氣都比較平和。

我對這種尚未發展成惡性事件時的對峙，很感興趣，因為這裡邊最容易看出文化差異。

葡萄牙人把自己當作是發現者，而又認為發現者便是占領者，只不過一時懾於中華帝國的宏大，不敢像在其他地方那樣囂張罷了。

中國官員開始好像沒有把他們的來到太當一回事，這與傳統觀念對「番夷」的理解有關。後來發生一些事，也處處表現出因妄自尊大和閉塞無知所造成的可笑。最令我心痛的，是當時中國官方對第一批翻譯人員的荒唐制裁，居然把他們看成是「私通番夷者」而一一處死，真是愚昧。

但是，歷史終於朝著惡性的方向走去了。鴉片戰爭之後，葡萄牙看到中國在英國的炮火前一敗塗地，便趁火打劫，單方面宣布澳門是葡萄牙的殖民地自由港，一躍而成為欺侮中國的西方列強中的一員。其實它與中國已經打了幾百年交道，而當時自己的國勢也已經衰落。竟然一變而成為這個形象，有點不大光彩。

在葡萄牙圖書館翻閱的資料中，有兩個細節引起了我的注意。第一個細節是，葡萄牙人最早抵達中國本土，是一五一三年六月，抵達的地點是屯門外的伶仃島，正好在我深圳住所的南窗對面；第二個細節是，他們正式與中國的行政機構取得聯繫是一五一七年八月，地點在南頭關防，又正恰在我住所的西窗前面。

——既然你們那麼早就來到我的窗下，那麼，我也理應來看看你們出發的碼頭。好像，我來得太晚了。

他們的麻煩

葡萄牙人喜歡用白色的小石塊鋪設城市的人行道。里斯本老城人行道的石塊，已被歲月磨成陳年骨牌。沿骨牌走去，是陡坡盤繞的山道，這樣的山道上居然還在行駛有軌電車。

山道很窄，有軌電車幾乎從路邊民房的門口擦過，民房陳舊而簡陋，門開處伸出一頭，是一位老者，黑髮黃膚，恰似中國早年的帳房先生，但細看並非中國人。

骨牌鋪成的盤山道很滑，虧得那些電車沒有滑下來，陳舊的民房沒有滑下來。我們已經爬得氣喘吁吁，終於到了山頂，那裡有一個巨大的古城堡。

古城堡氣勢雄偉，居高臨海，顯然是守扼國家的門衛。羅馬時代就在了，後來一再成為兵家必爭的目標。最近一次輝煌紀錄，是聖喬治王子一五八〇年在這裡領導抗擊西班牙入侵者。抗擊很英勇，在其他地方已經失守的情況下，這個城堡還固守了半年之久。

一算年代，那時中國明代的地方官員正在澳門築牆限制葡萄牙人活動，而葡萄牙人又已開始向中國政府繳納地租。當時中國並不衰弱，但與這些外國人打交道的中國地方官員完全不知道，葡萄牙人自己的國家主權已成為嚴重問題。

我順著城堡的石梯上上下下，一次次鳥瞰著里斯本，心想家家都有一本難念的經。如果只從我們中國人的眼光看，葡萄牙人是有陰謀地一步步要吞食澳門；但是聯想到里斯本的歷史，就會知道他們未必如此從容。

你看，航海家達・伽馬發現了印度後返回里斯本才六年，葡萄牙人剛剛在享受發現東方的榮耀，一場大瘟疫籠罩了里斯本。當時他們在麻六甲的遠航船隊正開始探詢中國的情報，但更焦急的是探詢遠方親友在瘟疫中的安危。據我們現在知道的當時里斯本疫情，可以推測船隊成員探詢到的親友消息一定凶多吉少。

瘟疫剛過不久，里斯本又發生大地震。第一次，正是他們的船隊要求停泊於澳門的時候；第二次，則是他們要求上岸搭棚暫住的年代。

說得再近一點，十八世紀中期的里斯本更大的地震至今仍保持歐洲最大地震的紀錄，里斯本數萬個建築只剩下幾千。就算他們在澳門問題上囂張起來的十九世紀，里斯本也更是一刻不寧。英國欺侮中國是後來的事，對葡萄牙的欺侮卻長久得多了，而法國又來插一腳，十九世紀初拿破崙攻入里斯本，葡萄牙王室整個兒逃到了巴西，此時這個航海國家留給世間的只是一個最可憐的逃難景象，處境遠比當時的中國朝廷狼狽。後來一再地發生資產階級革命，又一次次地陷於失敗，整個葡萄牙在外侮內亂中一步步衰竭。

中國人哪裡曉得眼前的「葡夷」身後發生了那麼多災難，我們在為澳門的主權與他們磨擦，而他們自己卻一次次差點成了亡國奴，欲哭無淚。可能少數接近他們的中國官員會稍稍感到有點奇怪，為什麼他們一會兒態度強蠻，一會兒又脆弱可憐；一會兒忙亂不堪，一會兒又在那裡長吁短嘆……

在資訊遠未暢通的年代，遙遠的距離是一層厚厚的遮蓋。現在遮蓋揭開了，才發現遠年的帳本竟如此怪誕。怪誕中也包含著常理：給別人帶來麻煩的人，很可能正在承受著遠比別人嚴重的災難，但人們總習慣把麻煩的製造者看得過於強悍。

古本江先生

一

半個世紀前，里斯本的一家老旅館裡住進了一位神祕的外國老人。他深居簡出，拒絕拍照，只過著純粹而孤獨的日子。

老人走過很多地方，偶爾落腳這裡。他在厚厚的窗簾後面觀察街道，體察市情，他一路都在準備做一個決定。沒有人知道這個決定的內容，而他，則不知道自己會在哪裡發布這個決定。

葡萄牙，里斯本，老旅館，對這位老人而言都沒有根脈維繫，也沒有情緣牽扯。他本該悠然而過，無印無跡，但他終於住下了，再也捨不得離開。

他知道，自己已經慢慢地走近那個決定。

連他自己也驚訝，怎麼會是這裡。

直到他去世人們才知道，一個用他的名字命名的世界級文化基金會，將在這裡成立，純資產十八億美金。這在當時，是一個天文數字。他的名字，就叫古本江。

從此，在文化版圖上，葡萄牙將不再是原來的葡萄牙，里斯本也將不再是原來的里斯本。

二

古本江先生怎麼會有那麼多錢呢？

原來，他是波斯灣石油開採的早期推動者。他探明波斯灣石油貯藏豐富，又深知石油在二十世紀的重大意義，便風塵僕僕地周遊列國，苦口婆心地動員他們開採。如果動員產生了效果，他又會幫助設計開採規模，聯繫國際市場。他的報酬，每項開採計畫中都占有百分之五的股份。後來乾脆成為定例，大家都叫他「百分之五先生」。

百分之五的比例乍看不大，但試想波斯灣的石油有多少，二十世紀對石油的需求有多少，在如此龐大的財富洪流中把百分之五歸入一個人門下，如何了得。

古本江先生面對自己的巨額資產想做幾件事。一是推動教育事業，二是推動藝術事業，三是推動科學事業，四是推動慈善事業。這四項事業已足以證明，他是一個怎樣的人。

要實行這四項事業，必須設立一個基金會。不管從哪個方面看，葡萄牙的里斯本並不具備設立的資格，但古本江先生看中了這裡的樸實、安寧和好客。

有了古本江基金會，素來貧困的葡萄牙不僅自己可以源源不斷地獲得大筆文化教育經費，而且也成了國際文化資助的重心。在世界很多城市，都有古本江基金會的辦事處、科研所、文化中心、圖書館，連巴黎、倫敦也不例外，而總部卻在里斯本。這是一種多大的文化氣勢。

希望這件事，能對世間一切有心於文化建設的市長們有所啟發——

文化無界，流蕩天下，因此一座城市的文化濃度，主要取決於它的吸引力，而不是生產力；

文化吸引力的產生，未必大師雲集，學派叢生。一時不具備這種條件的城市，萬不可在這方面揠苗助長，只須認真打理環境。適合文化人居住，又適合文化流通的環境，其實也就是健康、寧靜的人情環境；

在真正的大文化落腳生根之前，虛張聲勢地誇張自己城市已有的一些文化牌號，反而會對流蕩無駐的文化實力產生排斥。因此，好心的市長們在向可能進入的文化人介紹本市「文化優勢」的時候，其實正是在推拒他們。這並非文人相輕，同行相斥，而是任何成氣候的文化人都有自身獨立性，不願淪為已有牌號的附庸。古本江先生選中里斯本，至少一半，是由於這座城市在文化上的「空靈」；

就一座城市而言，最好的文化建設是機制，是氣氛，是吐納關係，而不是一堆已有的名字和作品。

三

古本江基金會大廈矗立在古本江公園裡邊，占地不小，設備先進，我們去時正在進行翻修。大廈正門右側的花壇裡，樹立著古本江先生的塑像。塑像是面對街道的，前面有衛護欄，不能靠近。

我站在街道上端詳著他的塑像，心思立即飛到了前些年去過的波斯灣。那裡本是古文明的滋生地，現在早已破落得不成樣子，而多數災難，又與爭奪石油有關。我在巴比倫遺址中見到過幾千年前鋪設的瀝青路殘跡，可見古文明的創造者們也發現了石油。但他們無法預料，這種地下的液體將會點燃起無窮無盡的戰火，結果，連同古文明一起被世人恥笑。

今天才知，僅僅通過一個人，那片古老而悲涼的土地還拿出過百分之五的氣力，滋養著現代文明。

又想起了他的孤獨。里斯本的老旅館，閉門謝客的外國老人，不知從哪裡來，到哪裡去。文化，竟然由一副蒼老的肩頭承擔著。

像走私犯，像逃亡者，一路躲閃，一路暗訪，只想尋找著一個託付地，來闡明自己生命的文化涵義。

古本江先生終於闡明了，順便也闡明了波斯灣的文化涵義。

第二卷 中歐

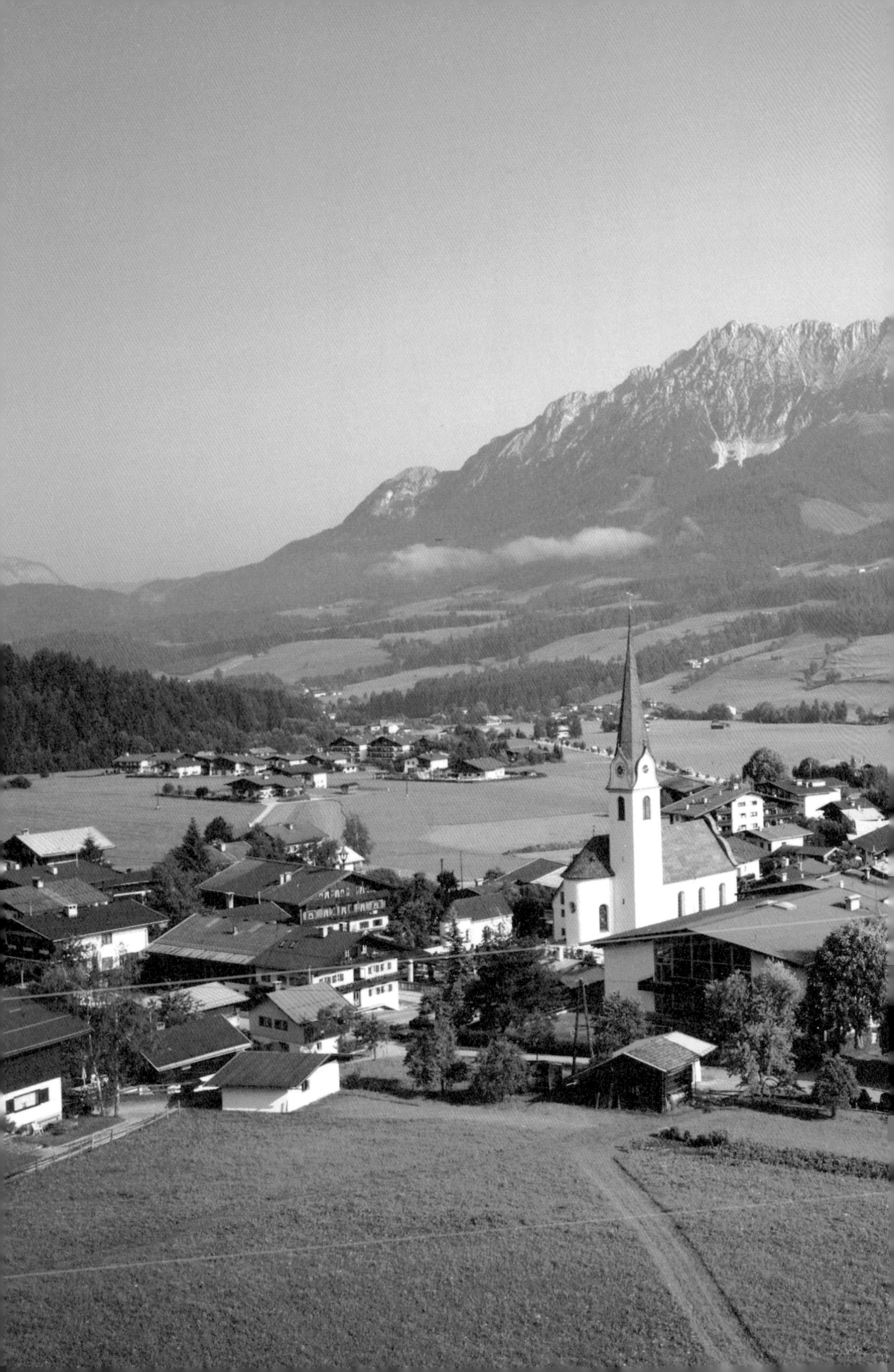

仁者樂山

一

從義大利到奧地利，也就是從南歐進入了中歐。

義大利當然很有看頭，但家業太老，角落太多，管家們已經不怎麼上心了。奧地利則不同，處處乾淨精緻。同樣一座小城，在義大利，必定是懶洋洋地展示年歲，讓遊人們來輕步踩踏、聲聲驚嘆；在奧地利，則一定把頭面收拾得齊整光鮮，著意於今天，著意於眼前。

奧地利的首都維也納，並不古老卻很有文化。一百多年前已經有旅行家作出評語：「在維也納，抬頭低頭都是文化。」我不知道這句話的涵義是褒是貶，但好像是明褒實貶。因為一切展示性的文化堆積得過於密集，實在讓人勞累。接下去的一個評語倒是明貶實褒：「住在維也納，天天想離開卻很難離開。」這句評語的最佳例證是貝多芬，他在一城之內居然搬了八十多次家，八十多次都沒有離開，可見維也納也真有一些魔力。

時至今日，太重的文化負擔使它陷入太多程式化的紀念聚集，因此顯得沉悶而困倦。中國人剛剛開始在熱衷的「金色大廳音樂會」之類，也已開始失去生命力。奧地利人明白這一點，因此早已開始了對維也納的背叛。

奧地利的當代風采，在維也納之外。應該走遠一點去尋找，走到那些山區農村，走到因斯布魯克到薩爾茨堡、林茨的山路間。尋找時，有小路應該儘量走小路，能停下逗留一會兒當然更好。

二

奧地利的山區使我疑惑起來：自己究竟是喜歡山，還是喜歡水？

這裡所說的「喜歡」，不是指偶爾遊觀，而是指長期居息。無論是臨水還是倚山，都會有一些不方便，甚至還會引來一些大災難，但相比之下，山間的麻煩更多。從外面看是好好一座山，住到了它的山窩裡很快就會感到閉塞、坎坷、蕪雜，這種生態圖像與水邊正恰相反。

也許正是這個原因，我以前對居息環境的夢想，也大多與水有關。

但是，眼前的奧地利，卻讓我驚訝不已。

首先是圖像的淨化。滿山滿坡都是地毯般的絨草，或者是一片片整齊的森林，色調和諧統一，單純明麗，把種種蕪雜都抹去了。這也就抹去了山地對人們的心理堵塞，留下的開闊氣韻。海邊的優勢，也不過如此吧？但它又比海邊寧靜和安全。

其次是人跡的收斂。整治草地和森林的當然是人力，但人的痕跡卻完全隱潛，只讓自然力全姿全態地出台。所有的農舍，不是原木色，就是灰褐色，或是深黑色，不再有別的色彩。在形態上也追求原生態，再好的建築看上去也像是山民的板屋和茅寮，絕不會炫華鬥奇，甘願被自然掩埋。這種情景與中國農村大異其趣。中國民眾總是企圖在大地上留下強烈的人為印跡，貧困時塗畫一些標語口號，富裕時搭建出豔俗的房舍。奧地利告訴我們，人類只有收斂自我，才能享受最完美的自然。

在奧地利的山區農村，看不到那些自以為熱愛自然，卻又在損害自然的別墅和渡假村。很多城裡人不知道，當他們「回歸自然」的時候，實際上蠶食了山區農村的美學生態。奧地利的山區農村中一定也有很多城裡人居住，他們顯然謙遜得多，要回歸自然首先把自己「回歸」了，回歸成一個散淡的村野之人，如雨入湖，不分彼此。

三

在奧地利，想起了中國古代的山水哲學。

孔子對於山水，並無厚此薄彼，說過八個字：「智者樂水，仁者樂山。」

這裡的「樂」字，古代讀「要」，一個已經死了的讀音。但是我覺得這八個字很有現代美學價值，應該活下去。

海洋文明和大河文明視野開闊、通達遠近、崇尚流變，這一點，早已被歷史證明。由這樣的文明產生的機敏、應時、銳進、開通等等品質也就是所謂「智」；與此相對比，山地文明則會以敦厚淳樸、安然自足、萬古不移的形態給我們帶來定力，這就是所謂「仁」。

其實，整個人生，其實也就是平衡於山、水之間。

水邊給人喜悅，山地給人安慰。

水邊讓我們感知世界無常，山地讓我們領悟天地恆昌。

水邊讓我們享受脫離長輩懷抱的遠行刺激，山地讓我們體驗回歸祖先居所的悠悠厚味。水邊的哲學是不舍晝夜，山地的哲學是不知日月。

正因為如此，我想，一個人年輕時可以觀海弄潮、擇流而居，到了老年，則不妨在山地落腳。

四

此刻我正站在因斯布魯克的山間小鎮塞費爾德（Seefeld）的路口，打量著迷人的山居生態。那些農舍門前全是鮮花，門口坐著一堆堆紅臉白鬚、衣著入時的老人。他們無所事事，卻無落寞表情，不像在思考什麼，也不東張西望。與我們目光相遇，便展開一臉微笑，又不期待你有太多的回應。

也有不少中年人和青年人在居住。我左邊這家，妻子剛剛開了一輛白色的小車進來，丈夫又騎著摩托車出去了。但他們的小車和摩托車都掩藏在屋後，不是怕失竊，倒是怕這種現代化的物件竊走渾厚風光。妻子樂呵呵地在屋前劈柴，新劈的木柴已經壘成一堵漂亮的矮牆。

現在是八月，山風已呼呼作響。可以想見，冬季在這裡會很寒冷。這些木柴那時將在煙筒裡變作白雲，從屋頂飄出。積雪的大山會以一種安靜的銀白來迎接這種飄動的銀白，然後兩種銀白在半空中相融相依。

突然有幾個彩色的飛點劃破這兩種銀白，那是人們在滑雪。

懸崖上的廢棄

一

薩爾茨堡，瓢潑大雨。

打傘走過一條小路，向一個標誌性城堡走去。

中歐山區的雨，怎麼會下得這樣大？雨簾中隱隱約約看到很多雕塑，但無法從傘中伸出頭來細看。它們的莊嚴安詳被雨一淋，顯得有點滑稽。是人家不方便的時候，不看也罷。

到了城堡門口，就需要攀援古老的旋轉樓梯。古城堡兩邊圓桶形的部位，就是樓梯的所在。樓梯越轉越小，越轉越高，到大家都頭昏眼花的時分，終於有了一個小門。側身進入，居然金碧輝煌，明亮寬敞。原來，大主教離群索居在一個天堂般的所在。

後來，主教下山了，因為時代發生了變化。於是，古城堡快速地走入了歷史，升格為古蹟，讓人毫無畏懼地仰望，汗流浹背地攀登。

我喜歡這種攀登。瞻仰古蹟，如果一步踏入就一目了然，太令人遺憾了。

歷史是坎坷，歷史是幽暗，歷史是旋轉的恐怖，歷史是祕藏的奢侈，歷史是大雨中的泥濘，歷史是懸崖上的廢棄，因此，不能太輕易地進入。

二

這座城堡好大。

造得這樣大，原因很多，其中最重要又最說不出口的一個原因是，大主教考沙赫與老百姓關係不好，不願出門，也不敢出門。

這很好笑：自閉而雄偉，因膽怯而龐大。

還有更好笑的呢。

這個城堡中曾經囚禁過另一位大主教，他的名字叫迪特利希。理由是他違反教規，公開擁有情人——這還不好笑，好笑的是，他與情人生下了整整十五個子女！

這位擁有十五個私生子的大主教被囚禁的當天，這座城堡也就成了全城嘲諷的目標。民眾抬頭便笑，從此把仰視和俯視全然混淆。

薩爾茨堡再也嚴肅不起來了。

大主教西提庫斯下山後更加調皮搗蛋，居然在露天宴會桌邊的貴賓座椅上，偷偷地挖了噴水泉眼，待到禮儀莊重的時刻，命人悄悄打開。這時他要欣賞的不是客人們的狼狽，而是客人們的故作鎮靜。

他一定不能捧腹大笑，因為這會使客人們故作鎮靜的時間縮短。他還要竭力使每一個客人感到，此刻滿襠濕透的只是自己，無關他人。他會找一些特別嚴肅的話題與客人一一交談，甚至還會探討宗教的精奧。

在這之前，他還會在客人的選擇上動很多腦筋，特別要選那些道貌岸然的端方之士。可笑的不是主教裡邊有另類，而是另類做了大主教。

三

可笑的事情那麼多，最後終於登峰造極。薩爾茨堡的修道院墓地中，有一排並列的七個墓碑，傳說安葬著當地一個石匠的七個妻子。但也有爭議，說石匠本人也在裡邊。

本來這很普通，不值得遊人來參觀，但這裡卻成了熱鬧的旅遊點，原因是石匠妻子們的死因太離奇。

居然是，一個個都被石匠胳肢，奇癢難忍，大笑而死！

石匠為什麼要用這種方法胳肢自己的妻子呢？如果是一種謀殺手段，那實在太殘酷了，有何必要？

如果是閨房取樂，失手一人已經離譜，怎麼可能接二連三？

總之，無論是哪一種可能，都不是一件好事。但是，為什麼遊客們都願意興高采烈地到這裡來呢？大家在那些墓碑前想到的，是一群女人笑得氣也喘不過來的顛倒神態，而拒絕去追索什麼「死亡檔案」，這又是什麼原因？

我想，主要是因為人人都會死，也都會笑，卻從來沒有想過可以笑於死，死於笑。辛苦人生，誰能抗拒得了這種出入生死的大笑？於是也就刪去了背後隱藏的種種問號。民間的世俗故事歷來不講嚴格邏輯，所以天真爛漫，所以稚拙怪誕，所以強蠻有趣。

薩爾茨堡雖然美豔驚人卻長期寂寞。記得一位德國學者說過，直到十八世紀後期——

當時偉大的旅行者幾乎沒有人經過薩爾茨堡，因為除了光彩的建築和美麗的田園風光之外，再沒有什麼可吸引人的了。偉大的生活不在這裡，而是在另外的世界。政治中心在維也納、巴黎、倫敦、聖彼德堡，在米蘭、羅馬、那不勒斯……

正因為自己不重要，別人又不來，薩爾茨堡人就與他們的主教大人一起鬧著笑著，自成日月。

四

我好不容易攀上來的這個龐大的城堡，歷屆主教修修停停、不斷擴充，到完工已拖到一七五六年。我沒有讀到過城堡落成典儀的記述，估計不太隆重。因為當任主教的目光已投注山下。

但是，主教的一位樂師卻在家裡慶祝著另一件喜事，他的兒子正好在這一年年初出生，取名為沃爾夫岡．莫札特。

當時誰也不知道，這比那個城堡的落成重要千倍。

我讀過莫札特的多種傳記，它們立場各不相同，內容頗多牴牾，但是，沒有一部傳記懷疑他的稀世偉大，也沒有一部傳記不是哀氛迴繞、催人淚下。

那也就是說，薩爾茨堡終於問鼎偉大，於是也就開始告別那種世俗笑鬧。

一座城市就這樣快速地改變了自己的座標，於是也改變了生活氣氛和美學格調。

五

有一種傳記說，莫札特三十五歲在維也納去世，出殯那天沒有音樂，沒有親人，只有漫天大雪，刺骨寒風，一個掘墓老人把那口薄木棺材埋進了貧民墓坑。幾天之後，他病弱的妻子從外地趕來尋找，找不到墓碑，只能去問看墓老人：「您知道他們把我丈夫埋在哪兒了嗎？他叫莫札特。」

看墓老人說：「莫札特？沒聽說過。」

這樣的結局發生在維也納，沒有一個薩爾茨堡人能讀得下去，也沒有哪個國家、哪座城市的音樂愛好者能讀得下去。

但是，另一種傳記曾經讓我五雷轟頂。原來，主要責任就在這個「病弱的妻子」身上，她是造成莫札特一生悲劇的禍根。這種傳記的作者查閱了各種賬簿、信件、筆記、文稿之後作出判斷，莫札特其實一直不缺錢，甚至可以說報酬優渥，只是由於妻子的貪婪和算計，家庭經濟變得一團糟。即便他的出殯，也收到大量捐贈，是妻子決定「高度節儉」。妻子來到墓地並不是幾天之後，而是隔了整整十七年，還是迫於外界查詢的壓力，不得已而為之。還有材料證明，這個妻子不僅毀了莫札特，甚至還禍及莫札特的父母和姐姐，致使最愛面子的老莫札特只能在薩爾茨堡人的嘲諷中苦度晚年。

如果後一種傳說是真實的，那麼薩爾茨堡應該是在沉思：一個偉大的音樂生命，為何如此拙於情感選擇？一個撼人的精神系統，為何陷落於邪惡陷阱不可自拔？他孩童般的無知，如何通達藝術上的高度成熟？他內心的創傷，為何沒有傾覆他的樂章？……

薩爾茨堡正在惶愧，卻傳來了晚年歌德的聲音：

莫札特現象是十八世紀永遠無法理解的謎。

我這次來，聽他們引述最多的，是愛因斯坦的一個問答。

問：愛因斯坦先生，請問，死亡對您意味著什麼？

答：意味著不能再聽莫札特。

六

一座素來調皮笑鬧的城市，只是由於一個人的出生和離去，陡然加添如許深沉，我不知道這對薩爾茨堡的普通市民來說，究竟是好還是不好？

榮譽剝奪輕鬆，名聲增加煩惱，這對一個人和對一個城市都是一樣。今天的薩爾茨堡不得不滿面笑容地一次次承辦規模巨大的世界音樂活動，為了方便外人購置禮品，大量的品牌標徽都是莫札特，連酒瓶和巧克力盒上，也都是他孩子氣十足的彩色頭像。這便使我警覺，一種高層文化的過度張揚，也會使廣大民眾失去審美自主，使世俗文化失去原創活力。

歐洲文化，大師輩出，經典如雲，這本是好事，但反過來，卻致使世俗文化整體黯淡，生命激情日趨疲沓，失落了太多的天真稚拙、渾樸野趣。這是我一路看到的歐洲文化的大毛病。在奧地利，大如維也納，小如薩爾茨堡，都是這樣。為此，我不禁又想念起這座城市在莫札特出現前的那些鬧劇。

醉意祕藏

布達佩斯東北一百多公里，有一個叫埃蓋爾的小城。去前就知道，那裡有兩個五百年前的遺物，一是當年抗擊土耳其人的古城堡，二是至今還沒有廢棄的大酒窖。

匈牙利朋友說，如果我們不想在那個小城夜宿，就無法把這兩個地方都看全。那麼，選哪一個呢？

「酒窖。」我說。

「那城堡有很多動人的故事，譬如，最後在那裡抗擊土耳其人的，只剩下了女人。酒窖，可沒有這樣英勇的故事。」匈牙利朋友怕我們後悔。

「酒窖。」我說。

我知道英勇的城堡值得一看，但那樣的故事已經看得太多，因此更想看看大地深處的祕密。酒窖的進口處，現在是一家酒廠。廠長聽說來了中國客人，連忙趕來，也不多說什麼，揚手要工作人員把厚厚的窖門打開。

大家剛進門，就被一股陰陰的涼氣裹捲住了。這種發自地底的涼氣是那麼巨大，與周圍黝暗的光線、看不到頭的石灰岩洞組合在一起，委實讓人卻步。三位容易感冒的夥伴打了一陣寒噤後慌忙退出，我們幾個則深深地吸了一口氣，讓涼氣瀰散全身，然後提起精神往前走。

一排排綿延無際的酒桶出現了，桶上都標著年代。兩旁時時出現一些獨立的窖室，鐵柵欄門鎖著，貯存著一些特殊年代的酒中珍品。空氣中的酒香越來越濃，酒窖裡的長巷也越來越深。終於看到頭了，快步走過去，誰知一轉彎又是漫延無際。

廠長在一旁平靜地說：「我們才走了不到一公里。現在一共啟用了三公里，其實，整個酒窖全長十五公里。尚未啟用的十二公里，會慢慢清理。」

這些平靜的數字使我們很不平靜。

正這麼沒完沒了地走著，廠長已站定在一個窖室邊，伸手示意要我們進去。這個窖室很長，沒有酒桶，只有一溜長桌，兩邊放著幾十把椅子。長桌和椅子全由粗重的原木打造，不刨不漆，卻已被歲月磨成了發亮的深褐色。廠長說，這是品酒室。

我們依次入座，有一個年輕的侍者上來，在我們每個人面前放一只高腳玻璃酒杯，鋪一方暗紅的餐巾。看來，我們得品酒。

年輕侍者又上來了，在長桌上等距離擺開四個陶桶。我們以為那便是酒，伸頭一看，桶是空的，不知何用。也不問，只待主人用行動來解謎。

這時，窖室門口出現了一個面無表情的光頭男子，年齡在中年和老年之間，不看誰，也不打招呼，雙手捧著一個很大的玻璃壺，裡邊裝了半壺琥珀紅的酒。他走到桌邊，端正站立，像在等待什麼。

廠長坐在長桌一端，離這個光頭男子有一點距離，此時便遠遠地瞭了玻璃壺一眼，隨即報出了這酒的年份、濃度和葡萄產地。廠長話音剛落，光頭男子霎時從佇立狀態復活，立即給我們每個人斟酒。他斟酒時仍然面無表情，但那小心翼翼的姿態表現出了對酒的無上恭敬，好像是在佈施瓊漿玉液。等他給每個人都斟上了，我們手持杯腳，轉頭看廠長，等他發話。

廠長說：「請！但只能喝一口，最好不咽下，只在嘴裡打轉品咂。」

說完便示範，平平地端杯，輕輕晃了晃杯子，看了一眼，然後入口。嘴部動了兩動，便伸手拉過桌上的空陶桶，吐了出來。那杯只喝了半口的紅酒，也傾倒進去了。

由於這杯酒出現前經過了如此隆重的儀式，我們眼看著這種傾倒，深感心痛。廠長知道我們的心意，說還要品嚐多種品牌的酒，如果都喝下去，非醉不可。這當然是對的，但出於痛惜之情我還是偷偷把那口酒咽下了，卻又不得不把杯子裡的酒傾倒在陶桶裡。

傾倒時儘量緩慢，細看那晶瑩的琥珀紅映著燭光垂直而瀉，如春雨中的桃花屋簷涓然無聲。

接下去，光頭男子一次次端著玻璃壺上來，廠長每次都瞭過一眼報出年份、濃度和葡萄產地，我們也就一次次品咂、吐出、傾倒。開始時還偷咽幾口，後來不敢咽了，因為已經感到身熱臉燙，酒窖似乎也變得不再陰涼。

不知已經酒過幾巡，陶然間終於發覺廠長已經站起身來，品酒結束了。好幾位夥伴站立時需要扶一下椅子，竟發覺一把把椅子穩如磐石，其重無比。廠長笑著說，酒醉容易失態，這椅子不能讓他們搬得動。這也是五百年沿襲下來的酒窖傳統。

我們相視而笑，每人臉上，都有五百年的酡紅。

走過長長的巷道我們又回到地面。廠長細心，在品酒過程中看出了我們最喜歡的牌子，一人送了兩瓶，那種牌子叫「公牛血」。

酒窖的鐵門輕輕地關住了，外面，驕陽如火。沒有下窖的幾個夥伴，奇怪我們為什麼耽擱那麼長時間。為了撫慰，我們馬上把手上的酒分送給他們。

又是尋常街市，又是邊遠小城。如果沒有特殊提醒，實在很難想像就在腳底下，有如此深長又如此古老的酒窖。

看來，誰也不能說已經充分瞭解了我們腳下的大地。你看這塊多災多難的土地下面，竟然祕藏著如許醉意。連裴多菲和納吉的熱血都沒有改變它的恆溫，連兩次世界大戰都沒有干擾它的酣夢，那是一種何等的固執。

大哉酒窖。

哈維爾不後悔

一

布拉格超乎我的意料之外。

去前問過對歐洲非常熟悉的朋友Kenny，最喜歡歐洲哪座城市，他說是布拉格，證據是他居然去過五十幾次。這種證據很難成立，因為很可能有女友在那裡。但當我們真的來到了布拉格，即便不認為是歐洲之最，也開始承認Kenny的激賞不無道理。

一個城市竟然建在七座山丘之上，有大河彎彎地通過，河上有十幾座形態各異的大橋——這個基本態勢已經夠綺麗的了，何況它還有那麼多古典建築。

建築群之間的小巷裡密布著手工作坊。爐火熊熊，錘聲叮叮；黑鐵冷冽，黃銅燦亮；劍戟幽暗，門飾粗厲。全然沒有別處工藝品市場上的精緻俏麗，卻牢牢地勾住了旅人們的腳步。

離手工作坊不遠，是大大小小的畫室和藝廊。橋頭有人在演先鋒派戲劇，路邊有華麗的男高音在賣藝。從他們的藝術水準看，我真懷疑以前東歐國家的半數高層藝術家，都擠到布拉格來了。

什麼樣的城市都見過，卻難得像布拉格那樣，天天迴盪著節日般的氣氛。巴黎、紐約在開始成為國際文化中心的時候一定也有過這種四方會聚、車馬喧騰的熱鬧吧？但它們現在已經有了太厚的沉澱，影響了渦漩的力度。一路看來，唯有布拉格，音符、色彩、人流，和一種重新確認的自由生態一起渦漩，淋漓酣暢。

捷克的經濟情況並不太好。進布拉格前我們已經遊蕩了這個國家不少城市和農村，景況比較寥落。為什麼獨獨布拉格如此欣欣向榮？由此我更加相信，一座傑出城市可以不被周邊環境所左右，如陋巷美人、頹院芳草。遙想當初四周還寒意瀟瀟，「布拉格之春」早已惠風和暢。

那個春天被蘇聯坦克壓碎了。此刻我正漫步在當年坦克通過最多的那條大街，中心花道間的長椅上坐著一位老人，他揚手讓我坐在他身邊，告訴我一種屬於本城的哲學：「我們地方太小，城市太老，總也打不過人家，那就不打；但布拉格相信，是外力總要離開，是文明總會留下，你看轉眼之間，滿街的外國坦克全都變成了外國旅客。」

我不知道自己十年前聽到這種沒有脾氣的哲學，會有什麼反應。但現在卻向老人深深點頭，是在這濃密的花叢間，正當夕陽斜照，而不遠處老城廣場上的古鐘又正鳴響。

這個古鐘又是一個話題。

古鐘建於十五世紀。當時的市政當局怕工藝外洩，居然刺瞎了那位機械工藝師的雙眼。可見這鐘聲儘管可以傲視坦克的轟鳴，它自己也蘊含著太多的血淚。

我從這鐘聲中來傾聽路邊老人所講的哲學，突然明白，一切達觀，都是對悲苦的省略。

二

古鐘位於老城廣場西南角，廣場中央是胡斯塑像。廣場南方，是胡斯主持過的伯利恆教堂。

胡斯是宗教改革的先驅者，布拉格大學校長，一四一五年以「異端」的罪名被火刑燒死，這是我們小時候在歷史課本裡就讀到過的。

教會判他是「異端」，倒並不冤枉。記得中世紀的一個宗教裁判員曾經自炫，他可以根據任何一個作者的任何兩行字就判定異端並用火燒死，而胡斯反對教會剝削行徑的言論卻明確無誤。請聽他的這段話：

甚至窮老太婆藏在頭巾裡的最後一個銅板，都被無恥的神父搜刮出來，……說神父比強盜還狡猾、還兇惡，難道不對嗎？

在一般想像中，這樣的人物一定會受到民眾的擁護。當權者在廣場上焚燒這樣一位大學校長，會不會引起民眾的反抗？

但是到了歐洲讀到的歷史資料卻讓我毛骨悚然。大量事實證明，民眾恰恰是很多無恥暴行的參與者和歡呼者。一般在火刑儀式前夜，全城懸掛彩旗，市民進行慶祝遊行，遊行隊伍中有一批戴著白色風帽，穿著肥大長袍把臉遮住的特殊人物，他們是宗教裁判員和本案告密者。執行火刑當日，看熱鬧的市民人山人海，其中很多人遵照教士的指示大聲辱罵被押解的「犯人」，親屬們則圍在他的四周最後一次勸他懺悔。當火點起之後，市民中「德高望重」的人擁上前去，享受添加柴草的權利。

舉報胡斯的「證人」，恰恰是他原來的同道斯蒂芬．帕萊茨。胡斯的不少朋友，也充當了勸他忏悔的角色。

那麼，統治當局是否考慮過其中有偽證和誣陷的可能？考慮過。但他們確信，即使是偽證和誣陷，受害者也應該高興，因為他是為宗教而犧牲的。

總之，怎麼誣陷都可以，怎麼焚燒都可以。

但是，無知的民眾卻會被民族主義的火焰所點燃。胡斯之死終於被看成是羅馬教廷對於捷克民族的侵犯，於是引發了一場以胡斯名字命名的大起義，為十六世紀的宗教改革寫下了序篇。

因此，布拉格還是有點脾氣的。

三

布拉格從什麼時候開始蒸騰起藝

術氣氛來的，我還沒有查證。我今天只採取一個最簡便的辦法，直接向一位享有世界聲譽的大師奔去。

卡夫卡故居在一個緊靠教堂的路口，與從前見過的老照片完全一樣。我進門慢慢轉了一圈，出來後在教堂門口的石階上坐了很久。這地方今天看起來仍然覺得有點氣悶，房子與道路搭配得很不安定。我開始揣摩那位清瘦憂鬱、深眼高鼻的保險公司職員站在這兒時的目光，誰知一揣摩便覺得胸悶氣塞，真奇怪遙遠的閱讀記憶有如此強烈的功效。

何處是小職員變成甲蟲後藏匿的房間？何處是明知無罪卻逃避不掉的法庭？何處是終生嚮往而不得進入的城堡？

卡夫卡所在的猶太人群落，在當時既受奧匈帝國排猶情緒的打擊，又受捷克民族主義思潮的憎惡，兩頭受壓。在這種氣氛中，父親的緊張和粗暴，又近距離地加劇了生存困境。這種生存困境的擴大，恰恰是人類的共同處境。

他開始悄悄寫作，連最要好的朋友布洛德也被瞞了好幾年。四十歲去世時給布洛德留下了遺囑：「請將我遺留下來的一切日記、手稿、書信、速寫等等毫無保留地統統燒掉。」幸好，布洛德沒有忠實地執行這個遺囑。

卡夫卡死在維也納大學醫院，屍體立即被運回布拉格。當時人們還不清楚，運回來的是一位可以與但丁、莎士比亞、歌德相提並論的劃時代作家，布拉格已經擁有了世界級的文化重量。

與卡夫卡同時，布拉格還擁有了寫作《好兵帥克》的哈謝克。想想二十世紀前期的布拉格真是豐厚，只怕卡夫卡過於陰鬱，隨手描出一個胖墩墩的帥克在邊上陪著。

卡夫卡和哈謝克幾乎同時出生又同時去世，他們有一種深刻的互補關係：卡夫卡以認真的變形來感受荒謬，哈謝克以佯傻的幽默來搞亂荒謬。這樣一個互補結構出現於同一座城市已經夠讓國際文化界羨慕的了，但是幾十年後居然有人提出，意義還不止於此。說這話的人，就是米蘭·昆德拉。

昆德拉說，卡夫卡和哈謝克帶領我們看到的荒謬，不是來自傳統，不是來自理性，也不是來自內心，而是來自身外的歷史，因此這是一種無法控制、無法預測、無法理解、無法逃脫的荒謬，可稱之為「終極荒謬」。它不僅屬於布拉格，而且也屬於全人類。

現在誰都知道，說這番話的米蘭·昆德拉，本身也是一位世界級的小說大師。他連接了卡夫卡和哈謝克之後的文學纜索，使布拉格又一次成為世界文學中最引人注目的地標。但在「布拉格之春」被鎮壓後著作被禁，他只好移居法國。

四

布拉格在今天的非同凡響，是讓一位作家登上了總統高位。任總統而有點文才的人在國際間比比皆是，而哈維爾總統卻是一位真正高水準的作家。

當年剛剛選上時真替他捏一把汗，現在十多年過去了，他居然做得平穩、自然，很有威望。更難得的是，他因頂峰體驗而加深了有關人類生存意義的思考，成了一個更具哲學重量的總統。讀著他近幾年發表的論著，恍然覺得那位一直念叨著「生存還是死亡」的哈姆雷特，終於繼承了王位。

捷克的總統府任何人都可以自由進出，本來很想去拜會他，可惜大門口的旗杆空著，表示總統不在。一打聽，到聯合國開會去了。

我在總統府的院子裡繞來繞去，心想這是布拉格從卡夫卡開始的文化傳奇的最近一章。但相比之下，我讀卡夫卡和昆德拉較多，對擔任總統後的哈維爾卻瞭解太少。因此以後幾天不再出門，只在旅館裡讀他的文章。隨手記下一些大意，以免遺忘——

他說，病人比健康人更懂得什麼是健康，承認人生有許多虛假意義的人，更能尋找人生的信念。傳統的樂觀主義虛設了很多「意義的島嶼」，引誘人熱情澎湃，而轉眼又陷入痛苦的深淵。哲人的興趣不應該僅僅在島嶼，而是要看這些島嶼是否連結著海底山脈。這個「海底山脈」就是在摒棄虛假意義之後的信念。真正的信念並不憧憬勝利，而是相信生活，相信各種事情都有自己的意義，從而產生責任。責任，是一個人身分的基點。

他說，狂熱盲目使真理蒙塵，使生活簡單，自以為要解救苦難，實際上是增加了苦難，但等到發現往往為時已晚。世間很多政治災禍，都與此有關。

他說，既然由他來從政，就要從精神層面和道德層面來看待政治，爭取人性的回歸。一個表面平靜的社會很可能以善惡的混淆為背景，一種嚴格的秩序很可能以精神的麻木為代價。要防止這一切，前提是反抗謊言，因為謊言是一切邪惡的共同基礎。政治陰謀不是政治，健康的政治鼓勵人們真實地生活，自由地表達生命；成功的政治追求正派、理性、負責、誠懇、寬容。

他說，社會改革的最終成果是人格的變化。不改革，一個人就不想不斷地自我超越，生命必然僵滯；不開放，一個人就不想不斷地開拓空間，生命越縮越小，成天膠著於狹窄的人事糾紛。

當權者如果停止社會改革，其結果是對群體人格的閹割。

他說，一切不幸的遺產都與我們有關，我們不能超拔歷史，因此都是道德上的病人。我們曾經習慣於口是心非，習慣於互相嫉妒，習慣於自私自利，對於人類的互愛、友誼、憐憫、寬容，我們雖然也曾高喊，卻失落了它們本身的深度。但是，我們又應相信，在這些道德病症的背後，又蘊藏著巨大的人性潛能。只要把這些潛能喚醒，我們就能重新獲得自尊。

他說，那些國際間的危險力量未必是我們的主要敵人，那些曾給我們帶來過不幸的人也未必是我們的主要敵人，我們的主要敵人是我們自己的惡習：自私、嫉妒、互損、空虛。這一切已侵蝕到我們的大眾傳媒，它們一味鼓動猜疑和仇恨，支援五花八門的劫掠。政治上的誹謗、誣陷也與此有關。正因為如此，我們更應該呼喚社會上巨大而又沉睡著的善意。

他說，文化從低層次而言，包括全部日常生活方式，從高層次而言，包括人們的教養和素質，因此，良好的政治理想都與文化有關。一個國家的公民在文化教養和舉止習慣上的衰退，比大規模的經濟衰退更讓人震驚。

他說，知識分子比別人有更廣泛的思考背景，由此產生更普遍的責任。這固然不錯，但這種情況也可能產生反面效果。有些知識分子自以為參透了世界的奧祕，把握了人間的真理，便企圖框範天下，指責萬象，結果製造恐怖，甚至謀求獨裁，歷史上很多醜惡的獨裁者都是知識分子出身。這樣的知識分子現在要掌握大權已有困難，但一直在發出迷人的呼叫，或以不斷的騷擾企圖引起人們注意。我們應該提防他們，拒絕他們。與他們相反，真正值得信任的知識分子總是寬容而虛心，他們承認世界的神祕本質，深感自己的渺小無知，卻又秉承人類的良心，關注著社會上一切美好的事物，他們能使世界更美好……

哈維爾因此也說到自己，他說自己作為總統實在有太多的缺點，只有一個優點，那就是沒有權力欲望。正是這一點，使一切有了轉機，使全部缺點不會轉化為醜惡。

看來，他十年來在具體的權力事務上還是比較超逸的，因此能保持這些思考。但這些思考畢竟與他過去習慣的探討生命的本質、荒誕的意義等等有很大的不同，他已從那個形而上的層面走向了社會現實，對此他並不後悔。

問了很多捷克朋友，他們對於選擇哈維爾，也不後悔。他們說，文化使他具有了象徵性，但他居然沒有僵持在象徵中，讓捷克人時時享受來自權力頂峰的美麗思想和美麗語言，又經常可以在大街和咖啡館看到他和夫人的平凡身影。

問他的缺點，有的捷克朋友說，文人當政，可能太軟弱，該強硬的時候不夠強硬。但另外一些捷克朋友不同意，說他當政之初曾有不少人建議他厲害一點，甚至具體地提醒他不妨偶爾拍拍桌子，哈維爾回答說：「捷克需要的不是強硬，而是教養。」

黃銅的幽默

一

斯洛伐克與捷克分家後，首都設在布拉迪斯拉發，一個在我們嘴上還沒有讀順溜的地名。沿途景象表明，這裡還相當貧困。

兩位同伴上街後回來說：「快去看看，人家畢竟是歐洲！」

歐洲是什麼？我在街上尋找。是灰牆巴洛克？是陽傘咖啡座？是尖頂老教堂？

突然我肅然停步：路邊一個真實的地下井口的鐵蓋已經打開，正有一個修理工人慢悠悠地伸頭爬將出來，而這一切其實是一尊街頭雕塑。

初見到它的行人都會微微一驚，在辨別真假的過程中發現幽默，然後愉快地輕步繞過。

這種幽默陳之於街市，與前後左右的咖啡座達成默契。這種默契訂立已久，因此澆鑄它的不是閃亮的鋼鐵而是古舊的黃銅。

其實即使不是街頭雕塑，歐洲處處可見這種阻礙人們快速行走的調侃和從容。

於是我可以找到詞句來概括歐洲了。所謂歐洲，就是用古舊黃銅雕鑄於街市的閒散和幽默。

斯洛伐克長久以來生存狀態不佳，而居然能保留住這種深層風度，我看有一半應歸功於藝術家。

藝術家奉獻了這樣的雕塑，而他們自己就像雕塑中的修理工人，一直默默地鑽在地下，疏通著歐洲文明的管脈。

二

布拉迪斯拉發的市中心是一圈步行街，黃昏時分，這裡人頭濟濟，風華四溢，絲毫不比發達國家的城市遜色。

但是，這裡的行人過於漂亮，說明除了最自信的戀人們，別的人還沒有逍遙於戶外的閒情；這裡的行人過於年輕，說明歷史如何虧待了上一代，使他們還沒有可能牽著小狗在街上消停，只把出門玩樂的事，完全交給了兒孫。

那麼，論天下貧富，亮麗的青春不足為據。青春可以遮蓋一切，就像花草可以遮蓋荒山。真正的富裕躲藏在慵懶的眼神裡，深深的皺紋中。

同樣，看城市潛力，擁擠的市中心不是標誌。市中心是一個漩渦，把衰草污濁漩到了外緣。真正的潛力忽閃在小巷的窗台下，近郊的庭園裡。

布拉迪斯拉發屬於春潮初動，精彩始發，不能不表現出一種展覽狀態。如果社會發展狀況穩定，幾十年後，今天的年輕人老了仍然敢於拋頭露面，而他們的兒孫，也有工夫在街上悠閒，兩相結合，就會比今天的景象豐滿得多。

但奇怪的是，我在一些充分成熟的歐洲都市看到，除了旅行者，街邊坐著的大多是老年人。

他們的年輕人到哪裡去了?大概各有去處吧,只是不想逛街、坐街,他們把街道交給了爺爺和奶奶。

因此,就城市而言,如果滿街所見都年輕亮麗,那一定是火候未到,弦琴未諧。

這就像寫作,當形容詞如女郎盛妝、排比句如情人並肩,那就一定尚未進入文章之道。文章的極致如老街疏桐,桐下舊座,座間閒談。

城市這篇文章,也是這樣。

追詢德國

只有柏林，隱隱然迴盪著一種讓人不敢過於靠近的奇特氣勢。我之所指，非街道，非建築，而是一種躲在一切背後的縹緲浮動或寂然不動；說不清，道不明，卻引起了各國政治家的千言萬語或冷然不語……

羅馬也有氣勢，那是一種詩情蒼老的遠年陳示；巴黎也有氣勢，那是一種熱烈高雅的文化聚會；倫敦也有氣勢，那是一種繁忙有序的都市風範。柏林與它們全然不同，它並不年老，到十三世紀中葉還只是一個小小的貨商集散地，比羅馬建城晚了足足二千年，比倫敦建城晚了一千多年，比巴黎建城也晚了六百多年，但它卻顯得比誰都老練含蓄，靜靜地讓人捉摸不透。

成為德意志帝國首都還只是十九世紀七十年代的事，但僅僅幾十年，到二十世紀四十年代第二次世界大戰結束，已幾乎夷為平地，成了廢墟。縱然是廢墟，當時新當選的德國領導人阿登納還是擔心它仍然會給世界各國人民帶來心理威脅，不敢把它重新作為首都。他說：「一當柏林再度成為首都，國外的不信任更是不可消除。誰把柏林作為新的首都，精神上就造成一個新的普魯士。」

那麼，什麼叫做精神上的普魯士，或者叫普魯士精神？更是眾說紛紜。最有名的是邱吉爾的說法：「普魯士是萬惡之源。」這在第二次世界大戰期間是正義的聲音，戰後盟軍正式公告永久地解散普魯士，國際間也沒有什麼異議。但是五十年後兩個德國統一，國民投票仍然決定選都柏林，而且也不諱言要復甦普魯士精神。當然不是復甦邱吉爾所憎惡的那種釀造戰爭和災難的東西，但究竟復甦什麼，卻誰也說不明白。說不明白又已存在，這就是柏林的神祕、老練和厲害。

不管怎麼說，既然來到了柏林，我就要向它詢問一系列有關德國的難題。例如——

人類一共就遇到過兩次世界大戰，兩次都是它策動，又都是它慘敗，那麼，它究竟如何看待世界，看待人類？

在策動世界大戰前藝術文化已經光芒萬丈，遭到慘敗後經濟恢復又突飛猛進，是一種什麼力量，能使它在喧囂野蠻背後，保存起沉靜而強大的高貴？

歷史上它的思想啟蒙運動遠比法國緩慢、曲折和隱蔽，卻為什麼能在這種落後狀態中悄然湧出萊辛、康德、黑格爾、費爾巴哈這樣的精神巨峰而雄視歐洲？有人說所有的西方哲學都是用德語寫的，為什麼它能在如此抽象的領域後來居上、獨占鰲頭？

一個民族的邪惡行為必然導致這個民族的思維方式在世人面前大幅度貶值，為什麼唯有這片土地，世人一方面嚴厲地向它追討生存的尊嚴，一方面又恭敬地向它索求思維的尊嚴？它的文化價值，為什麼能浮懸在災難之上不受污染？

歌德曾經說過，德意志人就個體而言十分理智，而整體卻經常迷路。這已經被歷史反覆證明，問題是，是什麼力量能讓理智的個體迷失得那麼整齊？迷失之後又不讓個人理智完全喪失？

基辛格說，近三百年，歐洲的穩定取決於德國。一個經常迷路的群體究竟憑著什麼支點來頻頻左右全歐，連聲勢浩大的拿破崙戰爭也輸它一籌？

俄羅斯總統普丁冷戰時代曾在德國做過情報工作，當選總統後宣布，經濟走德國的路，世人都說他這項情報做得不錯。那麼，以社會公平和人道精神為目標的「社會市場經濟」，為什麼偏偏能成功地實施於人道紀錄不佳的德國？

⋯⋯⋯⋯

這些問題都會有一些具體的答案，但我覺得，所有的答案都會與那種隱隱然的氣勢有關。世上真正的大問題都鴻蒙難解，過於清晰的回答只是一種邏輯安慰。我寧肯接受這樣一種比喻：德意志有大森林的氣質：深沉、內向、穩重和靜穆。

現在，這個森林裡瑞氣上升，祥雲盤旋，但森林終究是森林，不歡悅、不敞亮，靜靜地茂盛勃發，一眼望去，不知深淺。

墓地荒荒

一

問了好多德國朋友，都不知道黑格爾的墓在哪裡。後來在旅館接到一位長期在這兒工作的中國學人的電話，他是我的讀者，知道我的興趣所在，沒說幾句就問我想不想去祭拜一下黑格爾墓地。我一聽，正中下懷。

這位中國學人叫于興華，我沒見過，於是約好在布蘭登堡門附近的國會大廈門口見面，他與太太開車來接我。

費里德利希大街往北，一條泥地小巷通向一個極不起眼的公墓，雜亂、擁擠、骯髒，很難相信這是歐洲陵園。如果不是他們夫妻帶領，我即使拿著地址也不敢進來。

我跟著他們在密密層層的墓廊間行走，等著出現一個比較空闊的墓地，誰知正是在最密集的地方停了下來。于興華說這就是，我將信將疑地看了他一眼，然後再看墓碑。將黑格爾的全名按字母排列拼了兩遍，沒錯，再細看生卒年份，也對。那麼，十八號墓穴安葬的，果真是黑格爾和他的夫人。斜眼一看，隔壁十九號，則是費希特和夫人。從公墓路邊張貼的一張紙上知道，菼威格也在裡邊，找了三圈沒找到。

這些大師在人類文化領域都頂天立地，沒想到在這裡卻摩肩接踵，擁擠在如此狹窄的空間。我不知道處處認真的德國人，為什麼這件事做得這麼潦草。大概有一個特殊的歷史原因，那就是這個地方屬於原來的東德。西德就好得多，我在那裡看到過一些不太重要的文化人墓地，都做得很講究。相信這裡不久就會有一次重大修繕。

我們三人在墓地間轉悠了很長時間，只在長長的雜草間見到一個活人，是一個埋頭讀書的男青年。問他茨威格的墓，他立即禮貌地站起來搖頭，然後向東邊一指：「我光知道布萊希特在那裡。」

這個男青年身邊的雜草間，還安置著一輛小小的嬰兒車，裡邊有一個嬰兒在熟睡。

墓園、荒草、嬰兒、書籍，看書看到一半左右環顧，一個個驚天動地的名字從書本滑向石碑，又從石碑返回書本，這兒是許多文化靈魂的共同終點。我重新遠遠地打量了一下那個男青年，心中產生了一點莫名的感動。

在這裡我突然明白，世間智者的歸宿處，正是後人靜讀的好地方。緊靠著偉大的靈魂消閒半日，也會使人們的心理更加健康。可惜我們中國的殯葬文化缺少這種境界，常常使長眠者過於孤苦，或過於熱鬧。

二

黑格爾的美學，我曾研習和講授多年，但今天站在他的墓前，想得最多的倒是他的國家理念。這是因為，我現在正旅行在榮辱交錯、分分合合的德國，有太多的信號天天從正面和反面誘發著這個話題。

我在過去的閱讀中知道，歐洲長期以來實行教權合一，很多人只知有教，不知有國。大約從十七世紀的「三十年戰爭」開始，互相之間打得熱火朝天，打得教皇權威大損，打得人們重新要以「民族國家」的概念來謀求領土和主權。

國家因戰爭而顯得重要，戰爭由國家來證明理由。「民族國家」的內涵，最早是由炮火硝煙來填充的。經過拿破崙戰爭，這一切都被描繪得更加濃烈，但當時在黑格爾的視野中，法國、英國、俄國都已經成為統一的主權國家，而他特別寄情的日爾曼民族居然還沒有。這使他產生了一種焦灼，開始呼喚國家，並對國家注入一系列終極性的理念。他認為國家是民族精神的現實化，因此應該享有最終決定的意志。他甚至肯定普魯士是體現「絕對精神」的最好國家。

我在黑格爾墓前想到他的國家理念，也由於看到與他相鄰的是費希特。對民族感情的直露表現，費希特更強過黑格爾。拿破崙入侵普魯士，對他刺激極大，並由此確認德意志人的天職就是建立一個正義的強權國家。這位哲學家已經按捺不住自己的社會責任，經常走出書齋和課堂發表慷慨激昂的演講。費希特最典型的演講詞是：朋友，你胸中還存在著德意志的心臟嗎？那就讓它跳動起來吧！你身上還流動著德意志的熱血嗎？那就讓它奔騰起來吧！

黑格爾把費希特的激情演講凝練成了國家學說。於是我想，眼前這兩個小小墳墓迸發過的情感和理念，曾對德國產生過巨大的負面作用。尤其是費希特對於國家擴充欲望的肯定，黑格爾關於戰爭是偉大純潔劑的說法，增添了普魯士精神中的有害成分。

費希特的老師是康德，但康德與他們有很大的不同。康德終身靜居鄉里，思維卻無比開闊。

他相信人類理性，斷定人類一定會克服對抗而走向和諧，各個國家也會規範自己的行為，逐步建立良好的國際聯盟，最終建立世界意義的「普遍立法的公民社會」。正是這種構想，成了後來歐洲統一運動的理論根據。

我當然更喜歡康德，喜歡他跨疆越界的大善，喜歡他隱藏在嚴密思維背後的遠見。民族主權有局部的合理性，但歐洲的血火歷程早已證明，對此張揚過度必是人類的禍殃。人類共同的文明原則，一定是最終的方向。任何一個高貴的民族，都應該是這些共同原則的制訂者，實踐者和維護者。

歐洲的文化良知，包括我敬仰的歌德和雨果，也持這種立場。

事實早已證明，而且還將不斷證明，很多邪惡行為往往躲在「民族」和「國家」的旗幡後面。我們應該撩開這些旗幡，把那些反人類、反社會、反生命、反秩序、反理智的龐大暗流暴露在光天化日之下，並合力予以戰勝。否則，人類將面臨一系列共同的災難。大家已經看到，今天的絕大多數災難，已經沒有民族和國家的界限。

可惜，由於康德的學說太平靜，從來未曾引起社會激動。

這次我去不了康德家鄉，只能在黑格爾的墓地抬起頭來，向那裡遙望。但我已打聽清楚了去的路線，下次即使沒人帶路也能直接找到。

黑白照片

我前些年來柏林匆匆忙忙，想到柏林大學看看，問了兩位導遊都茫然不知，也就作罷了。

這次剛開口一問便有了答案，原來它早已改名為洪堡大學，紀念一個叫洪堡的人。

叫洪堡而又與這所大學密切相關的人有兩個，是兄弟。哥哥威廉．洪堡，柏林大學的創始人，傑出的教育家。正是他，首先提出大學除了教育之外還要注重科學研究，大學裡實行充分的學術自由，國家行政不得干涉。這些原則不僅有力地推動了科學發展，後來也為世界絕大多數國家的大學所採納。弟弟亞歷山大．洪堡，是自然科學由十八世紀通向十九世紀的橋樑式人物，柏林大學名譽教授，去世時普魯士政府舉行國葬。這兩個洪堡，都非常了不起，那麼洪堡大學的命名是在紀念誰呢？就整體學術地位論，弟弟亞歷山大．洪堡高得多，但我猜想作為大學，還會取名於那位哥哥威廉．洪堡。其實這事一問便知，我卻不問，覺得說錯了也不要緊，反正是兄弟，只相差兩歲，兩人的塑像都樹立在校園裡。

校園裡老樓很多。那幢主樓顯得更有歷史，我進進出出、上樓下樓無數次，幾乎把每個角落都走遍了。走廊間有一層層木門，這些門都很高，有些新裝了自動感應開關，有些還須用手去推，很重。想當年黑格爾和愛因斯坦們，也總得先把厚厚的皮包夾在臂下，然後用力去推。還是這些紋飾，還是這些把手，從未更改。

也有一些中國人推過這些木門，像蔡元培。他作為留學生在這裡輕步恭行，四處留心，然後把威廉·洪堡的辦學主張帶回中國，成功地主持了北京大學。還有陳寅恪，不知在這裡推了多少次門，回去後便推開了中國近代史學的大門。

二樓門前有一個小型的教授酒會，好像是在慶祝一項科研專案通過鑑定，卻沒有什麼人致詞，各人來到後便在簽到簿上簽個名，然後拿一杯酒站著輕聲聊天，一片斯文。他們身後的過道牆上，很隨意地掛著一些不大的黑白照片，朦朧中覺得有幾幅十分眼熟，走近一看，每幅照片下有一行極小的字，伸脖細讀便吃驚。原來，這所學校獲諾貝爾獎的多達二十九人。這是許多大國集全國之力都很難想像的數字，這裡卻不聲不響，只在過道邊留下一些沒有色彩的面影，連照片下的說明，也都印得若有若無、模糊不清。照片又不以獲獎為限，很多各有成就的教授也在，特別是女教授們。

這種淡然，正是大學等級的佐證。

想到這裡我笑了起來，覺得中國大學的校長們能到這裡來看看，回去也許會撤除懸掛在校園裡的那些自我陶醉的大話。

空空的書架

從洪堡大學的主樓出來，發現馬路斜對面是圖書館，便覺得應該去看看。

圖書館靠馬路的一邊，有一個石鋪的小廣場，我正待越過，卻看見有幾個行人停步低頭在看地下，也就走了過去。地下石塊上刻了幾行字，是德文，便冒昧地請邊上的一位觀看者翻譯成英文。原來石塊上刻的是：

一九三三年五月十日，一群受納粹思想驅使的學生，在這裡燒毀了大量作家、哲學家和科學家的著作。

石塊的另一半刻的是：

燒書，可能是人們自我毀滅的前兆。

——海涅

就在這塊刻石的前面，地面上嵌了一塊厚玻璃，低頭探望，底下是書庫一角，四壁全是劫燒過後的空書架。

我不知道這是當年真實的地下書庫，還是後人為紀念那個事件所設計的一個形象作品，但不管是哪一種，看了都讓人震撼。反覆地從四個方向看仔細了，再移步過來把海涅的那句話重讀一遍。

由燒書不能不想到中國的「文革」。那樣的空書架在中國的哪個地方都出現過，而且比這裡的更近了三十多年，我不知道我們為什麼不能像他們這樣銘記、警示和坦陳。

這塊銘石，這個視窗，可看作是洪堡大學對學生的第一訓誡。

就這樣，這個學府用一頁污濁，換來了萬般莊嚴。

慕尼黑啤酒節

慕尼黑啤酒節，比我預想的好看。

醉態，誰都見過，但成千上萬人醉在一起，醉得忘記了身分和姓名，忘記了昨天和明天，實在壯觀。

醉態其實就是失態，失去平日的常態。常態是一種約定俗成的從眾慣性，這種慣性既帶來溝通的方便，又帶來削足適履的痛苦。更可怕的是，幾乎所有人都會對這種痛苦產生麻木，漸漸把囚禁當作了天然。因此，偶爾失態，反倒有可能是一種驚醒，一種救贖。

啤酒節，讓這種偶爾失態變成了群體公約。

端莊行走的老太太把吹氣紙龍戴在頭上，隨著她一伸一縮；滿臉責任的老大爺頂在頭上的是小酒桶，一步一顛。幾個人一見面高聲呼叫，像是死裡逃生、劫後重逢，又哭又笑地抱在一起，其實他們只不過是辦公室的同事，上午剛剛見過。很多年輕和年長的男女當街以熱烈的動作傾訴衷腸，看情景不像是戀人和夫妻。

幾個年輕人躺在街邊睡著了。更可佩服的是幾位老漢，筆挺地坐在人聲喧囂的路口石凳上，鼾聲陣陣。

一個穿著黑西裝、打著考究領帶的胖紳士，猛一看應該是部長或大企業家，一手向上伸直，以一個偏斜的角度舉著黑禮帽，不搖不晃，像端著一個盛滿水的玻璃盅，兩眼微閉，正步向前，別人都為他讓路，他就這麼一直走下去。

我身邊走著一位風度很好的中年男子，戴著眼鏡，笑容慈善。從外形看應該是大學教授，而且好像還沒喝酒。但很快我就發現錯了，是不是教授不知道，但一定已喝了不少，因為他突然感到了熱，想把褲子當街脫掉。

他輕聲用英語嘀咕：「抱歉，真熱！」便解開了自己的皮帶，把褲子脫了下來，露出了三角內褲，但他忘了先脫皮鞋，兩條褲腿翻轉過來緊緊地纏住了他的腳踝，把他絆倒在地。我們周圍的人都想攙扶他起來，誰知他突然生氣，覺得堂堂男子漢脫條褲子怎麼還要人侍候，便揮手把我們趕開。

兩位上了年紀的婦女估計是虔誠的教徒，滿臉同情地靠近前去不斷詢問：「你有什麼需要我們幫助的嗎？」這使他更火了，從喉嚨底吼了一聲，只顧狠命地拉扯褲子，把褲子的一個口袋底子給拉扯了下來。這時有一群同樣喝醉酒的年輕人上前圍住了他，嘲笑他的酒量，猜測他的職業，他幾次想站起身來把他們趕走，但每次都重重地絆倒。

這條路上本來就很擁擠，他這麼一鬧幾乎堵塞了人流。於是很快，有七位員警把他圍住了，五位男員警，兩位女員警。男員警七手八腳把他從地上扶了起來，只聽一位女員警在說：「你怎麼可以在大街上脫褲子？你看有多少人在看你！」

這話使他惱羞成怒，向著女員警一揚手：「誰叫你們女人看了！」但畢竟已經無法控制自己的動作，這手揚到了女員警的肩膀。

「好啊你還動手！」女員警正想找理由把他架走，這次順勢抓住了他的手，只輕輕一扭，就反到了背後。別的員警合力一抬，就把這位只穿三角內褲、又拖著纏腳長褲的體面男子抬走了。男女員警都在笑，因為他們知道他只是喝醉在啤酒節上，與品質無涉，甚至也未必是酒鬼。

正在這時，一輛鳴著警笛的救護車戛然停下，跳下幾位白衣醫生，去抬另外兩位醉臥在街心的壯漢，和一位因喝多了而哭泣不止的女郎。

我突然發現，腳邊有一副眼鏡，是剛才教授模樣的脫褲男子丟下的，便連忙撿起來去追那群抬著他的員警。我想，如果他真是教授，明天還要上課，沒有眼鏡挺麻煩。

「喂——」我終於追上了他們，正要向員警遞上眼鏡，但猶豫了。因為這支抬醉漢的員警隊伍此刻已被更多的醉漢簇擁著，那些醉漢正興高采烈地向員警遞上一杯杯啤酒和別的吃食，像是在慰問辛勞，員警們又好氣又好笑地一一擋回、推開。我如果在這種熱鬧中擠進去遞上一副眼鏡，在一片嘈雜聲中又說不清話，結果會是怎樣？

沒準兒員警會說：「這個東方人醉得離譜，居然送給我一副眼鏡！」

我只能向員警說明我沒醉，但是「我沒醉」恰恰是醉漢的口頭禪。

於是明白，在這裡，不存在醉和沒醉的界限。啤酒節的最高魅力，是讓沒醉的人有口難辯。

那就乾脆取消自我表白，我快速地把眼鏡塞在一位員警手上，指了指被抬的醉漢，說聲「他的」，便轉身離開。

誰能辨認

一

二十年前，我在一部學術著作中描述過歌德在威瑪的生活。歌德在那座美麗的小城裡一直養尊處優，從二十幾歲到高壽亡故，都是這樣。記得最早讀到這方面資料時我曾經疑惑重重，因為我們歷來被告知一切優秀的文學作品總與作家的個人苦難直接相關。也許歌德是個例外，但這個例外的分量太重，要想刪略十分不易。

由這個例外又想起中國盛唐時期的大批好命詩人，以及托爾斯泰、雨果、海明威等很多生活優裕的外國作家，似乎也在例外之列，我的疑惑轉變了方向。如果一個文學規律能把這麼多第一流的大師排除在外，那還叫什麼規律呢？

今天到了威瑪才明白，歌德在這兒的住宅，比人們想像的還要豪華。整個街角一長溜黃色的樓房，在鬧市區占地之寬讓人誤以為是一個重要國家機關或一所貴族學校，其實只是他個人的家。進門一看裡邊還有一棟，與前面一棟有幾條甬道相連，中間隔了一個石地空廊，其實是門內馬車道。車庫裡的馬車一切如舊，只是馬不在了。

車庫設在內樓的底層，樓上便是歌德的生活區。臥室比較樸素，書庫裡的書據說完全按他生前的模樣擺放，一本未動。至於前樓，則是一個宮殿式的交際場所，名畫名雕，羅陳有序，重門疊戶，裝潢考究，好像走進了一個博物館。

腳下吱吱作響的，是他踩踏了整整五十年的樓板，那聲音，是《浮士德》一句句誕生的最早節拍。

我一間間看得很細很慢，夥伴們等不及了，說已經與歌德檔案館預約過時間，必須趕去了。我說我還沒有看完，你們先去，我一定找得到。

夥伴們很不放心地先走了，我乾脆耐下心來，在歌德家裡一遍遍轉。直轉到每級樓梯都踏遍，每個角落都拐到，每個櫃子都看熟，才不慌不忙地出來，憑著以前研究歌德時對威瑪地圖的印象，穿舊街，過廣場，沿河邊，跨大橋，慢慢向感覺中的檔案館走去。

路並不直，我故意不問人，只顧自信地往前走。果然，檔案館就在眼前。夥伴們一見就歡叫起來。

檔案館是一個斜坡深處的堅固老樓。在二樓上，我看到了他們的筆跡。

歌德的字斜得厲害，但整齊瀟灑，像一片被大風吹伏了的柳枝。席勒的字正常而略顯自由，我想應該是多數西方作家的習慣寫法。最怪異的莫過於尼采，思想那麼狂放不羈，手稿卻板正、拘謹，像是一個木訥的抄寫員的筆觸。

二

歌德到威瑪來是受到威瑪公國卡爾·奧古斯特公爵的邀請，當時他只有二十六歲。

德國在統一之前，分為很多小邦國，最多時達到二三百個。這種狀態非常不利於經濟的發展、風氣的開化，但對文化卻未必是禍害。有些邦國的君主好大喜功，又有一定的文化修養，樂於招集文化名人，很多精英也因此而獲得了一個安適的創作環境。德國在統一之前湧現的驚人文化成果，有很大一部分就與此有關。反之，面對統一的強權，帝國的狂熱，卻很難有像樣的文化業績。

歌德在威瑪創造的文化業績，遠遠超過威瑪公爵的預想，尤其是他與席勒相遇之後。歌德和席勒在威瑪相遇之時，「狂飆突進運動」的鋒頭已經過去，而他們已在開創一個古典主義時代。歷史將承認，德國古典主義的全盛時代，以他們的友誼為主要標誌，也以威瑪為主要標誌。

三

看完歌德檔案館，我們在市中心的一家咖啡館坐了一會兒，便去看席勒故居。席勒故居是一座不錯的臨街小樓，但與歌德的家一比，就差得太遠了。由此，不能不想起歌德和席勒的私人關係。

就人生境遇而言，兩人始終有很大的差距，歌德極盡榮華富貴，席勒時時陷於窘迫。他們並不是一見如故，原因就在於差距，以及這種差距在兩顆敏感的心中引起的警惕。從種種跡象看，兩人的推心置腹是在十八世紀九十年代中期。席勒命苦，只享受這份友情十年。歌德比席勒年長十歲，但在席勒死後又活了二十多年，承受了二十多年刺心的懷念。

在他們交往期間，歌德努力想以自己的地位和名聲幫助席勒，讓他搬到威瑪來住，先借居在自己家，然後幫他買房。平日也不忘資助接濟，甚至細微如送水果、木柴。當然，更重要的幫助是具體地支持席勒的創作活動。反過來，席勒也以自己的巨大天才重新啟動了歌德已經被政務纏疲了的創作熱情，使他完成了《浮士德》第一部。

他們已經很難分開，但還是分開了。他們同時生病，歌德抱病探望席勒，後來又在病床上得知摯友亡故，泣不成聲。席勒死時家境窮困，他的骨骸被安置在教堂地下室，這不是家屬的選擇，而是家屬的無奈。病中的歌德不清楚下葬的情形，他把亡友埋葬在自己心裡了。

沒想到二十年後教堂地下室清理，人們才重新記起席勒遺骸的問題。沒有明確標記，一切雜亂無章。哪一具是席勒的呢？這事使年邁的歌德一陣驚恐，二十年對亡友的思念積累成了一種巨大的愧疚，愧疚自己對於亡友後事的疏忽。他當即自告奮勇，負責去辨認席勒的遺骨。

在狼藉一片的白骨堆中辨認二十年前的顱骨，這是連現代法學鑑定家也會感到棘手的事，何況歌德一無席勒的醫學檔案，二無起碼的鑑定工具。他唯一借助的，就是對友情的記憶。天下能有多少人在朋友遺失了聲音、遺失了眼神，甚至連肌膚也遺失了的情況下仍然能認出朋友的遺骨呢？

我猜想，歌德決定前去辨認的時候也是沒有把握的，剛剛進入教堂地下室的時候也是驚恐萬狀的。但他很快就找到了唯一可行的辦法：捧起顱骨長時間對視。

這是二十年前那些深夜長談的情景的回復，而情景總是具有刪削功能和修補功能。於是最後捧定了那顆顱骨，昂昂然地裹捲起當初的依稀信息。歌德小心翼翼地捧持著前後左右反覆端詳，最後點了點頭：「回家吧，偉大的朋友，就像那年在我家寄住。」

歌德先把席勒的顱骨捧回家中安放，隨後著手設計棺柩。那些天他的心情難以言表，確實是席勒本人回來了，但所有積貯了二十年的傾吐都沒有引起回應，每一句都變成自言自語。

這種在亡友顱骨前的孤獨是那樣的強烈，蒼老的哥德實在無法長時間承受，他終於在威瑪最尊貴的公侯陵為席勒找了一塊比較理想的遷葬之地。

誰知一百多年後，第二次世界大戰期間席勒的棺柩被保護性轉移，戰爭結束後打開一看，裡面又多了一顆顱骨。估計是當初轉移時工作人員手忙腳亂造成的差錯。

那麼，哪一顆是席勒的呢？世上已無歌德，誰能辨認！

席勒，也只有在歌德面前，才覺得有必要脫身而出。在一個沒有歌德的世界，他脫身而出也只能領受孤獨，因此也許是故意，他自甘埋沒。

龐大的無聊

今天，我上山走進了海德堡最大的古城堡。站在平台崗樓上，可以俯視腳下的一切水陸通道、市鎮田野，遙想當年如有外敵來襲或內亂發生，全部都在眼底，而背後的幾層大門又築造得既雄偉又堅牢，真可謂一夫當關，萬夫莫開。

就在這個城堡裡，看到了世界上最大的酒桶。

這個酒桶還有名字，叫卡爾．路德維希酒桶，安放在城堡中心廣場西邊一座碉堡形的建築中。酒桶臥放，站在地上仰視就像面對一座小山。酒桶下端有閥門，是取酒的所在，但怎麼把酒裝進去呢？那就要爬到上面去了。為此，桶的兩邊有四十多級木樓梯，樓梯上還有幾個拐彎，直到頂部。

我看到樓梯陡峭，就很想去攀爬，當然也想看看頂上那個裝酒的口閥。

找到一位管理人員，正想動問又猶豫了，因為他的臉像這城堡一般陰森冷漠。轉念一想，既然走到了他的面前還是硬著頭皮問吧，誰知他毫無表情地吐出來的話竟是這樣：「為什麼不能爬？請吧，但要小心一點。」

樓梯爬到一半，看到酒桶外側的牆上有一些很小的窗洞，可能是為了空氣流通。樓梯的盡頭就是酒桶的上端表面，可以行走，裝酒的閥門倒是不大，緊緊地擰住了。

下樓梯回到平地再抬頭，心想這麼巨大的貯存量，即便全城堡的人都是海量酒仙，天天喝得爛醉，也能喝上幾十年。據記載，這個酒桶可容納葡萄酒二十多萬升。城堡開宴會時如果賓客眾多，一天就能喝掉二千多升。人人爛醉，等醒了以後再把酒桶加滿。

我估計這個城堡的主人一定遭受過枯竭的恐懼，因此以一種誇張的方式來表達對未來危機的隱憂。大得不能再大的酒桶傲視著小得不能再小的窗洞，窗洞外不可預料的險惡土地為萬斛美酒的貯存提供了理由。

但是，我眼中的這個酒桶又蘊藏著一個問題：再大也只能貯存一種酒，如果困守時間很長，對於這個城堡而言在口味上是否過於單調？

於是，它在無意之間完成一個邏輯轉換。為了安全，必須營造保障，而與此同時，也正是在營造單調和無聊。

但是，單調和無聊的生活，並不是安全的保障。十七世紀後期，這個看起來堅不可摧的城堡居然被法國人攻入，一個很重要的原因就是城堡的守衛者都喝醉了。

學生監獄

我對海德堡大學的最初瞭解是因為一個人。忍不住，便在街邊書攤上與兩位大學生搭訕，問他們什麼系，答是社會學系，我想正巧，便緊追著問：「你們那裡還有馬克斯．韋伯（Max Weber）學派嗎？」他們說：「他是上一代的事情了，我們已經不讀他的書。可能老師中有他的學派吧。」

我很悵然，繼續沿著大街往前走。突然在一條狹窄的橫路口上看到一塊藍色指示牌，上面分明寫著：學生監獄。

這塊牌子會讓不少外來旅行者大吃一驚，而我則心中一喜，因為以前讀到過一篇文章，知道那只不過是一處遺跡，早已不關押學生。是遺跡而不加註明，我想是出於幽默。

當然要去看看，因為這樣的遺跡在全世界找不到第二個。

順著指示牌往前走，不久見到一幢老樓，門關著，按鈴即開。穿過底樓即見一個小天井，沿樓梯往上爬，到二樓樓梯口就已經是滿壁亂塗的字畫，三樓便是「監獄」。四間「監房」，一個高蹲位的廁所。房內有舊鐵床和舊桌椅，四壁和天花板上，全是頑皮的字畫。

其實這個「監獄」只用了兩年，一九一二年到一九一四年，是校方處罰調皮學生的場所。哪個學生酗酒了、打架了，或觸犯了其他規矩，就被關在這裡，只供應水和麵包，白天還要老老實實去上課。

畢竟不是真的監獄，沒有禁止從別處買了食物進來，也沒有禁止別的同學探望，因此這裡很快成了學生樂園。好多學生還想方設法故意違反校規，爭取到這裡來「關押」。

我請一位科隆大學社會學系的四年級學生把牆上胡亂塗寫的德文翻譯一下，他細細辨認了一會就笑著讀了出來：

「嘿，我因頑皮而進了監獄！」

「這裡的生活很棒，我非常喜歡，因此每次離開都感到心痛，真遺憾這次的關押期是兩天而不是十倍。」

可見這位學生是這裡的常客，早已把處罰當作了享受。這倒讓我們看到一個有趣的邏輯：世間很多強加的不良待遇，大半出於施加者自己的想像，不一定對得上承受者的價值系統。有時，承受者正求之不得呢。

牆上還赫然寫著被關押學生自己訂出來的監規：

一，本監獄不得用棍子打人；

二，本監獄不得有員警進入；

三，若有狗和女人進入本監獄，要繫鏈子。

這第三條監規污辱了女性，很不應該。但也證明，這所「監獄」是很純粹的「男子監獄」，當時的女學生老實聽話，不會犯事。這條監規可能是一個一連被幾個女同學告發而收監的男生制訂的吧？

「學生監獄」關閉在一九一四年，大概與第一次世界大戰的爆發有關。如果真是這樣，它關閉得太有氣派了。

我覺得，這所「學生監獄」在以下幾個方面很有意思——

第一，當時的校方很有意思，居然私設公堂，自辦監獄。這在世界上可能也是絕無僅有的事，所以引起很多遊人的好奇。校方對學生無奈到了什麼地步，可想而知。但現在看來，真正犯法的是校方；

第二，當時的學生很有意思，居然已經調皮搗蛋到要迫使校方採取非法手段了。但他們調皮搗蛋的極致，不是反抗，不是上訴，而是把「監獄」變成了樂園。青春的力量實在無可壓抑，即便是地獄也能變成天堂；

第三，這個地方按原樣保存至今的想法很有意思，或者說把沒意思變成了有意思。海德堡大學輝煌幾百年卻並不反對把這幾間荒唐的陋房展示世人，各國遊客可能完全不知道這所大學的任何學術成就，只知道有這麼一個「學生監獄」。對此，沒有一個教授聲淚俱下地提出抗議，像我們常見的那樣，批判此舉有損於大學聲譽。大學的魅力就在於大氣，而大氣的首要標誌是對歷史的幽默；

第四，遠道而來的各國遊客很有意思。他們來海德堡非得到這裡看看不可，看了那麼一個破舊、侷促的小空間卻毫不抱怨，只一味樂呵呵地擠在那裡留連半天。尤其那些上了年紀的女士，戴著老花眼鏡讀完牆上那些污辱女性的字句一點兒也不生氣，居然笑得彎腰揉肚。

按年齡算，她們只能是那些男孩子的孫女一輩。也許，她們正是因為在這裡看到了祖父們的早年真相，而深感痛快。

她們的笑聲使我突然領悟，頑皮的男孩子聚在一起怎麼都可以，就怕被女孩子嘲笑。因此，他們拒絕女孩子進「監獄」，就是拒絕女孩子的笑聲，而拒絕，正證明心裡在乎。對於這個邏輯，今天這些上了年紀的女人全都懂得，因此笑得居高臨下，顛倒了輩分。

戰神心軟了

這曾經是世間特別貧困的地方。

貧困容易帶來戰亂。但荒涼的中部山區有一位隱士早就留下遺言：「只須衛護本身自由，不可遠去干預別人。」

話是對的，卻做不到。太窮了，本身的一切無以衛護，干預別人更沒有可能。但是，別人互相干預的時候來僱傭我們，卻很難拒絕。

結果，有很長一段時間，歐洲戰場上最英勇、最忠誠的士兵，公認是瑞士兵。瑞士並沒有參戰，但在第一線血灑疆場的卻是成批的瑞士人。更觸目驚心的是，殺害他們的往往也是自己的同胞，這些同胞受僱於對方的主子。

瑞士人替外國人打仗，並不是因為人口過剩。他們人口一直很少，卻緊巴巴地投入了這種以生命為唯一賭注的營生。說是「賭注」又於心不忍，因為賭注總有贏的可能，但他們卻永遠贏不到什麼。即便打勝了，贏的是外國主子，還有作為仲介商的本國官僚，自己至多暫時留下了一條性命。

這樣的戰爭，連一點愛國主義的欺騙都沒有，連一點道義憤怒的偽裝都不要，一切只是因為

APOTHEK

僱傭，卻不知道僱傭者的姓名和主張，也不知道他為什麼要發動這次戰爭。為了一句話？為了一口氣？為了一座城堡？為了一個女人？都有可能。

這是一場陌生人的對弈，卻把兩群瑞士人當作了棋子。

說起來這樣的戰爭真是純粹，只可憐那些棋子是有血有肉、有家有室的活人。殺喊和慘叫中裹捲的是同一種語言，與雙方主子的語言都不相同。可能，側耳一聽那喊聲有點熟悉，但刀劍已下，喊聲已停，只來得及躲避那最後的眼神——這種情景應該經常都在發生。

這段歷史的正面成果，是養成了一種舉世罕見的忠誠。忠誠不講太多的理由，有了理由就有可能改變理由，不再是絕對的忠誠。因此，戒備森嚴的羅馬教皇對貼身衛士的挑選只有一個要求：瑞士兵。

直到今天，羅馬教廷的規矩經常修改，他們的多數行為方式也已緊貼現代，唯有教皇的衛士，仍然必須是瑞士兵。

但是，除了教皇那裡，瑞士早已不向其他地方輸送僱傭兵。這是血泊中的驚醒，恥辱中的自省。他們畢竟是老實人，一旦明白就全然割斷，不僅不再替別人打仗，自己也不打仗，乾脆徹底地拒絕戰爭。

於是他們選擇了中立。

其實，他們原來也一直中立著，因為任何一方都可以僱傭他們，他們沒有事先的立場。如果有了立場就要因雇主的不同而一次次轉變，多麼麻煩，因此只能把放棄立場當作職業本能。

從接受戰爭的中立，到拒絕戰爭的中立，瑞士的民族集體心理，實在是戰爭心理學的特殊篇章，可惜至今缺少研究。

二十世紀的兩次世界大戰已經為它的中立提供了奇蹟般的機會，而它，也成了世界的奇蹟。瑞士沒有出現鐵腕人物，也沒有發現珍貴礦藏，居然在一百多年間由一個只能輸出傭傭軍的貧困國家躍上了世界富裕的峰巔，只因它免除了戰爭的消耗，還成了人才和資金的避風港。中立是戰爭的寵兒，也是交戰雙方的需要。

也許，這是戰神對他們的補償？戰神見過太多瑞士兵的屍體，心軟了。

那年月，瑞士實在讓人羨慕。我曾用這樣幾句話進行描述——

人家在製造槍炮，他們在製造手錶，等到硝煙終於散去，人們定睛一看，只有瑞士設定的指針，遊走在世界的手腕上。

阿勒河

在歐洲，可以佩服的人很多，其中包括一大批我不知道名字的城市設計者。

本來，現代和古典，是一對難以協調的矛盾。但是，歐洲很多城市卻把兩者協調得非常妥貼，甚至在兩方面都逼近了極致，為人類的家居方式建立了典範。

然而，聰明的歐洲設計者們知道，真正要讓一座城市與眾不同，更重要的是處理城市和自然的關係，這比現代和古典的關係更加難辨。

城市的出現，本來是對自然狀態的擺脫。但是，當它們發展到一定的程度，必然走向「否定之否定」，把自然之美看作城市美學的最前沿。

這事早就開始努力，因此很多城市有山有河，有湖有林。可惜的是，時間一長，這些山河湖林也漸漸城市化，像威尼斯的那些河道，巴黎的賽納河，都是如此。美則美矣，卻承擔太重，裝扮太累，已不成其為自然。

這總於心不甘。有沒有可能來一個倒置：讓城市百物作為背景，作為陪襯，只讓自然力量成為主題，把握局面？

聞名遐邇的「維也納森林」很棒，可惜只圍在郊外。柏林就不同了，活生生把森林的靈魂和氣息引進市中心，連車流樓群也壓不過它。

更叫我滿意的便是瑞士首都伯恩。那條穿越它的阿勒河（Aare）不僅沒有被城市同化，而且還獨行特立，無所顧忌，簡直是在牽著城市的鼻子走，頤指氣使，手到擒來。

伯恩把中心部位讓給它，還低眉順眼地從各個角度貼近它。它卻擺出一副主人氣派，水流湍急，水質清澈，無船無網，只知一路奔瀉。任何人稍稍走近就能聞到一股純粹屬於活水的生命氣息，這便是它活得強悍的驗證。

它伸拓出一個深深的峽谷，兩邊房舍樹叢都恭敬地排列在峽坡上，只有它在運動，只有它在揮灑，其他都是拜謁者，寄生者。由於主次明確，阿勒河保持住了自我，也就是保持住了自己生命的原始狀態。與那些自以為在城市裡過得熱鬧、卻早已被城市收伏的山丘河道相比，它才算真正過好了。

這就像一位草莽英雄落腳京城，看他是否過好了，低要求，看他擺脫草莽多少；高要求，看他保留多少草莽。

突破的一年

那天我獨自在伯恩逛街。由於早就摸清了路線，腳步就變得瀟灑，只一味搖搖擺擺、東張西望。

克拉姆大街起頭處有一座鐘樓，形體不像別的鐘樓那樣瘦伶伶地直指藍天，而是胖墩墩地倚坐街市，別有一番親切。它的鐘面大於一般，每小時鳴響時又玩出一些可愛的小花樣，看的人很多。此刻正是敲鐘時分，我看了一會兒便從人群中鑽出，順著大街往東走。

突然覺得右首一扇小門上的字母拼法有點眼熟，定睛一看居然是愛因斯坦故居。我認了認門，克拉姆大街四十九號，然後快速通知夥伴，要他們趕緊來看。

現代國際間各個城市的文化史，其實就是文化創造者們的進出史、留駐史。因此，在伯恩街頭看到愛因斯坦蹤跡，應該當作一回事。夥伴們一聽招呼就明白，二話不說跟著走。

沒有任何醒目的標記，只是沿街店面房屋中最普通的一間。一個有玻璃窗格的木門，上面既寫著愛因斯坦的名字，又寫著一家餐廳的店名。推門進去，原來底樓真是一家餐廳，順門直進是一條通樓梯的窄道，上了樓梯轉個彎，二樓便是愛因斯坦故居。

這所房子很小，只能說是前後一個通間。前半間大一點，二十平方米左右吧，後半間很小，一門連通，門邊稍稍一隔又形成了一個可放一張書桌的小空間。那張書桌還在，是愛因斯坦原物。桌前牆上醒目地貼著那個著名的相對論公式：$E=mc^2$；上面又寫了一行字：一九〇五年，突破性的一年。

故居北牆上還用德文和英文寫出愛因斯坦的一段自述：「狹義相對論是在伯恩的克拉姆大街四十九號誕生的，而廣義相對論的著述也在伯恩開始。」

夥伴們很奇怪，英語並不好的我怎麼能隨口把「狹義相對論」和「廣義相對論」這些物理學專用名詞譯出來，我說我很早就崇拜他了，當然關注他的學說。但自己心裡知道，當初關注的起因不是什麼相對論，而是一位攝影師。

那是六十年代初我還在讀書的時候，偶爾在書店看到一本薄薄的愛因斯坦著作，誰知一翻就見到一幀驚人的黑白照片。鬚髮皆白，滿臉皺紋，穿著一件厚毛線衣，兩手緊緊地扣在一起，兩眼卻定定地注視著前方。側逆光強化了他皺紋的深度，甚至把老人斑都照出來了。當時我們的眼睛看慣了溜光水滑、大紅大綠的圖像，一見這幀照片很不習慣，甚至覺得醜陋，但奇怪的是明明翻過去了還想翻回來，一看再看。他蒼老的眼神充滿了平靜、天真和慈悲，正好與我們經常在書刊照片裡看到的那種亢奮激昂狀態相反。我漸漸覺得這是一種醜中之美，但幾分鐘之後又立即否定：何醜之有？這是一種特殊的美！——我一生無數次地轉換過自己的審美感覺，但在幾分鐘之內如雷轟電擊般地把醜轉為美，卻僅此一次。我立即買下了這本書，努力啃讀他的狹義相對論和廣義相對論。那時正好又熱衷英文，也就順便把扉頁中的英文標題記住了。書中沒有注明拍那張照片的攝影師名字，這便成了我的人生懸案。後來當然知道了，原來是二十世紀最傑出的人像攝影大師卡希（Karsh），我現在連他的攝影集都收集齊了。

人的崇拜居然起始於一張照片中的眼神，這很奇怪，在我卻是事實。我仍然搞不清相對論，只對愛因斯坦的生平切切關心起來。因此站在這個房間裡我還能依稀說出，愛因斯坦住在這裡時應該還是一名專利局的技術員，結婚才一二年吧，剛做父親。

管理故居的老婦見我們這群中國人指指點點，也就遞過來一份英文資料，可惜她本人不大會說英文。接過資料一看，才明白愛因斯坦在這裡真是非同小可，他的一九〇五年驚天動地：

三月，提出光量子假說，從而解決了光電效應問題；

四月，完成論文《分子大小的新測定方法》；

五月，完成了對布朗運動理論的研究；

六月，完成論文《論動體的電動力學》，提出了狹義相對論；

九月，提出質能相當關係理論；

……

這一年，這間房子裡的時間價值需要用分分秒秒來計算，而每個價值都指向著世界一流、歷史一流。

這種說法一點兒也不誇張。去年美國時代雜誌評選世紀人物，結果整個二十世紀，那麼多國家和行當，那麼多英雄和大師，只留下一位，即愛因斯坦。記得我當時正考察完幼發拉底河—底格里斯河文明、印度河—恆河文明抵達尼泊爾，喜馬拉雅山南麓加德滿都的街市間全是愛因斯坦的照片，連世界屋脊的雪峰絕壁都在為他壯威。

二十世紀大事連連，勝跡處處，而它的最高光輝卻閃耀在剛剛開始了五年的一九〇五年，它的最大勝跡卻躲縮在這座城市這條大街的這個房間，真是不可思議。難道，那麼多戰旗獵獵的高地、雄辯滔滔的廳堂、金光熠熠的權位都被比下去了？

正想著，抬頭看到牆上還有他的一句話，勉強翻譯應該是：

一切發現都不是邏輯思維的結果，儘管那些結果看起來很接近邏輯規律。

我當然明白他的意思，知道他否定邏輯思維是為了肯定形象思維和藝術思維，於是心中竊喜。

這便是我知道的那位愛因斯坦，雖然身為物理學家，卻經常為人文科學張目。愛因斯坦的文集裡邊有大量人文科學方面的篇章，尤其是他對宗教、倫理、和平、人權、生活目標、個人良心、道義責任和人類未來的論述，我讀得津津有味，有不少句子甚至刻骨銘心。

在故居裡轉了兩圈，沒找到衛生間，開始為愛因斯坦著急起來。怕他也像當初我們住房困難時那樣，與別人合用衛生間。這種每天無數次的等待、謙讓、道謝、規避，發生在他身上是多麼不應該。但一問之下，果然不出所料，順樓梯往下走，轉彎處一個小門，便是愛因斯坦家與另外一家合用的衛生間。

正在這時，鐘樓的鐘聲響了。這是愛因斯坦無數次聽到過的，尤其是在夜深人靜時分。

愛因斯坦在伯恩搬過好幾次家，由於這間小房是相對論的誕生地，因此最為重要。但瑞士不喜歡張揚，你看這兒，只讓一位老婦人管著，有人敲門時她就去開一下，動作很輕，怕吵了鄰居。樓下那個嘈雜的小餐廳，也沒有讓它搬走，那就只能讓它的名字在玻璃門上與愛因斯坦並立，很多旅人看到後猜測疑惑，以為那家餐廳的名字就叫「愛因斯坦故居」，終於沒有推門而入。

伯恩以如此平淡的方式擺出了一種派頭，意思是，再偉大的人物在這裡也只是一個普通市民。比之於我們常見的那種不分等級便大肆張揚的各色「名人故居」，這種方式更讓人舒服。

希隆的囚徒

一

瑞士小，無所謂長途。從伯恩到洛桑，本來就不遠，加上風景那麼好，更覺其近。

然而，就在算來快到的時候，卻浩浩然、蕩蕩然，瀰漫出一個大湖。這便是日內瓦湖，又叫萊芒湖，也譯作雷夢湖。我們常在文學作品中看到這些不同的名字，其實是同一個湖。

瑞士有好幾個語言族群，使不少相同的東西戴有不同的名目，誰也不願改口，給外來人造成不少麻煩。但日內瓦湖的不同叫法可以原諒，它是邊境湖，一小半伸到法國去了，而且又是山圍雪映、波譎雲詭，豐富得讓人不好意思用一個稱呼把它叫盡。

忽然，我和夥伴們看到了湖邊的一座古堡。在歐洲，古堡比比皆是，但一見這座，誰也挪不動步了。

先得找旅館住下。古堡前有個小鎮叫蒙特爾，鎮邊山坡上有很多散落的小旅館，都很老舊，我們找了一家最老的入住，滿心都是富足。

這家旅館在山坡上，迎面是一扇老式玻璃木門，用力推開，沖眼就是高高的石梯。扛著行李箱一步步挪上去，終於看到了一個小小的櫃檯。辦理登記的女士一見我們扛了那麼多行李有點慌張，忙說有搬運工，便當著樓梯仰頭呼喊一個名字。沒聽見有答應，這位女士一迭連聲地抱歉著為我們辦登記手續，發放鑰匙。

我分到三樓的一間，扛起行李走到樓梯口，發現從這裡往上的樓梯全是木質的，狹窄，跨度高，用腳一踩咯吱咯吱地響。我咬了咬牙往上爬，好不容易到了一個樓面，抬頭一看標的是「一樓」。那麼，還要爬上去兩層。斜眼看到邊上有一個公共起坐間，不大，卻有鋼琴、燭台、絲絨沙發、刺繡靠墊，很有派頭。

天下萬物凡「派頭」最震懾人。別看這個旅館今天已算不上什麼，在一百年前應該是歐洲高層貴族的駐足之地。他們當年出行，要了山水就要不了豪邸，這樣的棲宿處已算相當愜意。算起來，人類在行旅間的大奢大侈，主要發生在二十世紀。

很快到了三樓，放下行李摸鑰匙開門，出現在眼前的是一個鋪著地毯的小房間，傢俱全是老的。老式梳妝台已改作寫字台，可惜太小；老式木床有柱有頂，可惜太高。難為的是那廁所，要塞進那麼多現代設備，顯得十分狼狽。雕花桿上纏電線，捲頁窗上嵌空調，讓人見了只想不斷地對它們說「對不起」。

從廁所出來走到正房的視窗，想看看兩幅滾花邊的窗簾後面究竟是什麼。用力一拉沒有拉動，反而抖下來一些灰塵。這讓我有點不愉快，又聯想到當年歐洲貴族對衛生也遠沒有現在這麼講究。特別講究衛生的，應該是經常擦擦抹抹的小康之家，貴族要的是陳年紋飾、祖輩幽光，少不了斑駁重重、細塵漫漫。於是放輕了手慢慢一拉，開了。一開就呆住，窗外就是日內瓦湖和那個古堡。

我在這些事情上性子很急，立即下樓約夥伴們外出。但他們這時才等來一位搬運工，不知什麼時候搬得完行李，便都勸我，天已漸晚，反正已經住下了，明天消消停停去看不遲，匆忙會影響第一感覺。這話有理，然而我又哪裡等得及，二話不說就推門下坡，向古堡走去。

這古堡真大，猛一看像是五六個城堡擠縮在一起了，一擠便把中間一個擠出了頭，昂挺挺地成了主樓。前後左右的樓體在建造風格上並不一致，估計是在不同的年代建造的，但在色調上又基本和諧。時間一久，櫛風沐雨，更蒼然一色，像是幾個年邁的遺民在劫難中相擁在一起，打眼一看已分不出彼此。

這個古堡最勾人眼睛的地方，是它與岩石渾然一體，好像是從那裡生出來的。岩石本是湖邊近岸的一個小島，須過橋才能進入，於是它又與大湖渾然一體了，好像日內瓦湖從產生的第一天起就擁有這個蒼老的倒影。

面對這樣的古蹟是不應該莽撞進入的。我慢慢地跨過有頂蓋的便橋，走到頭，卻不進門，又退回來，因為看到橋下有兩條伸入水中的觀景木廊。下坡，站到木廊上，抬起頭來四處仰望。

這古堡有一種艱深的氣韻。我知道一進門就能解讀，但如此輕易的解讀必然是誤讀。就像面對一首唐詩立即進入說文解字，抓住了局部細節卻丟棄了整體氣韻，是多麼得不償失。我把兩條水上木廊都用盡了，前幾步後幾步地看清楚了古堡與湖光山色之間的各種對比關係，然後繼續後退，從岸上的各個角度打量它。這才發現，岸邊樹叢間有一個小小的售貨部。

與歐洲其他風景點的售貨部一樣，這裡出售的一切都與眼前的景物直接有關。我在這裡看到了古堡在各種氣候下的照片，晨霧裡，月色下，夜潮中。照片邊上有一本書，封面上的標題是

CHILLON，下方的照片正是這個古堡，可見是一本介紹讀物。連忙抽一本英文版出來問售貨部的一位先生，他說這正是古堡的名字，按他的發音，中文可譯作希隆，那麼古堡就叫希隆古堡。

全書的大部分，是「希隆古堡修復協會」負責人的一篇長文，介紹了古堡的歷史，此外還附了英國詩人拜倫的一篇作品，叫《希隆的囚徒》。修復協會負責人在文章中說，正是拜倫的這篇作品，使古堡名揚歐洲，人們紛紛前來，使瑞士成了近代旅遊業的搖籃，而這個古堡也成了瑞士第一勝景。

又是拜倫！記得去年我在希臘海神殿也曾受到過拜倫刻名的指點，聯想到蘇曼殊譯自他《唐璜》的那一段《哀希臘》。但今天在這兒卻發懵了，因為我對拜倫作品的瞭解僅止於《唐璜》。我手上這本書裡的附文，並非詩體，大概是從他的原作改寫的吧？這個問題已經超出了售貨部那位先生的知識水準，我問了半天他永遠是同樣的回答：「對，拜倫！拜倫！一個出色的英國人！」

這本薄薄的書要賣七個瑞士法郎，很不便宜，卻又非買不可。我找了一處空椅坐下粗粗翻閱，才知道，眼前的希隆古堡實在好生了得。

書上說，這個地方大概在西元九世紀就建起了修道院，十三世紀則改建成了現在看到的格局，是當時封建領主的堡壘式宅第。住在這裡的領主曾經權蓋四方，睥睨法國、義大利，無異於一個小國王。城堡包括二十多個建築，其中有富麗堂皇的大廳、院落、臥室、禮拜堂和大法官住所，一度是遠近高雅男女趨之若鶩的場所。底部有一個地下室，曾為監獄，很多重要犯人曾關押在這裡。拜倫《希隆的囚徒》所寫的，就是其中一位日內瓦的民族英雄波尼伐（Bonivard）。

幸好有這本書，讓我明白了這座建築的力度。最奢靡的權力直接踩踏著最絕望的冤獄，然後一起被頑石封閉著，被白浪拍擊著，被空濛的煙霞和銀亮的雪山潤飾著。躊躇滿志的公爵和香氣襲人的女子都知道，咫尺之間，有幾顆不屈的靈魂，聽著同樣的風聲潮聲。

我知道這會激動拜倫。他會住下，他會徘徊，他會苦吟，他會握筆。

至此，我也可以大步走進希隆古堡了。

當然先看領主宅第，領略那種在兵荒馬亂的時代用堅石和大湖構築起來的安全，那種在巨大壁爐前欣賞寒水雪山的安逸。但是因為看了拜倫，不能不步履匆匆，盼望早點看到波尼伐的囚室。

看到了。這個地下室氣勢宏偉，粗碩的石柱拔地而起，氣象森森。這裡最重要的景觀是幾根木柱，用鐵條加固於岩壁，紮著兩圍鐵圈，上端垂下鐵鏈，掛著鐵鐐。

拜倫說，波尼伐的父親已為自由的信仰而犧牲，剩下他和兩個弟弟關押在這個地下室裡。三人分別鎖在不同的柱子上，互相可以看到卻不可觸摸……

這太讓人震撼了。我跌跌撞撞地走出來，再找一處坐下，順著剛才的強烈感覺，重新細讀《希隆的囚徒》縮寫本。

時已黃昏，古堡即將關門。黃昏最能體驗拜倫，那麼，就讓我在這裡，把它讀完。

二

拜倫開始描寫的，是波尼伐和兩個弟弟共處一室的可怕情景。

三個人先是各自講著想像中的一線希望，一遍又一遍。很快講完了，誰都知道這種希望並不存在，於是便講故事。

兄弟間所知道的故事大同小異，多半來自媽媽，卻又避諱說媽媽。

講最愉快的故事也帶出了悲意，那就清清嗓子用歌聲代替。一首又一首，盡力唱得慷慨激昂。

唱了說，說了唱，誰停止了就會讓另外兩個擔心，於是彼此不停。終於發現，聲音越來越疲軟，口齒越來越不清。互相居然分不出這是誰的聲音了，只覺得那是墓穴中囁嚅的回聲。

波尼伐天天看著這兩個僅存的弟弟。大弟弟曾經是一位偉大的獵人，體魄健壯，雄蠻好勝，能夠輕鬆地穿行於獸群之間，如果有必要與大批強敵搏鬥，第一個上前的必定是他。誰知在這個黑牢裡，這位勇士最無法忍受。他快速萎謝，走向死亡。波尼伐多麼想扶住他，撫摸著他漸漸癱軟、冰冷的手，卻不能夠。

獄卒把這個弟弟的遺體淺淺地埋在波尼伐前的泥地下，波尼伐懇求他們埋到外面，讓陽光能照到弟弟的墳地，但換來的只是冷笑。於是，那片淺土上懸著空環的柱子，就成了謀殺的碑記。

小弟弟俊美如母親，曾經被全家疼愛。他臨死時只怕哥哥波尼伐難過，居然一直保持著溫和寧靜，沒有一聲呻吟。他只吐露最快樂的幾個句子，後來，句子變成了幾個單字，以便讓哥哥在快樂中支撐下去。當他連單字也吐不出來的時候，就剩下了輕輕的嘆息，不是嘆息死亡將臨，而是嘆息無法再讓哥哥高興，直到連嘆息也杳不可聞。

兩個弟弟全都死在眼前，埋在腳下，這使鐵石心腸的獄卒也動了惻隱之心，突然對波尼伐產生同情，解除了他的鐐銬，他可以在牢房裡走動了。但他每次走到弟弟的埋身之地，便愴惶停步，戰戰兢兢。

他開始在牆上鑿坑，不是為了越獄，而是為了攀上視窗，透過鐵柵看一眼湖面與青山。他終於看到了，比想像的還多。湖面有小島，山頂有積雪，一切都那麼安詳。

在不知年月的某天，波尼伐被釋放了。但這時，他已渾身漠然。他早已習慣監獄，覺得離開監獄就像離開了自已的故鄉。

他想，蜘蛛和老鼠這些年來一直與自己相處，自己在這個空間唯獨對它們可以生殺予奪，可見它們的處境比自己還不如。但奇怪的是，它們一直擁有逃離的自由，為什麼不逃離呢？

——讀完這篇不知是否準確的縮寫，我抬頭看了看暮色中的湖面、小島、青山、雪頂。我想，有了拜倫的故事，所有的遊客都知道這湖山的某個角落，有過一雙處於生命極端狀態的眼睛，湖山因這雙眼睛而顯得更其珍貴。

如果真像人們說的那樣，希隆古堡因拜倫的吟詠而成了歐洲近代旅遊的重要起點，那麼，我真要為這個起點所達到的高度而深深欽佩。

《希隆的囚徒》告訴人們：自由與自然緊緊相連，它們很可能同時躲藏在咫尺之外；當我們不能越過咫尺而向它們親近，那就是囚徒的真正涵義。

瑞士手錶

在瑞士，不管進入哪一座城市，抬頭就是手錶店。櫥窗裡琳琅滿目，但透過櫥窗看店堂，卻總是十分冷落。

從盧塞恩開始，很多手錶店裡常常端坐著一位中國雇員，因為現在一批批從中國來的旅遊團是購買手錶的大戶。

原先瑞士的手錶廠商經過多年掙扎已判定手錶業在當今世界的衰敗趨勢，怎料突然有大批中國人成了他們滯銷貨品的大買家，他們一開始十分納悶，後來就滿面笑容了。

說起來，手錶的起點還與中國有關，世界上最早的機械計時器還是要數中國東漢張衡製造的漏水轉渾天儀，但是，如果說到普遍實用，我看還是應該歸功於歐洲。古老的教堂原先都是人工敲鐘的，後來改成機械鐘，不知花費了多少天才工藝師的才智和辛勞。義大利人造出第一台機械打點的鐘是十四世紀中葉的事，到十六世紀初德國人用上了發條，後來伽利略發明的重力擺也被荷蘭人引入機械鐘，英國人又在縱擒結構上下了很多功夫。反正，幾乎整個歐洲都爭先恐後地在為計時器出力。這與他們在工業革命和商業大潮中的分秒必爭，互為因果。

至於瑞士的手錶業，則得益於十六世紀末的一次宗教徒大遷徙。法國的鐘錶技術隨之傳了進來，與瑞士原有的金銀首飾業相結合，使生產的鐘錶具有了更大的裝飾功能和保值功能。

依我看，手錶製造業的高峰在十九世紀已經達到。那些戴著單眼放大鏡的大鬍子工藝師們，把驚人的創造力全都傾洩到了那小小的金屬塊上，凡是想得到的，都盡力設法做到。

二十世紀的手錶業也有不少作為，但都是在十九世紀原創框架下的精巧添加。我想十九世紀那些大鬍子工藝師如果地下有靈，一定不會滿意身後的同行，那神情，就像最後一批希臘悲劇演員，或最後一批晚唐詩人，兩眼迷茫。

手錶業在二十世紀，更重要的任務是普及。其間的中樞人物不再是工藝師，而是企業家。

要普及必然引來競爭，瑞士手錶業在競爭中東奔西突，終於研製出了石英錶、液晶錶。這對手錶業來說究竟是喜訊還是凶兆？我想當時一定有不少有識之士已經看出了此間悖論，那就是：新興的電子計時技術必然是機械計時技術的天敵，它的方便、準確、廉價，已經構成對傳統機械錶的嘲謔。

平心而論，現在不少電子錶的外形設計，與最精美的機械錶相比也不見得差到哪裡去，然而它們又那麼廉價，機械錶所能標榜的其實只是品牌。品牌也算是一種裝飾吧，主要裝飾在人們的心理上。

其實，手錶的裝飾功能並沒有人們購買時想像的那麼大。購買時它被放置在人們的視線中心，放置在射燈的聚光點上，容易產生一種誇大了的審美預期。真戴上了一看，它只不過裝飾在人體一個偏側性、運動性的局部，很不起眼。在聚會中，一位太太為了引起人們對她的手錶的注意，必須先去引起手錶的話題，為了引起手錶的話題，又必須先去讚揚別人的手錶，然後漸漸把別人的視線吸引到自己手上。

至於男士們用手錶來裝飾，那就更吃力了。除了盛夏，男士的服裝很難使手錶畢露，廣告裡那些男士裝腔作勢地頻頻露出手錶，終究不是正常男士的正常動作。我們常常取笑幾位時髦的年輕朋友為了讓大家看到他們的新錶而早早地忍凍換上了短袖襯衫，或者在公眾場合不斷看錶，使某個演講者誤會成是催促結束的信號。但是如果不這麼做，一個剛剛工作的年輕人買一塊昂貴的手錶藏在暗無天日的衣袖裡，也實在太委屈了。

現代人實際，很快在這個問題上取得了共識。於是瑞士錶早在二十多年前就被日本和香港的石英錶所打敗，失去了世界市場。

瑞士的手錶商痛定思痛，才在二十年前設計出了一種極其便宜的塑膠石英走針錶，自造一個英文名字叫Swatch，中文翻譯成「司沃奇」吧，倒是大受歡迎，連很多小學生都花花綠綠戴著它，甩來甩去不當一回事兒。

就這樣，瑞士手錶業才算緩過一口氣來，許多傳統名牌一一都被網羅進了「Swatch集團」。這相當於一個頑皮的小孫子收養了一大群尊貴的老祖宗，看起來既有點傷感又有點幽默。可惜中國旅遊者怎麼也明白不過來，一味鄙視當家的小孫子，去頻頻騷擾年邁的老大爺。

瑞士的Swatch主要是針對日本鐘錶商的。日本鐘錶商當然也不甘落後，既然瑞士也玩起了廉價的電子技術，那麼它就來玩昂貴的電子技術，價錢可以高到與名牌機械錶差不多，卻集中了多種電子儀錶功能，讓Swatch在電子技術層面上相形見絀。

其實，電子技術的優勢是把原本複雜的事情簡便化，但有一些日本的鐘錶商沒有這麼做，他們用歸併、組合的辦法使複雜更趨複雜，讓小小一塊手錶變成了儀錶迷魂陣。在今天的高科技時代要這樣做沒有什麼技術難度，卻能吸引那些貪多求雜、喜歡炫耀的年輕人。

我在這裡看到一種日本電子錶，二百多美元一塊，據廠方的宣傳資料介紹是專為美國空軍或海軍設計的，其實也就是把各種電子儀錶集中在一個表面上罷了。沒有一個人能把它的那麼多功能說明白，也沒有一雙眼睛能把它密密麻麻的數碼、指標、液晶看清楚。我們的一位夥伴買了一塊，同時買了一個高倍放大鏡。手錶扣在手腕上，放大鏡晃蕩在褲帶下，看手錶的時候還要躲著人，怕人家笑話。

在我看來，那種扯上美國空軍、海軍的宣傳，分明是一個迷惑年輕人的圈套。空軍、海軍本來就生活在儀錶堆裡，居然還需要加添一堆？如果手錶上的儀錶是飛機、兵艦上所沒有的，那就說不上重要；如果手錶上的儀錶是飛機、兵艦上原來就有的，那又何必重複？除非發生這樣的事故：機墜、艦傾而人未亡，儀錶全壞而其他設備正常，褲帶下的放大鏡也沒有摔破，那麼，這塊手錶可以代理業務了。

說笑到這裡，我們應該回過來看看大批到瑞士來採購手錶的中國遊客了。他們中的大多數並不糊塗，知道手錶的計時功能已不重要，裝飾功能又非常狹小，似乎看重的是它的保值功能，但心裡也明白按現代生活的消費標準，幾塊瑞士手錶的價值於事無補。既然如此，為什麼還那麼熱衷呢？我想這是昨日的慣性，父輩的遺傳，亂世的殘夢，很需要體貼和同情，而不應該嘲謔和呵斥。

在那兵荒馬亂的年月，大家都想隨身藏一點值錢的東西。王公貴胄會藏一點文物珍寶，鄉紳地主會藏一點金銀細軟，平民百姓會藏一點日用衣物，而大城市裡見過一點世面的市民，則會想到手錶。因為藏手錶比藏文物、金銀安全，也容易兌售。我小時候就見到過一對靠著一些瑞士手錶度日的市民夫妻，就很有歷史的概括力。

那時我十三歲，經常和同學們一起到上海的一個公園勞動，每次都見到一對百歲夫妻。公園的阿姨告訴我，這對夫妻沒有子女，年輕時開過一個手錶店，後來就留下一盒子瑞士手錶養老，每隔幾個月賣掉一塊作為生活費用。但他們萬萬沒有想到，自己能活得那麼老。

因此，我看到的這對老年夫妻，在與瑞士手錶進行著一場奇怪的比賽。他們不知道該讓手錶走得快一點還是慢一點。瑞士手錶總是走得那麼準，到時候必須賣掉一塊，賣掉時，老人是為又多活一段時間而慶幸，還是為生存危機的逼近而惶恐？琤琤琤琤的手錶聲，究竟是對生命的許諾還是催促？我想在孤獨暮年的深夜，這種聲音很難聽得下去。

他們本來每天到公園小餐廳用一次餐，點兩條小黃魚，這在饑餓的年代很令人羨慕；但後來有一天，突然說只需一條了，阿姨悄悄對我們說：可能是剩下的瑞士手錶已經不多。

我很想看看老人戴什麼手錶，但他們誰也沒戴，緊挽著的手腕空空蕩蕩。

我不知道老人活了多久，臨終時是不是還剩下瑞士手錶。不管怎麼說，這是瑞士手錶在中國留下的一個悲涼而又溫暖的生命遊戲，但相信它不會再重複了。

第三卷

西歐

河畔聚會

一

一路行來，最可愛的城市還是巴黎。

它幾乎具有別的城市的一切優點和缺點，而且把它們一起放大。你可以一次次讚嘆，一次次皺眉，最後還會想起波特萊爾的詩句：「萬惡之都，我愛你！」

它高傲，但它寬容，高傲是寬容的資本。相比之下，有不少城市因高傲而作繭自縛，冷眼傲世，少了那份熱情；而更多的城市則因寬容而擴充了污濁，鼓勵了庸俗，降低了等級，少了那份軒昂。

一個人可以不熱情、不軒昂，一座城市卻不可。這就像一頭動物體形大了，就需要有一種基本的支撐力，既不能失血，又不能斷骨，否則就會癱成一堆，再也無法爬起。熱情是城市之血，軒昂是城市之骨。難得它，巴黎，氣血飽滿，骨肉勻停。

它優閒，但它努力，因此優閒得神采奕奕。相比之下，世上有不少城市因閒散而長期無所作為，連外來遊人也跟著它們困倦起來；而更多的城市，尤其是亞洲的城市則因忙碌奔波而神不守舍，失去了只有在暮秋的靜晤中才能展現的韻味。巴黎正好，又閒又忙，不閒不忙。在這樣的城市裡多住一陣，連生命也會變得自在起來。

二

巴黎的種種優點，得力於它最根本的一個優點，那就是它的聚合能力。不僅僅是財富的聚合，更是人的聚合，文化的聚合，審美氣氛的聚合。

法國人，從政治家、軍事家、藝術家到一般市民，多數喜歡熱鬧，喜歡顯示，喜歡交匯，喜歡交匯時神采飛揚的前呼後擁，喜歡交匯後長留記憶的凝固和雕鑄。結果，不管在哪兒發達了，出名了，都想到巴黎來展現一下，最好是擠到塞納河邊。

這情景，我覺得是法國貴族沙龍的擴大。當年朗貝爾侯爵夫人和曼恩公爵夫人的沙龍，便是一種雅人高士爭相躋入的聚會，既有格調享受，又有名位效應，又有高層對話。馬車鈴聲一次次響起，一個個連我們都會一見臉就知道名字的文化巨人從淒風苦雨中推門而入。女主人美麗而聰明，輕輕撿起貴族世家的舊柴禾，去加添法蘭西文明的新溫度。

這種沙龍文化，提升了法蘭西的集體心理，從人的聚合變成了建築的聚合、歷史遺跡的聚合，熱熱鬧鬧地展示在塞納河畔。聖母院、羅浮宮、協和廣場、艾菲爾鐵塔都是這個龐大「沙龍」的參加者。因而連路易王朝每一位君主的在天之靈，包括那個最愛出風頭的路易十四，也都想爭做這種聚合的主持人，讓挑剔的巴黎市民有點為難。正在這時，從遙遠的海島傳來一個聲音：

我願躺在塞納河邊，躺在我如此愛過的法蘭西人民中間……

這是拿破崙的聲音。柔情萬種的巴黎人哪裡受得住這種呼喊？他們千方百計地把呼喊者遺體從海島運回塞納河邊。當拿破崙落腳住下，塞納河畔反倒安靜了，因為這個龐大「沙龍」不會再有第二個主人，不必再爭。

三

面對精彩的聚合，巴黎人一邊自豪一邊挑剔。挑剔是自豪的延伸。

當年艾菲爾鐵塔剛剛建造，莫泊桑、大仲馬等一批作家帶頭怒吼，領著市民簽名反對，說這個高高的鐵傢伙是在給巴黎毀容。這相當於沙龍聚會的參加者，受不住新擠進來一個瘦骨伶仃的青甲人。

想想也有道理，聚會講究格調和諧，當艾菲爾鐵塔還沒有被巴黎習慣的時候，無論在造型還是在材質上都顯得莽撞和陌生。但它偏偏賴著不走，簡直有一點中國「青皮」的韌性。一會兒它說是世界博覽會的標誌，等到世界博覽會閉幕後又說要紀念一陣，不能拆；一會兒說是戰爭需要它發射電波，戰爭結束後仍然會有戰爭，還是不能拆。磨來磨去找藉口，時間一長竟被巴黎人看順眼了。

它剛順眼，又來了新的怪客，龐畢度藝術中心。揭幕那天巴黎人全然傻眼，這分明是一座還沒有完工的化工廠，就這麼露筋裸骨地站著啦？從此哪裡還會有巴黎的端莊！

接下來的，是羅浮宮前貝聿銘先生設計的玻璃金字塔。當時竟有那麼多報刊斷言，如果收留了這個既難看又好笑的怪物，將是羅浮宮的羞辱，巴黎的災難。

那麼多巴黎人，全都自發地成了塞納河畔這場聚會的遴選委員會成員，其情感強烈程度，甚至超過政黨選舉。這種情況，在世界其他城市很少看到。

對此，我們有不少切身感受。

昨天下午，我們在羅浮宮背面的地鐵站入口處想拍攝幾個鏡頭，因為今年是巴黎地鐵的百年紀念。兩位文質彬彬的先生，站在不遠不近的地方看著我們，最後終於走過來，問清了我們的國籍，然後誠懇地說：「我們是巴黎的普通市民，懇求你們，不要再拍什麼地鐵了，應該讓中國觀眾欣賞一個古典的巴黎。」

我們笑著說：「地鐵也已經成了古典，今年是它百歲大壽。」

他們說：「中國應該知道一百年是一個小數字，巴黎也知道。」

這時，我們請的一位當地翻譯走了過來，告訴我們，巴黎有很多這樣的市民，愛巴黎愛得沒了邊，有機會就在街上晃悠，活像一個市長，就怕外來人看錯了巴黎，說歪了巴黎。

我覺得這樣的人太可愛了，便通過這位翻譯與他們胡聊起來。我說：「你們所說的古典我們早拍了，就是漏了雨果小說中最讓人神往的一個祕密角落。」

這下他們來勁了，問：「巴黎聖母院？」

我笑了，說：「這怎麼會漏？我說的是，巴黎的下水道。從小說裡看，那麼多驚險的追逐竟然在市民腳下暗暗進行，真有味道。」

他們說：「其實只要辦一點手續，也能拍攝。」

我說：「現在我們更感興趣的是下水道的設計師。據說他們早就預見到巴黎地下會有一個更大的工程，竟然為地鐵留出了空間。」

他們有點奇怪：「你們中國人連這也知道？」

這麼一來他們就贊成我們拍攝地鐵了。

我想這就是我們一路見到的各種痴迷者中的一種。迷狗、迷貓、迷手錶、迷郵票、迷鑰匙掛件、迷老式照相機，他們兩位迷得大一點，迷巴黎。

但是他們沒有走火入魔，一旦溝通便立即放鬆。這歷來是巴黎人的優點，所以塞納河畔的聚會畢竟越來越密集，也越來越優秀。那些曾經抵拒過艾菲爾鐵塔、龐畢度藝術中心、貝聿銘金字塔的市民，並沒有失去自嘲能力。他們越是不習慣，越是要去多看。終於，在某一天黃昏，他們暗自笑了，開始嘲諷自己。

四

這種聚會也有毛病。

在塞納河畔，聚會得最緊密的地方，大概要數羅浮宮博物館了吧，我已去過多次，每次總想，這種超大規模的聚會，究竟是好事還是壞事？

對保管也許是好事，對展現則未必；對觀眾也許是好事，對作品則未必；對幾件罕世珍品也許是好事，對其他作品則未必。

這雖然是說博物館，卻有廣泛的象徵意義，不妨多說幾句。

羅浮宮有展品四十萬件，色色都是精品傑作，否則進不了這個世界頂級博物館的高門檻。但是，各國遊客中的大多數，到這裡主要是看三個女人：維納斯、蒙娜麗莎、勝利女神。宮內很多路口，也專為她們標明了所在方位，以免萬里而來，眼花繚亂，未見主角。

這並不錯，卻對四十萬件其他傑作產生很大的不公平。維納斯站在一條長廊深處，一排排其他傑作幾乎成了她的儀仗。蒙娜麗莎在一個展室裡貼壁而笑，有透明罩蓋衛護，又站著警衛，室內還有不少大大小小的傑作，也都上得了美術史，此刻也都收編為她的警衛。

像維納斯、蒙娜麗莎這樣的作品確實有一種特殊的光芒，能把周圍的一切

全然罩住。周圍的那些作品，如果單獨出現在某個地方，不知有多少人圍轉沉吟，流連忘返，但擠到了這兒，即便再細心的參觀者也只能匆匆投注一個抱歉的目光。

由此我想，這種超大規模的聚會得不償失。當年世界各地兵荒馬亂，由一些大型博物館來收藏流散的文物也算是一件好事。但這事又與國家的強弱連在一起，例如拿破崙打到義大利後把很多文物搬到了巴黎，引起義大利人的痛苦，這又成了一件壞事。時至今日，很多地方有能力保存自己的文物了，那又何必以高度集中的方式來表達某種早已過時的權力象徵？

記得去西班牙、葡萄牙一些不大的古城，為了參觀據說是全城最珍貴的文物，我們轉彎抹角地辛苦尋找，最後見到了，才發現是三流作品。為什麼不讓這些城市重新擁有幾件現在被徵集到國家博物館裡的一些真正傑作呢？當那些傑作離開了這些城市，城市失去了靈魂，傑作也失去了空間，兩敗俱傷。這事在我們中國也值得注意，與其集中收藏不如分散收藏，讓中華大地處處都有東西可看，而不是只在某個大型博物館裡看得頭昏目眩、腰痠背疼。

文物是如此，別的也是如此。超大規模的高濃度聚集，一般總是弊多利少，不宜輕試。

懸念落地

咖啡館在一條熱鬧大街的岔路口，有一個玻璃門棚。玻璃門棚中的座位最搶手，因為在那裡抬頭可見藍天高樓，低頭可見熱鬧街景。今天玻璃門棚正在修理，中間放著架梯，有兩位工人在爬上爬下。因此，只得側身穿過，進入裡屋。

裡屋人頭濟濟，濃香陣陣，多數人獨個兒邊看報紙邊喝咖啡，少數人在交談，聲音放得很輕。因此，坐了那麼多人，不覺得鬧心。

進門左首有一個彎轉的小樓梯，可上二樓。我們的目標很明確，在二樓，因此走樓梯。樓梯沿壁貼著一些畫，看了便心中嘀咕：貼了多久了？他們有沒有看過？

上樓，見一間不大的咖啡室，二三十平方米吧，已坐著八位客人。問侍者，弄清了他們常坐的座位，居然正好空著，便驚喜坐下，接過單子點咖啡。咖啡很快上來，移杯近鼻，滿意一笑，然後舉目四顧，靜靜打量。

窗外樹葉陽光，從未改變。室內沙發幾桌，也是原樣。突然後悔，剛才點咖啡時忘了先問侍者，他們常點哪一種，然後跟著點，與他們同享一種香味。

我說的「他們」，是沙特和波娃。

這家咖啡館，就是德弗羅朗咖啡館（Café de Flore），一切沙特研究者都知道，巴黎市民都知道。

今天，我來索解一個懸念。早就知道沙特、波娃常在這家咖啡館活動。原以為是約一些朋友聚會和討論，後來知道，他們也在這裡寫作，不少名著就是在咖啡館寫出來的。

既然是沙特寫作的地方，咖啡館裡一定有一個比較安靜的單間吧？但是法國朋友說，沒有，就是一般的咖啡座。

這就讓我奇怪了。一般的咖啡座人來人往，很不安靜，能寫作嗎？沙特很早成名，多少人認識他，坐在這樣的公共場所，能不打招呼嗎？打了招呼能不一起坐坐、聊聊嗎？總之，名人、名街、名店撞在一起，能出得來名著嗎？

另外，一個連帶的問題是，即使在咖啡館裡可以不受干擾，總比不上家裡吧？家裡有更多的空間和圖書資料，不是更便於思考和寫作嗎？像沙特這樣的一代學者、作家，居住環境優裕舒適，為什麼每天都要擠到一張小小的咖啡桌上來呢？

這麼多問號的終點，就是這個座位。在法國，這樣一家出了名的店鋪就基本不會再去改建了，總是努力保持原樣，保持它昔日的氣氛，這為我的尋找帶來了便利。

這時，其他幾個夥伴也趕到了，他們帶來了攝像設備，準備好好地拍攝一下這個「沙特工作室」。導演劉璐、節目主持人溫蒂雅也來了，決定請溫蒂雅對我做一個採訪性的談話節目，這兒成了採訪現場。

拍攝談話節目需要有兩台攝像機，當然也就要有兩名攝像師，又要有人布光、錄音，算起來一共要擠上來七八個人。本來房間就小，已經坐了八位客人，再加七八位，自然氣氛大變。這倒罷了，問題是，這七八個夥伴要找電源插頭、拉電線、打強光燈、移桌子、推鏡頭、下命令、做手勢……簡直是亂成一團。當然，還要溫蒂雅在鏡頭前介紹這個現場，還有我關於沙特的談話。

我想，今天這個房間算是徹底被我們糟蹋了。最抱歉的是那八位先我們而來的客人，他們無異突然遭災，只能換地方。臨時找不到一個懂法語的人向他們說明情況，我只能在座位上用目光向他們致歉。

但是，讓我吃驚的情景出現了——

居然，他們沒有一個在注意我們，連眼角也沒有掃一下。空間那麼狹小，距離那麼接近，但對他們而言，我們好像是隱身人，對我們而言，他們倒成了隱身人，兩不相干。

我不由得重新打量這些不受干擾的人。

從樓梯口數起，第一個桌子是兩個中年男子，他們一直在討論一份設計圖，一個坐著，一個站著，在圖紙上指指點點。過了一會兒換過來了，站著的坐下了，坐著的站了起來，又彎腰在圖紙上修改；

往裡走，是一位上了年紀的女士，靠窗而坐，正在看書，桌上還放著一本，打開著。她看看這本，放下，再看那本，不斷輪替，也顯得十分忙碌；

再往裡就是我們對面了，三位先生，我一看便知，一位是導演，一位是編劇，一位是設計，桌上放著劇本、設計圖和一疊照片。導演絡腮鬍子，是談話的中心，有點像印第安人。他們似乎陷入了一種苦惱，還沒有想出好辦法；

轉彎，還有幾個座位，那裡有一對年紀較輕的夫妻，或者是情人，在共同寫著什麼。先是男的寫，女的微笑著在對面看，看著看著走到了男的背後，手搭在他肩上，再看。她講了什麼話，男的便站起來，讓她坐下，請她寫。她握筆凝思，就在這一刻，她似乎發現了我們，略有驚訝，看了一眼，便低頭去寫了。

重數一遍，不錯，一共八人，不僅絲毫沒受到我們干擾，甚至我們要干擾也干擾不進。他們的神態是，異香巨臭，無所聞也，山崩河溢，無所見也。但他們不聾不盲，不愚不痴，侍者給他們加咖啡，總是立即敏感，謝得及時。

這種情景，我們太不熟悉。

我們早已習慣，不管站在何處，坐在哪裡，首先察看周圍形勢，注意身邊動靜，看是否有不良的資訊，是否有特殊的眼神。我們時刻準備著老友拍肩，鄰座寒暄；我們時刻準備著躲開注意，避過目光；我們甚至，準備著觀看窗下無賴打鬥，廊上明星作態。因此，我們完全無法想像，別人對於拍攝現場如此徹底漠然，視而不見，形若無人。

這究竟是怎麼回事？

我開始有點明白。也許，人們對周際環境的敏感，是另一些更大敏感的縮影。而這些更大的敏感，則來自於對個體自立的懷疑，來自於對環境安全的低估。

街邊路頭的平常景象是地域文化的深刻投影，今天就把我們自己也深刻在一種對比中了。

這八個人，自成四個氣場，每個氣場都是內向、自足的，因此就築成了一圈圈的「牆」——這個比喻沙特用過，但涵義有所不同。我們七八個人進來忙忙碌碌，其實也只是增加了一個氣場而已。他們可以如此地不關顧別人的存在，其實恰恰是對別人存在狀態的尊重。

尊重別人正在從事的工作的正當性，因此不必警惕；尊重別人工作的不可干擾性，因此不加注意；尊重別人工作時必然會固守的文明底線，因此不作提防。

問題是，既然在咖啡館自築氣場之牆，為什麼不利用家裡的自然之牆呢？

其實，他們的氣場之牆是半透明的。他們並不是對周圍的一切無知無覺，只不過已經把這種知覺泛化，泛化為對城市神韻的享受。這種泛化的知覺構不成對他們的具體干擾，卻對他們極其重要，無跡無形又有跡有形，成了他們城市文化活動的背景。

這裡就出現了一種生態悖論：身居鬧市而自辟寧靜，保持高貴而融入人潮。

這種生態悖論又讓我聯想到另一種與之完全相反的悖論。中國文人歷來主張「宜散不宜聚」，初一看好像最講獨立，但是，雖散，卻遠遠窺探，雖散，卻單一趨同。法國文人即便相隔三五步也不互相打量，中國文人即便迢迢千里、素昧平生，也要探隱索微、如數家珍。

至此，沙特和波娃經常來這裡的理由已經明白。他們坐在這裡時的神態和心情，與這八位客人如出一轍。於是。我懸念落地。

站起身來去上了一回廁所。廁所極小，只能容一個便器，牆上有一些塗畫，我想沙特曾無數遍地辨認過。

從廁所出來，我便對著鏡頭開始講述：「今天這兒除了我們，還有八位客人，我想說一說他們的工作狀態……」

有人提醒：「沙特！沙特！」

我說，我就是在講沙特。

MIKO

法國胃口

十五年前，在新加坡，我和高行健先生從下榻的京華飯店步行很長的路去動物園遊玩，一路聽他在講法國美食。後來還是在新加坡，當時在法國大使館工作的陳瑞獻先生請我到一家法國餐廳吃飯，但他自己卻只用素食。他原是一個有資格的美食家，閒坐在一旁慢悠悠地講述著法國餐食的精義。

法國文化部在一九九〇年發動了一個「喚醒味覺運動」，而法國教育部也批准向小學生開設烹飪藝術的系列講座。這架勢，無疑是要以國家力量把美食文化推到主流文化的層面上。

從歷史看，羅馬人戰勝高盧（古代法蘭西和周邊地區），實在是把歐洲的胃口狠狠地撐大了。高盧人強蠻尚武，胃口之好把羅馬人嚇得不輕。羅馬那時已經講究奢華的排場，於是排場和胃口融為一體，後果不難想像。有時宴會上推出的蛋糕之大，居然藏得下樂師、雕得出噴泉。十分壯觀卻十分粗蠻，那口味當然很難說得上。

在這裡又要提到我以前在義大利仔細查訪過的美第奇家族了。十六世紀這個家族與法國王室通婚，帶來了佛羅倫斯的優秀廚藝，巴黎的飲食開始從排場上升到精緻。巴黎人聰明，很快就超過了老師，逐漸形成更講究滋味的法國美食。

當然胃口還是好，排場還是大。例如那個路易十四，宮中為他安排飲食的侍從多達三百餘人，吃的時候各種親信大臣圍坐，看他如何用優雅的風度把大量的食品吞咽下去。我在一本書裡讀到過他一次吞咽的食物數量，簡直難以置信，可稱之為「非人的胃口」。

路易十六被革命法庭宣判死刑之後，居然還當場吃下了六塊炸肉排、半隻雞、一堆雞蛋，胃口好得真可謂「死而後已」了。

對於太好的胃口，美食文化其實有點浪費。一頓吃得下那麼多東西，哪裡還會細細品嘗呢？不會品嘗，就無所謂美食。

法國美食的興起，倒是要感謝革命。那場革命使王室貴族失去了特權，隨之也使大量廚師失去了工作，只能走向社會，開起店來。在這之前，法國民間也像中國古代，有一些行旅中的小酒館和點心鋪罷了。

廚師們原以為走出宮廷將面對一個雜亂無章的低俗世界，誰知真的出來後情況要好得多。在餐飲市場上，一切競爭都變成了廚師的競爭，他們被老闆們搶來搶去，地位和報酬大大提高。時間一長，自我感覺也越來越好，再也不必像在宮廷裡那樣低眉順眼、唯唯諾諾。廚師中有些人還動筆寫作，把烹飪經驗上升到哲學和藝術，堅信自己與羅丹、畢卡索不相上下。

法國廚師有時還表現為一種極端化的「專業名節」。在某個重要宴會上失手做壞了一個菜，或者在美食家的品評中被降低了等級，他們願意殺身謝罪。但在我看來，法國廚師的這種「專業名節」，只是由過度驕傲所造成的過度脆弱。

法國美食的高度發展，與法國文化的質感取向有關。質感而不低俗，高雅而不抽象，把萬般詩書沉澱為衣食住行，再由日常生態來校正文化。這種溫暖的循環圈，令人陶醉。

然而法國人在美好的事情上容易失控，缺少收斂。連一些著名的文化人也有驚人的好胃口，而且願意在書中大談特談。談得特別來勁的有巴爾扎克、雨果、莫泊桑、大仲馬、福樓拜、左拉，而胃口最大的，可能是巴爾扎克和雨果。其實文人胃口好，很可能是世界通例。記得以前在學校聚餐，總發現老教授們的那幾桌很快就風捲殘雲，而工人的那幾桌反而期期艾艾。但中國文人可以談美食而不願意誇自己的胃口，似乎有什麼障礙，沒有法國文人坦率。

在我看來，只有一個問題需要引起法國朋友的注意，那就是他們每天在吃的問題上花費的時間實在太長。法國很多餐館，上菜速度極慢，讓人等得天荒地老，這幾乎成了我在法國期間不得不經常放棄法國美食的主要原因。但所有的法國朋友好像都沒有我這麼心急，只要在餐館裡一落座就全然切斷了時間概念。據可靠統計，法國人每天的有效工作時間遠遠少於美國人，時間被吃飯吃掉了。

馬賽魚湯

馬賽魚湯徒有虛名。

馬賽魚湯的正式名稱應該叫普羅旺斯魚湯，讀到過太多的讚譽文章。有人說這魚湯是馬賽第一美食；有人說馬賽沒有太多名勝古蹟，幸好還有這魚湯；有人說不管走多遠的路，來馬賽喝口魚湯都值得。

這些稱讚都見之於文字，有法國人自己說的，也有外國人說的，還能不相信嗎？如果這種「第一美食」的說法產生於別的國家，還有遲疑的餘地，而法國是堂堂美食大國！於是憋足了勁，就等著到馬賽喝普羅旺斯魚湯。在坎城時夥伴們聽說當地一座海邊山頭的魚湯不錯，摸著去喝了，我卻不去，心想喝魚湯只到馬賽，哪能先讓坎城喧賓奪主？

到馬賽後到處打聽，哪一家普羅旺斯魚湯最正宗。因為馬賽這座城市比較雜亂，飲食行業良莠並存，坑害顧客的事情時有發生。經反覆查證核對，知道老港附近一家最好，而且很快在兩本當地餐飲指南中得到了印證。於是二話不說，預先訂座，準時趕去。

這家餐廳面對港口，坐在座位上就可看到桅檣林立、海浪閃耀。漁船上正在忙著卸落剛剛捕撈的海鮮，岸邊的漁市非常熱鬧。我們一看，對於魚湯的新鮮，是可以徹底放心了。

魚湯上得很快，先是一桌一大大碗公，由服務員一勺勺分到每人的淺盆上。湯呈渾褐色，趁著熱氣先喝一口，便立即皺起了眉。不能說難吃，但又腥又鹹，是一種平庸的口味，以前在海邊一些貧困的農家都可以喝到。我喜歡吃魚，不怕腥，但對這種完全不作調理的腥，還是不敢恭維。

第二道是正菜，其實與第一道湯出於同鍋，只不過把熬湯的實物盛起來罷了。樣子不錯，紅色的是小龍蝦，黑色的是蛤蜊殼，白色的是魚肉，三兩塊黃色是土豆，與湯合成一盆，一人一份。先喝一口湯，與頭道湯完全相同，於是吃實物。小龍蝦肉要剔出來十分費事，終於剔出，小小一條，兩口咽下，不覺鮮美。然後吃魚，一上口才發現又老又柴，原來這些水產在一個大鍋裡不知熬了多久，魚怎麼經得起這樣熬呢？只得嘆一口氣，夾一塊土豆，揪半片麵包入口，算是用完了馬賽魚湯。

那麼，問題究竟出在哪裡呢？

從資料上看，原來當地漁民出海捕魚時，妻子習慣於把這兩天賣剩的雜碎魚蝦煮在一鍋等丈夫回來喝，這就是馬賽的普羅旺斯魚湯。此間情景，溫馨感人，而雜碎魚蝦一鍋煮確實也有一種特殊的厚味，因而快速傳開。但平心而論，吃膩美食的人偶爾喝喝可能不錯，而按正常標準它還沒有從原始飲食的層面走出。

美食需要有一些基本條件，需要一代代廚師不斷在探索中創建規範，並不斷接受美食家們的檢驗。土俗飲食一成不變，製作簡陋，不應與美食混為一談。

美食發展到一定階段也會返樸歸真，再挑剔的美食家也無法輕視家常菜。這種現象常常產生一種文化誤會，以為越是土俗就越具有推廣價值，這就否定了文明的等級、交融的意義。一個人在遍嘗世間美味之後再度鍾愛家常菜，其實已經經過嚴格的重新選擇。

重新選擇出來的東西也未必值得推廣。任它們離開條件四處張揚，只能讓它們四處狼狽。

遠年琥珀

我不知道這位王子的來歷，據說祖上在中世紀時就是義大利的一位王公。祖上是什麼名號？分封於義大利什麼地方？以後如何流徙繁衍？最後一個王位出現於何時何地？既稱王子他父親擁有何種頭銜？……這些問題全然不知。

只知道他開在巴黎羅浮宮附近的園藝店確以王子命名，園藝店出售的各種物品都飾有王子標誌，定價頗高。羅浮宮附近寸金寶地，他的園藝店占據很寬大的三間門面，安安靜靜地經營著並不熱門的園藝，展覽的意義多於銷售，沒有足夠的經濟實力很難支撐。

前些天我在圖爾還到了他的莊園。莊園占地遼闊，整修考究，城堡中安適精緻，品位高雅，還放置著大量的家族畫像和照片。這一切絕不是擺給我們看的，我們去時他根本不在。由此可以判斷，他的貴冑血緣可信，並不是一個弄虛作假的騙局。

他本人也給我留下了良好印象。並不英俊，卻輕鬆自如，頗有風度。他在談吐中沒有絲毫裝腔作勢，由此可推知他確實接受過良好的早期教育。

他的生存狀態在巴黎很有代表性。

也許果真是神脈，是龍種，但神龍見首不見尾，完全不清楚具體來源。世系家譜一定是會有的，但他不願意顯示，別人也不方便查詢。神祕地留著一份可觀的家產和名號，自足度日。他年歲不大，但晉升既無必要，淪落也無理由，因此無所事事，虛泛度日。園藝云云，一種自我安慰的說法，一種朋友圈裡的談資，如此而已。

法國大革命把貴族衝擊了一下，但歐洲式的衝擊多數不是消滅，而是擱置。因此在巴黎，多的是這種懶洋洋、玄乎乎的神祕庭院，起居著一些有財富卻不知多少、有來頭卻不知究竟的飄忽身影。

不應該把他們的身分背景一一理清。理清了，就失去了巴黎的厚度和法國的廣度，失去了歷史的沉澱和時間的幽深，那會多麼遺憾。

文化如遠年琥珀，既晶瑩可鑒又不能全然透明。一定的沉色、積陰，即一定的渾濁度，反而是它的品性所在。極而言之，徹底透明，便沒有文化的起點。因此，一座城市的文化，也與這座城市的不可透析性有關。

這種想法，可能會與很多中國文化人的想法不同，他們總是花費很大的力氣去探測別人的事情，還以為這就是文化的追蹤性、監視性和批判性。當然那也是一種文化，只不過屬於另一個層面，屬於坐在村口草垛上咬著耳朵傳遞鄰居動靜的老婦女，屬於站在陽台上裝出高雅之態卻以眼角頻掃對街窗戶的小市民。

諾曼地血緣

從巴黎去倫敦，先要穿越諾曼地地區，再渡海。

自從一〇六六年諾曼地公爵威廉渡過海峽征服英格蘭，有好幾百年時間那裡的統治語言是法語，直到亨利三世才第一次在發表公告時用英語。現在如此顯赫的英語，在當時是一個可憐的土著。後來由於姻親關係，英國王位還專請德國漢諾威王室來繼承，這個王朝的開頭兩任君主也不會說英語，只會說德語，到第三世才慢慢改口，但還叫漢諾威王朝。直到第一次世界大戰時德國形象太壞，英國人一氣之下改用行宮溫莎的名字來稱呼王朝，直到今天。但即使英國還在稱呼漢諾威王朝的時候，代代君主還都是威廉的後裔。

如果要查威廉的血緣，本來也不在諾曼地，而是來自北方。我想，大概是斯堪的納維亞半島吧，多半與海盜有關。

記得英國作家笛福有過這樣幾句話：

純種英格蘭人？

——我才不信！

字面上是笑話。

實質上是幻影。

笛福的說法無可懷疑。他的《魯賓遜飄流記》，我一直看成是一個寓言作品，大家都是飄流者。

其實豈止是英國，德國、法國、義大利和歐洲其他許多國家，不高興的時候打來打去，高興的時候嫁來嫁去，而很多打的結果也是嫁。千百年下來，在血緣上可說是互相交融、難分難解，而信仰、語言也不一定以國界為界。因此過於強調「民族國家」的概念，實在缺少依據，有點勉強。

今天從歐洲大陸去英國的英吉利海峽風急浪高，後來還下起了漫漫大雨，透過雨幕，卻能看到淒豔的晚霞。我和夥伴們在船艙裡跌跌撞撞、前仰後合，心想多少歷史傳奇正是在這種顛蕩中寫就。於是趁稍稍風浪稍平，趕快取出紙筆寫這篇文章。

兩位英國老太太扶著一排排椅背走過來，在我身邊停下了。她們平生第一次看到中國字是怎麼寫出來的，見我寫得這樣快更是新鮮萬分，不斷讚嘆。她們沒有問我在寫什麼，我朝她們一笑，心裡說，老太太，我現在正用你們不懂的文字，寫你們的諾曼地。

突然想起了坐海底列車的旅客，真為他們可惜。此刻他們正在我們腳下，全然不知風急浪高、晚霞淒豔，只聽火車呼嘯一聲，已把所有的歷史穿過。

扼守秋天

一

倫敦以西三十多公里處，有著名的溫莎堡。

這個城堡，至今仍是英國王室的行宮，女王經常拖家帶口在這裡度週末，有時還會住得長一點。我們去那天女王剛走，說過幾天就會回來。

花崗石的建築群，建在一個山崗上，一眼看去，果然是「江山永固」的要塞氣派。但是，作為要塞又太講究、太宏大了，就像宴會上白髮老將們的金邊戎裝，用想像的劍氣來裝點排場。

千年前的征服者威廉在這裡修築城堡倒真是為了從南岸扼守泰晤士河，但當時這個城堡是木結構。誰知後代君主把城堡改建成堅固的石結構，並一次次擴大之後，它的原始職能反倒完全廢棄。如今只扼守著一個秋天，與密密的樹叢安靜對晤。

與它一起扼守在這裡的，還有那個王室。秋天很安靜而王室很不安靜，楓葉寒石看過太多的故事，最後還記得戴安娜焦灼的腳步，和無法撲滅的熊熊大火。

未進城堡，先到北邊的一所附宅裡辦手續，然後在一個大廳裡等著。忽然滿眼皇氣熠熠，一位高大的女士出現在我們面前。只見她身穿長長的黑色風衣，風衣的寬領卻是大紅，紅領上披著一頭金髮。這黑、紅、金三色的搭配那麼簡明又那麼華貴，一下子把我們引入了古典宮廷故事，卻又有一種現代的響亮。

這位女士把我們領進了城堡。城堡裡邊還有好幾層門，每一個門口都由皇家警衛把守。這些警衛也一律黑風衣、紅寬領，卻全是挺拔男子，而且都上了年紀，垂著經過精心修剪的銀白鬍子。於是構成了黑、紅、銀的三色系列，比女士的黑、紅、金更加冷傲。這兩種強烈色系被秋陽下花崗石一襯，使我們不能不自慚服飾，連昂然邁步的自信心都不大有了。

忘了進入第幾個門之後，由一位穿著灰色連衫長裙的女士來接引我們。這位女士戴著眼鏡，像一名中學教師，胸前有一枚標號，應該是城堡中更高一個層次的人物，所以已經不必在外表上雕飾皇家氣象。她帶我們看女王起居的一些場所，輕聲柔氣地作一些介紹，但不是「講解」。你不問，她不說，主要是推門引路、指點樓梯，要我們注意腳下。

終於來到屋外，那裡有一個很大的平台，可以俯瞰南邊的茫茫秋色。秋色中的森林、草地，秋色中的湖泊、河流，遠遠看去不見一人，一問，原來是王室貴族狩獵的御苑。

背後響起一排整齊的腳步聲，扭身一看，是皇家巡邏隊經過。我因迷戀秋色不想細看，誰知巡邏隊不久又繞了過來，等過來三次後我索性靜下心來認真觀察。

巡邏兵都很年輕，頭戴黑鬃高帽，肩掛紅金綬帶，其中帽子上黑鬃豎得特別高的一位，想必是隊長。他們面無表情、不言不笑、目光直視，但這直視的目光讓我覺得奇怪，因為這不是巡邏隊的目光而是儀仗隊的目光。過幾個小時後天黑地暗，皇家城堡又是盜賊們覬覦的目標，他們的目光也是這樣嗎？上次大火，世界輿論已有質問，戒備森嚴的溫莎堡為什麼沒有及時發現，快速撲滅？

城堡本為四方安全而建，現在卻成了讓四方擔憂的地方。

二

離溫莎堡不遠，便是赫赫有名的伊頓公學。

英國人崇拜貴族的傳統，幾乎被伊頓公學五百多年的歷史作了最漂亮的概括。對此，伊頓公學自己有一個很低調的介紹，我記住了其中的一句話，那是在滑鐵盧打敗了拿破崙的威靈頓將軍說的：「滑鐵盧戰場的勝利，是伊頓公學操場的勝利。」

這句話，也許會使不少只從字面上理解「貴族」的中國人吃驚。其實，從根子上說，歐洲貴族集團本來就形成於艱苦的血戰之中，最早的成員多是軍事首領和立功勇士，因此一代代都崇尚勇猛英武，並由此生發出諸如正直、負責、好學等一系列素質，經由權力、財富、榮譽的包裝，變成了貴族集團的形象標榜。

貴族集團在整體上因不適應現代社會而變得保守和脆弱，但其中也有一批優秀人物審時度勢，把自己當作現代規則和貴族風度的結合體，產生了獨特的優勢，受到尊重。現在歐洲的一些開明王室如西班牙王室、丹麥王室、瑞典王室，便是如此。他們有時甚至還奇蹟般地成為捍衛民主、恢復安定的力量。因此我們這一路曾多次聽那些國家的民眾說，如果改為總統制，他們也極有可能當選。

當然，貴族傳統在今天歐洲，主要還是作為一種行為氣質而泛化存在的，特別是泛化為紳士風度。例如，面對法西斯的狂轟濫炸還能彬彬有禮地排隊，讓婦女兒童先進防空洞，邱吉爾首相在火燒眉毛的廣播演講中還動用那麼優美無瑕的文詞，都是紳士風度在現代的閃光。相比之下，法國更偏重於騎士風度，從拿破崙到戴高樂，都是這方面的代表。騎士風度也是貴族傳統的派生物，比紳士風度更接近貴族集團的起點。

無論是英國的紳士風度還是法國的騎士風度，都在追求一種生命的形式美。但這些美都屬於古典美學範疇，呈現於現代常常顯得勞累。伊頓公學則想以大批年輕的生命證明，古典並不勞累。

由此聯想到前些年中國國內產生的一個有趣現象，很多人把收費昂貴一點、宿舍環境考究一點、錄取分數降低一點的私立學校都稱之為貴族學校，校方也以這個名號來做廣告，而學生的家長則因收入較高而被稱作「貴族階層」。

對於這種現象，文化人進行過諷刺，他們的理論是一句名言：沒有三代培養不出一個貴族。但這話我聽起來有點不大舒服，因為它無法解釋第一、第二代貴族出現的事實。正是這第一、第二代貴族，奠定了貴族的根基，但他們的腳上，卻是一雙雙粘滿泥汙的馬靴。

中國歷史和英國歷史千差萬別，因此我們完全不必去發掘和創造什麼貴族。把「盜版」來的概念廉價享用，乍一看得了某種便宜，實際上卻害了很多本來應該擁有確切身分的人。例如有些文化人硬要把曾祖父比附成貴族，老人家必然處處露怯，其實一個中國近代史上的風霜老人，完全可以不加虛飾地成為一個研究典型。

當前一些新型的富裕人群也是如此，本來他們還會在未知的天地中尋找人生的目標，一說是貴族，即便是說著玩玩，也會引誘其中不少人裝神弄鬼起來。中國很多人富裕起來之後很快陷入生態紊亂，不知怎麼過日子了，文化人批評他們缺少文化，其實在我看來，更多倒是受了那些看起來挺文化的概念的毒害。

三

英國貴族是很難被「盜版」的，不要說中國，即便是近鄰法國也不行。

法國貴族受到大革命的衝擊，又經歷過拿破崙戰爭，已經不成氣候。貴族莊園還有不少，但據我所見，都是餘韻無限，景況寥落。除了幾座還在種葡萄釀酒的莊園外，多數是坐吃山空，不知今後如何維持。當然也可以拍賣莊園，或借莊園做其他生意，卻又怕身分頓失、家史中斷，被其他貴族笑話。

英國就不同了，不僅王室還在熱鬧，新老貴族還能成為上議院成員，儘管他們未必來開會。

英國貴族為什麼能夠如此長久地享受榮華？我想這與他們存在的方式有關。他們當然看重世襲原則，但同時更看重財富原則，一貫重商。早在十三世紀，英國貴族就與國王簽訂了《大憲章》，從根本上避開了被推翻的危險。

前些天在法國經常想起伏爾泰，記得他在《哲學通信》中高度讚揚英國的寬容、自由、和平、輕鬆，而當時在法國，宗教迫害還是太多。但是在我看來，伏爾泰在這裡遇到了一個深刻的悖論：正是法國的不自由呼喚出了一個自由鬥士的他。他讚揚英國卻很難長住英國，因為正是他所讚揚的那些內容，決定了這樣的地方不需要像他這樣峻厲的批判家。

英國也許因為溫和漸進，容易被人批評為不深刻。然而細細一想，社會發展該做的事人家都做了，文明進步該跨的坎人家都跨了，現代社會該有的觀念人家也都有了，你還能說什麼呢？

較少腥風血雨，較少聲色俱厲，也較少德國式的深思高論，只一路隨和，一路感覺，順著經驗走，繞過障礙走，怎麼消耗少就怎麼走，怎麼發展快就怎麼走——這種社會行為方式，已被歷史證明，是一條可圈可點的道路。

當然，英國這麼做也需要有條件，那就是必須有法國式的激情和德國式的高論在兩旁時時提攜，不斷啟發，否則確實難免流於淺薄和平庸。因此，簡單地把英國、法國、德國裁割開了進行比較是不妥的，它們一直處於一種互異又互補的關係之中，遙相呼應、暗送秋波、互通關節、各有側重。在這個意義上看，歐洲本應一體，無法以鄰為壑。

四

長久的溫和漸進，長久的紳士風度，也使英國人失去了發洩的機會，結果就產生反常爆發。

我一直覺得溫文爾雅的英國竟然是足球流氓的溫床，便與此有關。

據在這裡生活的朋友說，為什麼英國政府下了極大的決心整治足球流氓而未見成效？主要是由於這些足球流氓在日常生活中多是紳士打扮，舉手投足可能還有貴族遺韻，很難辨認。但到了某天的某場比賽前就換了一個人，渾身強蠻，滿口髒話，連上公共汽車也不買票了。及至尋釁搗亂、製造傷亡之後，可能轉眼又變得衣冠楚楚、彬彬有禮，融入正常人群。

我看到一位學者對足球流氓的現象作了這樣的解釋：

自滑鐵盧之後，英國人體內的野性已憋得太久。

又是滑鐵盧。參照威靈頓將軍的那句話，事情可能真與貴族有點關係。

於是，只好讓本來就近在咫尺的貴族與流氓、紳士與無賴快速轉換，角色共用。

與足球流氓異曲同工的，是倫敦的低級小報。它們也與嚴謹的英國傳統媒體構成了兩極。英國傳統媒體承襲了客觀、低調、含蓄的紳士風度，路透社報導恐怖分子，一般也只說是「持槍者」，因為還沒有定案。這種風度的力量，可以從德國人戰敗之後的嘆息中感受到，他們說：「出語謹慎的路透社，比英國海軍還要厲害！」但是出乎意料，近幾十年來倫敦那種捕風捉影、聳人聽聞的小報，居然也濁浪突起，風靡全英，波及國際，這些年也終於傳染到中國，只不過加上了東方式的道貌岸然。

也許這是對紳士風度的一種報復？

莊園裡的首相和公爵

布倫海姆莊園（Bleheim Palace）成為邱吉爾的出生地，有點偶然。

一八七四年的一天，邱吉爾的父母應邀來到兄長的這個莊園裡來遊玩。歐洲貴族的先祖都是馬背上的立功武士，因此狩獵是一種貴族風尚，連女賓也樂於參與。邱吉爾的母親可能是在戶外觀看狩獵吧，本來她分娩的日期還有六星期，但不知什麼原因這天突然早產。人們把她送回這座府第，進大門便扶進了右首最近的一個房間，這便是邱吉爾出生的地點。

現在這個房間精心布置過了，中心地位放著一張大床，床頭牆上掛著邱吉爾母親的油畫像，出自邱吉爾自己的手筆。大床對面，有一個玻璃櫃放著一件白色繡花的嬰兒背心，註明是邱吉爾出生後穿的。

嬰兒背心總是小的，但邱吉爾的背心竟然這樣小過，任何人一看都笑出聲來。巴掌內抱持的小軀體，將以自己的力量震動世界。

從邱吉爾出生房往裡走，一條長廊上陳列著邱吉爾的照片和遺物，雖然布置粗糙，卻也反映出了他氣吞山河的輝煌歲月。

但是，與這些簡單的陳列相比，府第裡主要呈現的，是主人馬伯勒公爵家族的數百年榮耀。

邱吉爾的陳列就像是一頭大象尾巴上掛了一點小裝飾，實在是微不足道。

莊園的主人一方面「收留」了邱吉爾，另一方面又要告訴參觀者：邱吉爾只是我們的親戚，重要的不是他，而是我們嫡系一脈；邱吉爾只活躍在百年之內，而我們家族的歷史則山高水遠。細看之下果然也真了不得，僅從他們寬大的書房視窗望出去，居然是一個仿造法國凡爾賽宮的花苑，花苑以叢樹莽林作背景，深邃而綿遠。書房裡有女王塑像，有鋼琴和管風琴，至今還筆挺地站著僕役。這種架勢，確實不是哪一個現代首相的故居能夠望其項背。

邱吉爾偶然在這裡出生，卻把現代政治和封建政治糾纏在一起了。什麼是封建貴族最好的出路？什麼是現代政治最佳的淵源？這裡似乎在作著英國式的回答。

現在莊園的主人是第十一代公爵，一個瘦瘦的老人，七十多歲了，腿有一點瘸。他出現前，一位高個兒的年輕女秘書要求我們務必對他使用尊稱，而且以無法控制的崇敬口氣一遍遍讚嘆：「一個多有魅力的人！」

他出現後，我們倒是沒有看出什麼魅力，只覺得他非常熱情，講述著邱吉爾的出生。我們聽完，細問幾句，他便有點不耐煩，再問，他終於惱火：「怎麼老是邱吉爾？這兒是馬伯勒公爵的布倫海姆莊園！你們應該對這個莊園的管理有點興趣吧？」

為了禮貌，我們問了幾句莊園管理的問題，老人才興奮起來。但在這時我卻看出了老人的悲哀。他本來是想以邱吉爾的出生來輕輕裝點一下莊園的，但任何進來的人幾乎都「本末倒置」，只對邱吉爾感興趣，問長問短。

一位導遊在一旁輕聲告訴我，老人差不多天天都會遇到同樣的麻煩，因此每次都要由熱情而惱火，由惱火而提示，最後獲得一點心照不宣的安慰。

可以理解，一座女王賞賜的莊園居然被一個小孩的偶然降生占盡風光，不管這個小孩以後怎麼有出息，他們也受不了。我相信這位老人一定曾經多次產生過拆除有關邱吉爾陳列的打算，但如果這樣，干擾沒有了，參觀者也沒有了。

其實，再過些年，連邱吉爾也很少有人知道了。這些府第園林還會存在，它們將負載什麼人物和內容，什麼煩惱和嘆息呢？誰也無法預料。

這次在歐洲看了太多的貴族莊園，每一座的起點都是英雄史詩，中間既可能是風情劇，也可能是哲理劇，而現在，幾乎一無例外，全都成了悲喜劇。

牛津童話

一

一出門就後悔了，天那麼冷，還起得那麼早。

起個大早，是要去攀登牛津大學最高的聖瑪麗教堂。起個大早，是貪圖整個牛津還在沉睡時的抽象性，便於我們把許多有關它的想像填補進去。如果到了處處都是人影晃動的時刻，它就太具體了。

他們說，教堂的大門當然不會那麼早就開，但背後有一個小側門，裡邊有一個咖啡館，供應早餐，即便未到開門時間也應該有人在忙碌了。如果能夠叫開這個小側門，就能找到登高的樓梯，他們從前就從那裡上去過。

找到那個小側門很容易，但要敲開它卻不容易。一遍重，一遍輕，接連敲了幾十遍，都沒有人答應，只好縮著脖子在寒冷中苦等。我幾乎凍得站不住了，就在石路上一圈圈跑步。好久終於等來了一個瘦瘦的中年男人，見我們已經凍成了臉青鼻子紅的模樣，連忙掏出鑰匙開門。問明我們不是來喝咖啡而是要來登高，便把我們引到了一個陳舊的內門口。

那裡有一個木梯，我帶頭往上爬。木梯一架架交錯著向上，轉了兩個大彎換成了鐵梯。鐵梯很長，哐噹哐噹地攀踏了好久終於變成了僅能一人擠入的石梯。石梯跨度大、坡度高，塔樓中間懸下一根粗繩，供攀援者抓手。

終於攀到了教堂的塔頂，很狹，僅可容身。冷風當然比底下更加尖利，我躲在一堵石壁凹進處抬眼一看，昨夜重霜，已把整個牛津覆蓋成一片銀白。百窗垂簾，教授和學生都還沒有甦醒。

這個塔頂，我在很多年前就閉眼想像過。那時正在寫作歐洲戲劇理論史，知道伊莉莎白女王曾到牛津大學看莎士比亞的戲劇，隨之也知道這所大學曾與周圍居民一再發生衝突，而這座聖瑪麗教堂，一度還是衝突的堡壘。

好像每次衝突都是從小酒館裡的口角開始的，快速發展到拳腳。然後兩方都一呼百應，釀成大規模鬥毆。當時的學生都是教會的修士，穿著學袍，毆鬥起來後只見市民的雜色服裝與學生的黑色學袍扭打在一起，形成英語裡一個對立組合的專門詞彙：「市袍」（town and gown），兩個只差一個字母的冤家。

這兩個冤家因文化觀念截然不同而完全無法調解，衝突最激烈時數千市民湧入大學進行圍攻，互相使用弓箭，兩方都有傷亡。我猜這座聖瑪麗教堂的功用，一是以「一夫當關、萬夫莫開」的險隘之勢衛護學生，二是以鐘聲發出戰鬥號令，三是射箭。當時站在這裡的，應該是戰鬥的指揮者。

大學生與市民打架，大學校長管不了，市長也管不了，只能一次次請國王仲裁。本來英國的學生大多渡海去巴黎上學，到十二世紀中葉英國、法國成了對頭，國王就召回自己國家的學生，在牛津辦學。因此，牛津的大事確實關及國家痛癢，也只有國王才能處理。不同的國王處理時有不同的偏向，直到十四世紀中葉那次大鬥毆後，愛德華三世才下令在這個教堂追悼毆鬥致死的學生，並把鬥毆開始的那一天當作紀念日。每年都要在這個教堂舉行紀念儀式，規定牛津市的市長和士紳必須參加。

那場延綿久遠的衝突也有一個正面成果。有一批牛津的師生想離開這個一觸即發的環境，便東行八十公里，在那裡繼續教學事業。這便是劍橋的雛形。

很多年後，一位劍橋校友又在美國辦了哈佛。

這麼一想，不禁對眼下的一片銀白愈加虔誠起來。牛津，這個樸素的意譯名詞，正巧表明這裡是真正意義上的渡口。它的一切存在，只為了彼岸。

二

一切高度，都是以叛離土地的方式出現的；一切叛離，都是以遭到圍攻的事實來證明的；一切圍攻，都是以對被圍攻對象的無知為共同特徵的；一切無知，都是以昂貴的時間代價來獲得救贖的。

當年一次次鬥毆的引起，主要責任在市民。他們把自己保守、落後的生態看成是天下唯一，因而產生了對他們不熟悉生態的極度敏感和激烈抗拒。

歷史總是以成果來回答大地的。先是昂昂然站出了牛頓和達爾文，以後，幾乎整個近代的科學發展，每一個環節都離不開牛津和劍橋。地球被「稱量」了，電磁波被「預言」了，電子、中子、原子核被透析了，DNA的結構鏈被發現了，……這些大事背後，站著一個個傑出的智者。

直到現代，還絡繹不絕地走出了凱恩斯、羅素和英國絕大多數首相，一批又一批。

身在大學城，有時會產生一種誤會，以為人類文明的步伐全然由此踏出。正是在這種誤會下，站出來一位讓中國人感到溫暖的李約瑟先生，他花費幾十年時間細細考訂，用切實材料提醒人們不要一味陶醉在英國和西方，忘記了遼闊的東方、神祕的中國。

但願中國讀者不要抽去他著作產生的環境，只從他那裡尋找單向安慰，以為人類的進步全都籠罩在中國古代的那幾項發明之下。須知就在他寫下這部書的同時，英國仍在不斷地製造第一。第一瓶青黴素，第一個電子管，第一台雷達，第一台電腦，第一台電視機，……即便在最近，他們還相繼公布了第一例複製羊和第一例試管嬰兒的消息。英國人在這樣的創造浪潮中居然把中國古代的發明創造整理得比中國人自己還要完整，實在是一種

氣派。我們如果因此而沾沾自喜，反倒小氣。

三

我問兩位留學生：「在這裡讀書，心裡緊張嗎？」他們說：「還好，英國人怎麼著都不缺乏幽默，三下兩下把壓力調侃掉了一大半。」

我要他們舉幾個例子。他們有一搭沒一搭地說著，終於又一次證實了我多年前的一個感覺：幽默的至高形態是自嘲。

例如，他們說起的十六世紀某個聖誕日發生在牛津的故事。那天一名學生拿著書包在山路上行走，遇到一頭野豬，已經躲不開了，只能搏鬥。野豬一次次張開大嘴撲向學生，學生靈機一動，覺得必須找一個嚼不碎、吞不下的東西塞到野豬嘴裡，把它噎住。什麼東西呢？學生立即醒悟，從書包中取出一本剛才還讀得頭昏腦脹的亞里士多德著作，往野豬嘴裡塞去。

野豬果然消受不了亞里士多德，吞噎幾下便憋死了。學生回到學校一講，同學們上山割下那個野豬頭，把它烤熟了，當夜就端到了教師的聖誕餐桌上。意思不言自明：尊敬的老師，你們教的學問真了不起，活生生把一頭野豬給憋死了。

教師們哈哈一笑，便去享受那噴香的美味。

從此，這道美味成了聖誕晚餐上的招牌菜。

我想，這是教師的自嘲，也是學生們對自己學業的自嘲，更是牛津的總體自嘲。

自嘲出於幽默，但當師生們把它付諸行動，年年延續，也就變成了遊戲和童話。

想到這裡我不能不感念吳小莉。前些天她托人遠道帶給我英國當代童話《哈利波特》（*Harry Potter*），還在書的扉頁上寫了一封信，說不僅供我在旅途中解悶，而且要證明在繁忙的勞務中讀點童話好玩極了。

這話，使我昨天在牛津的一家書店裡看到《愛麗斯夢遊仙境》時會心而笑。這個童話小時候就熟悉，後來才知道它的作者居然是牛津大學的數學教師查爾斯．道奇森。

這位數學教師也正是在一次旅行中，給一位小女孩講了這個自己隨口編出來的童話。講完，無論是小女孩還是他自己都覺得有意思，他便用劉易斯．卡羅爾的筆名寫了出來。他當然沒有預料到，這將成為一部世界名著。

維多利亞女王也讀了這本童話，愛不釋手，下令這位作者下次不管出什麼書都必須立即呈送給她。於是，她不久就收到了一本作者的新著：《行列式——計算數值的簡易方法》。

女王當然很吃驚，但我想她很快就能領悟：越是嚴肅的人群越是蘊藏著頑皮和天真，否則無法解釋她自己為什麼政事繁忙、威權隆重還會著迷於童話。

領悟於此，也就領悟了牛津大學一種隱祕的風範。

奇怪的日子

一

歐洲文化大師中，出生的屋子最狹小的，一是貝多芬，二是莎士比亞。好像上帝故意要把房間、樓梯、門窗一一縮小、壓低，然後讓未來的大師嘩啦一聲破牆而出，騰身而去。兩人是在同樣的年歲離去的：二十二歲。

貝多芬的出生地在波恩，安靜地嵌在一條窄街的邊沿，粗心人走過兩次都不一定找得到。莎士比亞的出生地是一個小鎮，埃文河邊的斯特拉福，那就不得了啦，現在幾乎是把全部名聲、經營、生計都靠到了莎士比亞身上。好像整個村子的存在就是為了等候他的出生，等候他的長大、離開、回來、去世，然後等候世人來紀念。

天氣已經很冷，風也很大，我穿著羽絨衣在街道上行走，走一程便躲進一家紀念品商店烤火，烤暖了再出來，繼續走。

莎士比亞是我的專業之一，也是多年來的講課內容。今天走在他家鄉的街道上，我想得最多的是：他生前身後遭受的種種非議，甚至連他存在的真實性也受到責難，多半是由於這座小鎮。

二

小鎮終究是小鎮，而且是四百多年前的小鎮，它憑什麼輸送出一個莎士比亞？

那個叫做莎士比亞的孩子不可能在這裡受到良好教育。進過一所文法學校，十三四歲時因家裡交不起學費就輟了學。他二十二歲離開這裡去倫敦很可能是一次逃跑，原因據說是偷獵了人家的鹿。到倫敦後，家鄉有人聽說他在一個劇場前為觀眾看馬，後來又一步步成了劇場的雜役和演員。他每年都會回來一次，後來經濟情況漸漸好轉，還在家鄉購置了房產和地產，最後幾年在家鄉度過。五十二歲去世時沒有引起太多重視，當地有送哀詩的習俗，但當時好像沒有人為他

寫哀詩。他留下了遺囑，講了一些瑣事，沒有提到自己有什麼著作。連他做醫生的女婿霍爾，也沒有在日記中提到岳父會寫劇本。

這些情況，引出了一系列問題。

首先，為什麼家鄉完全不知道他的功業？這種情形對於一些離鄉太久和太遠的文人來說並不奇怪，但小鎮離倫敦並不太遠，莎士比亞又幾乎每年都回來一次，而且晚年又回鄉居住，怎麼會對他已經產生的巨大影響這樣木然？

其次，一個僅僅受過鄉鎮初級教育的人，怎麼成了人類歷史上的偉大文豪？他輟學時才十三四歲，以後八九年都在這個小鎮裡謀生，他憑什麼填補了自己嚴重的文化欠缺？如果他後來只是一名表述自己主觀感受的藝術天才倒也罷了，但是舉世皆知，莎士比亞知識淵博、無學不窺，不僅悠閒地出入歷史、政治、法律、地理等學科，而且熟知宮廷貴族生活，這難道是這個小鎮能夠給予他的嗎？

與此相關，還有不少瑣碎的問號。例如小鎮所保留的莎士比亞遺囑中，幾處簽名都由別人代筆，拼法也不統一。這可能被解釋是生病的原因，但在其他一些登記文件上，他的簽名似乎也不是自己的筆跡。這些做法，很像當時千千萬萬個文盲。怎能設想，這個不肯簽名的人不僅親筆一字一句地寫出了三十幾部世界經典巨著，而且奇妙地動用了二萬多個英語單詞，是歷史上詞彙最為豐富的作家之一！

這些問題，終於使人產生懷疑：世人所知的莎士比亞，難道真是從這個小鎮走出的人？這樣的懷疑在十九世紀中葉開始集中發表，文化界就像發生了一次地震。

懷疑論者並不懷疑從這個小鎮走出的莎士比亞的存在，他們只懷疑，一個受過高等教育、具有學者身分和上層地位的人，借用這個人的名字作為自己發表劇本的筆名。

這麼說來，這個躲在筆名背後的作者，才是真正的文化偉人。既然是文化偉人總會有多方面的光亮洩漏，他也應該是那個時候倫敦的重要人物。那麼，他究竟是誰？

懷疑論者們按照他們的文化邏輯，分別「考定」了好幾個人。

有人說是那位十二歲就進了劍橋大學讀書，後來成了大哲學家的培根；

有人說是「牛津伯爵」維爾；

有人說是另一位劇作家馬洛，他與莎士比亞同齡，獲得過劍橋大學的碩士學位；

還有人更大膽地斷言，真正的作者是伊莉莎白女王，因為只有她才能體驗那些宮廷悲劇的深刻心境，而且有那麼豐厚的學識和詞彙……

順著這條思路，有人認為，女王周圍的一些著名貴族，可能都參與過這些劇本的創作。

明眼人一看就清楚，懷疑論者選定的對象不同，但隱藏在背後的理由卻驚人地統一，那就是，大文豪只能來自於大學，若說有例外，除非是女王和貴族。

他們的考證文章很長，也有大量注釋和引證，完全符合大學的學術規格。只可惜，一年年過去，被他們吸引的人很多，被他們說服的人很少。莎士比亞的戲一直在世界各地上演，沒有哪個觀眾會認為，今天晚上買票去欣賞哲學家培根爵士或伊莉莎白女王的才華。

在他們擬定的名單中，真正懂創作的只有一個馬洛，因為他本人確實也是傑出的劇作家，儘管懷疑論者看中的是他的劍橋學歷。結果，時間一長，稍稍懂點事理的懷疑論者便放棄了別人，只抓住他不放。

恰恰馬洛這個人，有可能參加過當時英國政府的情報工作，二十九歲時又在倫敦附近的一家酒店被人刺殺。於是二十世紀五十年代就有一個叫卡爾文．霍夫曼的美國人提出一個構想：可能那天被刺殺的不是馬婁，情報機構玩了一個「掉包計」，真的馬婁已經逃到歐洲大陸，隱姓埋名，寫了劇本便用「莎士比亞」的筆名寄回英國，因此莎士比亞劇本的發表也正巧在馬婁被刺之後不久。

這個構想作為一部小說的梗概聽起來不錯，卻帶有明顯的低層推理性質，即只求奇險過渡，不問所留漏洞。例如：馬婁要隱姓埋名，為什麼不隨便起一個筆名，偏偏要找一個真實存在的同行的名字？如果真實的莎士比亞寫不出這樣的劇本，他劇團裡的大批同事怎麼會看不出破綻？

其實，按照學術的邏輯，有兩個事實足以駁倒那些懷疑論者：一是莎士比亞的劇本是在劇團裡為演出趕寫的，後來收集起來的是同一劇團裡的兩位演員，莎士比亞本人也在劇團之中，整個創作行為處於一種「群體互動的透明狀態」；二是莎士比亞的同代同行、劇作家班．強生為那兩位演員收集的莎士比亞全集寫了獻詩。

那麼，既然從小鎮走出的莎士比亞沒有冒名，為什麼會出現本文前面提出的一些問題？我想這與那個時代英國強大的貴族統治所造成的普遍社會心態有關。

莎士比亞當然明白環境的不公，偶有吐露，又遭嘲謔，於是他也就無話可說。今天的讀者早已熟知莎士比亞的內心世界，因此也充分理解他在那個環境裡無話可說的原因，也能猜測他為什麼正當盛年就回到了小鎮。

可以想像，莎士比亞回到小鎮的心態非常奇特。自己在倫敦的種種怨屈，都與出生於這麼一個小鎮有關，似乎只有小鎮最能體諒自己；但是，當自己真的決定在這裡度過餘生時，突然發現竟然比在倫敦更加無話可說。

鄉民能夠擁戴的一定是水準基本與他們相齊的人，莎士比亞沒有本事把自己降低成這樣，因此也就很快被他們淡忘。

一個偉人的寂寞，沒有比這更必然、更徹底了。

於是，今天一切熱愛莎士比亞的人都不難理解，他在這樣一個小鎮裡面對著幾雙木然的眼睛口述臨終遺囑，不會有一個字提到自己的著作。

而且，我們也會理解，要他在記錄的遺囑前簽名，他卻輕輕搖頭。Shakespeare，他知道這些字母連貫在一起的意思，因此不願最後一次，親筆寫在這頁沒有表述自己靈魂的紙張上。

這個樣子，確實很像一個文盲。

在同個小鎮，他又回到了出生的狀態。

他覺得這個結尾很有戲劇性，可以謝幕了。

但是在我的想像中，他還是會再一次睜開眼睛，問身邊的親屬，今天是幾號。

回答是：四月二十三日。

他笑了，隨即閉上了眼睛，永遠不再睜開。

這個結尾比剛剛想的還要精彩，因為這正是他的生日。他在四月二十三日來到這個世界，又在四月二十三日離開，一天不差。這真是一個奇怪的日子。

也許，這是上帝給一位戲劇家的特殊恩惠，上帝也學會了編劇。

三

還需要說一說懷疑論者。

我走在斯特拉福的街道上想，這個小鎮，後來終究以數百年的熱鬧、忙碌和接待，否定了一切懷疑論者。

懷疑永遠是允許的，但同時也應該允許「反懷疑」。我們已經看到了懷疑論者內心的軌跡，因此也不妨對他們懷疑一番。

時至今日，他們那種嫌貧愛富、趨炎附勢的可笑心態就不必再作剖析了，我剩下的最大懷疑是：他們有沒有研究莎士比亞的資格？

資格，這是他們審核莎士比亞的基本工具。我們現在反過來用同一個詞彙審核他們，裡邊包含的內容卻完全不同。不講身分，不講地位，不講學歷，只講一個最起碼的資格：是否懂得藝術創作。

當他們認為沒有進過牛津、劍橋的門就不可能成為莎士比亞，我就肯定他們不懂得藝術創作；

當他們永遠只著眼於莎士比亞在知識領域的涉獵，完全無視他在美的領域的構建，我就肯定他們不懂得藝術創作；

當他們想像不到一個處於創造過程中的天才人物有無限的生命潛力，一個靈感勃發的智者可以從自己有限的生活經歷中領悟遼闊的時空，我就肯定他們不懂得藝術創作。

不懂藝術創作也不是什麼大問題，世界上有很多別的事情可做，然而他們偏偏要來研究莎士比亞，而且對他的存在狀態進行根本否定，那就不能不質疑他們的資格了。

然而他們名義上又有一種資格，譬如，大學教師，那就容易混淆視聽了。

大學是一種很奇特的社會構建，就其主幹而言，無疑對人類文化的發展作用巨大，但也有一些令人厭煩的側面。例如在貴族統治構架的邊上，它衍生出另一種社會等級，使很多創造能力薄弱的人有可能在裡邊借半官方、半學術之名，憑群體之力，沾名師之光，獲得一種社會認定。其中，越是勉強獲得這種認定的人總是越要擺出一副學者架勢，指手劃腳，最後甚至自以為也懂得藝術創作，著手否認莎士比亞。這一來，連原先熱愛莎士比亞的人也開始混亂，因為莎士比亞背後沒有任何東西支撐，而這些人背後卻是一所大學。

其實，所有懷疑論者的真心動力，是嫉妒。莎士比亞在很年輕的時候，就已經被嫉妒所包圍。

例如，一五九二年吧，莎士比亞二十八歲，倫敦戲劇界有一篇文章流傳，其中有一段話，針對性十分明確，而聲調卻有點刺耳：

……有一隻暴發戶式的烏鴉，用我們的羽毛裝點自己，用一張演員的皮，包起他的虎狼之心。他寫了幾句虛誇的無韻詩就自以為能同你們中最優秀的作家媲美，他是個地地道道的打雜工，卻恬不知恥地以為舉國只有他能震撼舞台。

這篇文章是署名的，作者是被稱作「大學才子」的羅伯特．格林。他當時在倫敦文化界地位不低，發現突然冒出一個莎士比亞並廣受歡迎，便惱羞成怒。

這篇文章因格林死後被編入他的文集，才被後人看到，讓後人知道莎士比亞活著時身邊的真實聲浪。可以推想更多真實的聲音比這篇文章更其惡劣，真不知道莎士比亞是如何在這樣的環境中創造傑作並創造偉大的。聽說他有時還會與別人在某個啤酒館裡打架，那我想，真是忍不過去了。大師的處境，即使在四百年後聽起來，也仍然讓人心疼。

四

在歐洲當時，比莎士比亞更讓人心疼的人還有一位，那就是西班牙的塞萬提斯，《唐吉訶德》的作者。

他的生平，連隨口講幾句都很不忍心。

他只上過中學，無錢上大學，二十三歲當兵，第二年在海戰中左手殘廢。他拖著傷殘之身仍在軍隊服役，誰料四年後遭海盜綁架，因交不出贖金被海盜折磨了整整五年。脫離海盜後開始寫作，後因父亡家貧，再次申請到軍隊工作，任軍需，即因受人誣陷而入獄。出獄後任稅吏，又第二次入獄，出獄後開始寫《唐吉訶德》。但是就在此書出版的那一年，他家門前有人被刺，他因莫名其妙的嫌疑而第三次入獄，後又因女兒的陪嫁事項再一次出庭受審……

總之，這位身體殘廢的文化巨人有很長時間是在海盜窩和監獄中度過的，他的命運實在太苦了。

我一時還想不出世界上還有哪位作家比塞萬提斯承受更多的苦難。他無法控訴了，因為每一項苦難來自不同的方向，他控訴哪方？

因此，塞萬提斯開始冶煉苦難。一個作家，如果吞入多少苦難便吐出多少苦難，總不是大本事，而且這在實際上也放縱了苦難。塞萬提斯正恰相反，他在無窮無盡的遭遇中摸透苦難的心竅，因此對它既不敬畏也不詛咒，而是凌駕於它的頭上，俯視它的來龍去脈。

於是，他的抵達正是另一個人物的出發，那就是騎著瘦馬、舉著長矛的唐吉訶德。

唐吉訶德一起步，世界破涕為笑。

前一段時間我在馬德里看到了塞萬提斯的紀念雕像，雕像的下前方，就是唐吉訶德的騎馬像，後面還跟著桑丘。堂堂一國的首都在市中心以群雕方式來紀念他，而且把這個紀念廣場以國名相稱，叫做西班牙廣場，我看在規格上已超過莎士比亞。

這片土地以隆重的驕傲來洗刷以往的無知，很可理解。但遺憾的是，唐吉訶德和桑丘的雕像過於寫實，就像是用油畫的筆法描摹了一幅天才的漫畫，成了敗筆。德國美學家萊辛在《拉奧孔》中曾娓娓論述，由史詩轉換成雕塑是一種艱難的再創造。可惜，西班牙歷來缺少萊辛這樣等級的理論家。

塞萬提斯晚年看到了別人偽作的《唐吉訶德》第二卷，於是趕緊又披掛上陣與文化盜賊搏鬥，方式也就是趕寫真的第二卷。真的第二卷出版次年，他因水腫病而去世。

說莎士比亞是一個假人，給塞萬提斯一本假書，做法不同，目的相同：都想否定他們的真實存在。他們太使周圍垂涎，太使周圍不安。

直到兩百多年後，德國詩人海涅指出：

塞萬提斯、莎士比亞、歌德成了三頭統治，在敘事、戲劇、抒情這三類創作裡分別達到登峰造極的地步。

在海涅眼裡，只有這三頭統治，只有這三座高峰。但是歌德出生太晚，並世而立的只有兩頭，同在歐洲，卻隔著大海。當時，兩個國家還對立著。

我前面已經說過，似乎是上帝的安排，戲劇家莎士比亞戲劇性地在自己的生日那天去世，使四月二十三日成為一個奇怪的日子。誰知還有更奇怪的事情，似乎又是上帝，也只能是上帝，覺得兩座高峰不能獨遺一座，居然把塞萬提斯的去世也安排在同一天！

那麼，一六一六年的四月二十三日，也就變得更加奇怪。

當時，無論是英國的斯特拉福，還是西班牙的馬德里，都沒有對他們的死亡有太大的驚訝。人類，要到很多年之後，才會感受到一種文化上的山崩地裂，但那已經是餘震。真正的坍塌發生時，街市尋常，行人匆匆，風輕雲淡，春意闌珊。

五

當時東方也站立著一位文化大師，那就是中國的湯顯祖。

二十世紀前期，一位叫青木正兒的日本學者第一次把湯顯祖與莎士比亞相提並論，他慶幸東西方的戲劇詩人同時活躍在世界，而讓他奇怪的是，在莎士比亞去世的次年，湯顯祖也去世了，追得很緊。

但是，青木正兒先生把中國紀年推算錯了。不是次年，而是同年。湯顯祖也是在一六一六年去世的，離莎士比亞去世未滿百日。

中國與歐洲畢竟路途遙遠，即便是冥冥中的資訊傳遞，也需時日。如果我們設想有一雙神祕的巨手讓莎士比亞、塞萬提斯同日離開世界，那麼，讓東方的湯顯祖稍晚百日離開，也算是同時。

他們一起，走得何其整齊，又何其匆匆。

文化，在它的至高層次上絕不是江水洋洋，終年不息，而是石破天驚，又猛然收煞。最美的樂章不會拖泥帶水，隨著那神祕指揮的一個斷然手勢，鍵停弦靜，萬籟俱寂。

只有到了這時，人們才不再喧嘩，開始回憶，開始追悔，開始紀念，開始期待。

一六一六年，讓人類驚悚。

兩方茶語

這兩天夥伴們驅車北行，我獨居曼徹斯特，需要自己安排吃喝，於是想起了英國人在這方面的習性。

在吃的方面，義大利有很好的海鮮，德國有做得不錯的肉食，法國是全方位的講究，而英國則有點平淡。英國菜的最大弊病，是單調。

記得很多年前在香港大學講課，住在柏立基學院。這是一處接待各國客座教授的住所，有一個餐廳。當時香港大學完全是英國作派，正巧那學期客座教授也以英國教授為主，我就在那個餐廳裡領略了英國式的吃。

每次用餐，教授們聚坐一桌，客氣寒暄，彬彬有禮，輕輕笑語，杯盞無聲，總之，氣氛很好。但我畢竟俗氣，從第二頓開始就奇怪菜式為何基本重複。以後天天重複，到第四天，我堅持不下去了。

我很想從那些教授之中找到一個共鳴者，但每天閱讀他們的臉色眼神，半點痕跡都找不到，一口口吃得那麼優雅而快樂，吃著每天一樣的東西。我看他們久了，他們朝我點頭，依然是客氣寒暄，彬彬有禮，輕輕笑語，杯盞無聲。

我終於找到了管理人員，用最婉和的語氣說：「怎麼，四天的菜式，沒有太大變化？」那位年老的管理人員和善地對我說：「四天？四十年了，也沒有太大的變化。」

第二天我就開始到學生食堂用餐。

這件事，讓我驚訝的，是英國教授優雅快樂的表情。因為我看出來了，四十年不變，正是這種表情誘導的結果。

這次來英國後，我們已經吃過好幾次英國菜，確實說不上什麼，於是仍然去找中餐館。事事精細的英國，對於如此重要的吃，為何不太在乎？

他們比較在乎喝。

但這也是三百年來的事。在十七世紀中期之前，當咖啡還沒有從阿拉伯引進，茶葉還沒有從中國運來，他們有什麼可喝呢？想想也是夠可憐的。

據記載，英國從十七世紀中期開始從中國進口茶葉，數量很少。但一百年後，就年進口二千多噸了，再加上走私的七千多噸，年耗已達萬噸。到十九世紀，他們對茶葉的需要已經到了難於控制的地步，以至只能用鴉片來平衡白銀的進出。後來他們又試驗在自己的屬地印度種茶而成功，去年冬天我到印度大吉嶺和尼泊爾，就看到處處都賣當地茶，便是那個時候英國人開的頭。

英國人在印度、尼泊爾和錫蘭種的茶，由於地理氣候的獨特優勢，品質很高，口感醇冽，我很喜歡。現在英國每天消耗茶的大部分，還是來自那裡。

相比之下，中國的綠茶清香新鮮，泡起來滿杯春意，但加兩回水就淡然無味。口感可以延綿較長時間的是烏龍茶，製作最講究的是台灣。「凍頂烏龍」，聽這名字就有一種怪異的詩意。不過這些年我又漸漸覺得，台灣茶的製作有點過度，香味過於濃郁。因此，我漸漸迷上了普洱茶，連我的妻子，也踏遍了雲南八大茶山，成了品評普洱的高手。

一位專家告訴我，茶文化最精緻的部位最難保存，每每毀於兵荒馬亂之中，後來又從解渴的原始起點上重新種植和焙製，不知斷了多少回，死了多少回。但是每次復甦後總能把最精緻的部位找回，那就是詩意之所在。

英國進口了中國茶，沒有進口中國茶的詩意。換言之，他們把中國茶文化的靈魂留下了，沒帶走。因此同樣是茶，規矩的中國喝法與規矩的英國喝法完全是兩回事。

當初英國貴族請人喝茶，全由女主人一人掌管，是女主人顯示身分、財富及風雅的機會。她神祕地捧出了那個盒子，當眾打開，引起大家一陣驚嘆。杯盞早就準備好了，招呼僕人上水。但僕人只有提水的份，與茶葉有關的事，都必須由女主人親自整治。中國泡茶有時把茶葉放在茶壺裡，有時則把茶葉分放在每人的茶杯裡。英國當時全用茶壺，一次次加水，一次次傾注，一次次道謝，一次次稱讚，終於，傾注出來的茶水已經完全無色無味。

到此，事情還沒有完。女主人打開茶壺蓋，用一個漂亮的金屬夾子把喝乾淨了的茶葉——中國說法也就叫茶渣吧——小心翼翼地夾出來，一點點平均地分給每一位客人。客人們如獲至寶，珍惜地把茶渣放在麵包片上，塗一點黃油大口吃下。

他們這樣喝茶，如果被陸羽他們看到，真會瞠目結舌。既不是中國下層社會的解渴，也不是中國上層社會的詩意，倒成了一種誇張尊貴的儀式，連那茶渣也雞犬升天。

茶被英國廣泛接受之後，漸漸變成一種每日不離的生活方式，再也不是貴族式的深藏密裹了。至今英國人對茶的日消費量，仍是世界之冠。人們已經無法想像如果沒有茶，英國人的日子怎麼過。

通過茶來作文化比較，可以產生很多有趣的想頭。例如：英國從中國引進茶葉才三百多年，卻構成了一種最普及的生活方式，而中國人喝茶的歷史實在太久了，至今還徹底隨意，仍有大量的人群對茶完全無緣，這是為什麼？

在英國很難找到完全不喝茶的人，但在中國到處都是。我在台灣的朋友隱地先生，傍著那麼好的台灣茶卻坐懷不亂，只喝咖啡。哪天如果咖啡館裡輕輕的音樂與咖啡的風味不諧，他耳朵尖如利刺，立即聽出，而且坐立不安，一定要去與經理交涉。那次他知道我愛喝茶而瞞著我到茶葉店買好茶，回來對我的驚訝描述使我確知他是第一次那麼近距離地接觸茶葉。看著這位年長的華文詩人，我簡直難以置信。另一個特例就是這次與我一起考察歐洲的同伴邱志軍先生，晚飯前在餐廳只要喝一口那種淡如清水的茶水，只一口，他居然可以整夜興奮得血脈賁張，毫無睡意，直到旭日東昇。

寫到這裡我笑了，因為又想起一件與茶有關的趣事。四川是中國茶文化的重地，我在那裡有一位朋友天天做著與茶有關的社會事務，高朋如雲，見多識廣，但他的太太對茶卻一竅不通。春節那天有四位朋友相約來拜年，沏出四杯茶招待，朋友沒喝就告辭了，主人便出門送客。他太太收拾客廳時深為四杯沒喝過的好茶可惜，便全部昂脖喝了。但等到喝下才想起，丈夫說過，這茶喝到第三杯才喝出味道，於是照此辦理，十二杯下肚。據那位主人後來告訴我，送客回家才片刻時間，只見太太兩眼發光，行動不便，當然一夜無眠，只聽腹鳴如潮。我笑他誇張，誰知他太太在旁正色告訴我：「這是我第一回也是最後一回喝茶。」

英國人思維自由而生態不自由，說喝下午茶便全民普及，同時同態，鮮有例外；中國人思維不自由而生態自由，管你什麼國粹、遺產，詩意、文化，全然不理，各行其是，就連最普及的事情也有大量的民眾不參與、不知道。

都柏林

一

橫穿英格蘭是一大享受。在歐洲，這裡的田野風光可以直追奧地利和瑞士，比德國農村放鬆，比法國農村整齊，更不待說義大利、西班牙這些國家了。

幾百公里看下來，未見一處豔俗，未見一處苟且。草坡、樹叢、溪谷、泥路，像是天天在整修，又像是從來未曾整修；像是處處要引起人們注意，又像是處處要躲開人們注意。在我看來，這便是田野的紳士風度。紳士優雅而又稍稍有點作態，這兒也是。

一到威爾斯地區，紳士風度有點守不住了，丘陵起伏，大海在前。從大島渡到一個小島，再從小島渡到一個更小的島，那兒有碼頭，穿海去愛爾蘭。

愛爾蘭不再是紳士。渾身是質樸的力，滿臉是通俗的笑。

二

都柏林的市中心並不熱鬧，狹窄的街道裡卻有很多酒吧。年輕人天天晚上擠在一起狂舞暢飲，他們創作和演奏的現代派音樂，在世界各地都有知音。

夥伴們一直疑惑：愛爾蘭是一個偏僻島國，為什麼青春生態如此前衛，文化藝術如此新銳？

我想，文化未必取決於經濟，精神未必受控於環境，大鵬未必來自於高山，明月未必伴隨著繁星。當年愛爾蘭更加冷落，卻走出了堂堂蕭伯納、王爾德和葉慈，後兩位很有今日酒吧的波俏風情。更出格的是荒誕派戲劇創始人貝克特和《尤利西斯》的作者喬伊斯，石破天驚，山鳴谷應，一度使全世界的前衛文化，幾乎瀰漫著愛爾蘭口音。

三

都柏林的喬治北街三十五號是一幢三層老樓，現在是「喬伊斯中心」。

喬伊斯沒有在這個屋子住過。他離開都柏林時二十二歲，境況潦落，留不下什麼遺跡。祖上有點財產，但父親酗酒成性，把家喝窮了，不斷變賣家產，又成天搬家逃債，家人散住各處，這個地方是其中之一。

中心的負責人是喬伊斯的外甥，從未見過喬伊斯。他媽媽，也就是喬伊斯的親妹妹，曾一再悄悄叮囑：不要多提舅舅，以免影響前程。

這位外甥今年已經七十五歲，紅臉白髮，氣色很好，慈祥友善。他能背誦《尤利西斯》的一些片斷，但細問之下，他並不理解這部作品，不知道它究竟好在哪裡，為什麼會引起全世界的注意。

作為一個紀念中心的主人坦誠表示自己對紀念對象隔膜的，我第一次遇到，因此對他刮目相看。不妨對比一下，世間多種名人博物館中那些能夠滔滔不絕講解的管理人員雖然也可佩服，但靜心一想總覺得不是味道。明明是巨峰滄海，怎麼可能被你們如此輕鬆地概括了？喬伊斯外甥眼中流露出來的那種自己無力讀解的羞澀，那種不能回答我們問題時的惶恐，那種對自己舅舅竟然會寫下這麼多「荒唐」的句子而表現出的尷尬，讓我感受到一種文化意義上的真誠。儘管按照一般意義，他算不上一個合格的主人。他沒有利用血緣身分和今天的職務，去填埋偉大與庸常之間的距離。他站在大河的彼岸照拂著遠去的舅舅，知道自己游不到舅舅所在的對岸。

他反覆告訴我的是這樣一個事實：愛爾蘭不喜歡喬伊斯，喬伊斯也不喜歡愛爾蘭；喬伊斯離開都柏林以後很少回來，但所有的作品都以愛爾蘭為題材。這幾句簡單的話讓我震動，一個孤獨的靈魂與土地的關係竟是那樣纏綿。

據我所知，直到晚年，喬伊斯艱難地謀求定居地卻故意避開了家鄉。有一次葉慈和蕭伯納籌建愛爾蘭文學院，誠懇邀請他參加，他也拒絕了。他不想進入與家鄉有關的任何派別。

記得我以前在〈鄉關何處〉一文中曾分析過中國文人與家鄉的複雜心理關係，相比之下，這位愛爾蘭文人顯然有著更悽楚的訣別心態。

這幢樓整整裝修了十四年，一九九六年才開張，連總統都來參加了開幕式。可見愛爾蘭真的想擁抱自己別離多年的遊子了，以這幢樓，以那爐熾熱的火，以那些好不容易收集到的舊照片。但究竟擁抱到喬伊斯的遊魂沒有？把握不大。真正可靠的是，擁抱住了世界各國出版的喬伊斯著作的各種版本，以及每年來自近百個國家的參觀者。

在二樓閱覽室裡，埋頭工作的研究者坐滿了各個角落，使匆忙的參觀者們有點惶愧。我輕步在那裡逡巡，整理著自己心中對《尤利西斯》的印象。記得寫的僅僅是一天的時間，一對夫婦的心理遭遇緊湊而肆洋，真實得難以置信，卻又與荷馬史詩《奧德賽》構成遙遠的平行，於是成為一部現代史詩。

它會使習慣於傳統小說的讀者不習慣，但一旦有了它，人們也就漸漸對傳統小說不習慣起來。

愛爾蘭一度拒絕他，也是因為不習慣。而現在，誰也不再習慣一個沒有喬伊斯的愛爾蘭。

由此可知，習慣是一枝魔杖，總是要去驅趕一切創造物。如果趕來趕去趕不走，它就回過頭來驅趕創造物的對立面。

記得《尤利西斯》一九一八年在美國報紙連載後就於一九二〇年被控上法庭，法庭判喬伊斯敗訴，書籍停止發行，罰款五十美元，理由是此書有傷風化，會誘惑很多過於敏感的人。一九三三年第二次上法庭時社會觀念已經大變，美國法官這次宣判喬伊斯無罪，為《尤利西斯》恢復名譽，理由是法律不照顧那些時時等待著被誘惑的過於敏感者，法律只考慮正常人。

——這句判詞真讓人高興。歷史上許多罪名，是不正常人對於正常人的宣判，而不正常人總會以超強度的道義亢奮，來掩飾自己的毛病。因此，僅僅引進一個「正常人」的概念，便全局點醒。

《尤利西斯》在美國的兩度宣判，也說明即使是進入了近代的美國，法律也有一個自我完善的過程。

因此，我覺得喬伊斯對《尤利西斯》有三項貢獻：第一，寫出了它；第二，讓它輸在法庭；第三，讓它贏在法庭。有此三段論，這個作品不再僅僅是現代文學經典，而且成了文化法律經典。在它之後，世界各地的現代派作品全都獲得了法律上的安全。

都市邏輯

在國土上，盧森堡是一個小國。在金融上，它卻是一個大國。我們想拍攝一下他們的銀行街，卻立即受到了阻攔。

阻攔者不是員警，而是一家銀行的職員。他見到我們拿起攝像機，便像觸電似地箭步朝我們跑來，邊跑邊舉手示意我們停止拍攝。

這讓我們很奇怪，因為我們站立的街口離銀行大門還有不少距離，哪有大街上不准攝影的？

那位職員已經到了眼前，講的是德語，我們聽不懂，他又用英語說，這裡不准拍攝。我們問他為什麼，他搖頭不想回答。這使我們有點生氣，說我們剛才在他們的政府大廈和高等法院門口拍攝，都沒有受到阻攔。

這時，快步走過來一位戴眼鏡的先生，自稱是總經理，態度非常客氣，用法語和我們交談。我們希望他說英語，但他用生硬的英語所講的一切過於複雜，我們聽不明白。

於是，由一位夥伴與他們作語言上的廝磨，我和別的夥伴讓過一邊，猜測他們禁止我們拍攝的理由。

猜測的第一個理由是，銀行有自己的尊嚴，我們未經他們許可就擅自拍攝，對他們不禮貌；

猜測的第二個理由是，現今世界上有很多銀行搶劫犯，因此，來了幾個不明身分的人把銀行的大門、窗戶遠遠近近地拍攝一遍，誰能擔保這與今後某些搶劫案無關？

正待再想幾條理由，突然來了一位我們前天認識的當地朋友，他在幾種語言上都嫻熟無礙，只與總經理聊了一會兒便笑著轉過身來告訴我們：「只有一個理由，他們是為了保護出入銀行的顧客，不讓他們攝入鏡頭。」

初一聽有點奇怪，但不到幾秒鐘便立即領悟。

按照西方的觀念，個人財產的提存往來，是一個人的重要隱私。這一點，是現代金融業的信譽基座，也是各國同行間的競爭平台。小小的盧森堡能在三四十年內快速發展成一個舉世矚目的金融王國，也與它嚴密的銀行保密法規有關。

盧森堡銀行向世界許諾，一切客戶的資料不僅對他人保密，而且也對國家機構保密。即便是國家財政機關，也不能以徵稅之類的目的瞭解客戶的情況。除了刑事訴訟，銀行拒絕在民事訴訟中出面作證。銀行如果違反了這些規定，反而要承擔刑事責任。

我覺得，這樣的事情，觸及了歐洲文明的經絡系統，蘊藏著人身權、私有財產權等一系列社會大原則。只要一著破損，就會牽動全局。因此，他們小心翼翼地來設置種種禁忌。

這種禁忌，最通俗地表現在交通規則上，在我們中國也已逐漸普及。但是，蘊藏在交通規則背後的邏輯，我們卻未必能領會。

很多人認為，遵守交通規則一是為了人身安全，二是為了交通暢達，還會有別的什麼邏輯呢？

有一天我和一位德國學人在斯圖加特的一個路口等紅燈，順便說起，在這人口稀疏、交通冷清的城市，極目左右都沒有車輛的影子，即便衝著紅燈直穿過去也沒有任何危險，但人們還是規規矩矩地等著。從社會學的角度看，究竟出於一種什麼制約？

他說，規則後面有一個嚴密的邏輯。

我請他把那種邏輯演繹一下，他就順勢推衍了以下幾點——

一、據統計，城市的街道穿行者中，受交通事故傷害最大的群落，是孩子；

二、據統計，對孩子們最有效的教育，來自他們的自身觀察；

三、據統計，孩子觀察世界的一個重要地點，是自家的視窗。因此，當你四顧無人無車，放心穿越紅燈的時候，根本無法保證路邊排排高樓的無數視窗，沒有孩子在觀看；

四、於是你進入了一個邏輯悖論：當你安全地穿越了紅燈，等於給孩子們上了一課，內容是穿越紅燈無危險。只有當你遭受傷亡的時候，才能給孩子們正確的教育；

五、面對這樣的悖論，唯一正確的方法是放棄穿越，既不讓孩子們看到穿越的安全，也不讓孩子們看到穿越的危險，一見紅燈就立即停步。

這番推衍，雖是從孩子的角度，卻是嚴絲合縫，很難辯駁。

我想，僅從上述金融規則和交通規則兩端，已大致可以說明現代的「都市邏輯」是怎麼一回事了。

這些事情讓人不能不深深感念啟蒙運動。康德說，歐洲啟蒙運動的巨大功效，是讓理性滲透到一切日常生活中。

可惜，中國文化人接受西方文明，總是停留在一些又大又遠的概念上，很少與日常生活連接起來。結果，他們所傳播的理性往往空洞乾澀，無益於具體生活，也無法受到生活的檢驗。

其實我們生活中有太多的集體行為需要疏通邏輯，又有太多的行業性邏輯需要獲得整體協調。這本是文化人應該站立的崗位，然而奇怪的是不少文化人不喜歡做這些事情，也不希望別人來做，反而樂於在一些最不合乎邏輯的情緒中異想天開。

在我的幻想中，文化人最好靜下心來，細細研究國內外的多種文明規範，對照現實社會的反面例證，寫出一本本諸如《行為理由》、《必要禁忌》、《都市契約》這樣的書來。

公共空間，需要一整套被集體公認的邏輯。如果一時沒有，就需要趕快建立。

誰的滑鐵盧

一

我終於來到了滑鐵盧。一八一五年六月十八日下午，一頭雄獅在這裡倒下。歐洲的王室鬆了一口氣，重新從這裡抬起驕傲的腳步。

古戰場的遺址上堆起一座山丘，山丘頂上鐵獅威武。但這頭鐵獅並非紀念那頭雄獅，而是相反，紀念對他的制伏。

山丘的泥土全部取自戰場，這小小的兩公里擁擠過十幾萬廝殺的人群，每一寸都浸泡過鮮血。當時剛剛獲勝的威靈頓將軍長長一嘆，說：「勝利，是除了失敗之外的最大悲劇！」

山丘由列日市的婦女背土築成，因為她們支持過拿破崙，這是懲罰性的勞役。

為什麼獨獨要讓婦女們來承擔這個勞役？說是她們的男人正在接受更大的懲罰。但在我看來，那是出於勝利者們對那個失敗者的嫉妒。男人間的嫉妒往往與女人有關，因此必然會讓支持過他、崇拜過他的她們，來確認他的失敗，這可能是對他最大的羞辱。

女人們用柔軟的雙手捧起泥土，哪裡還分得清什麼勝方敗方？只知道這是男人的血，這是不乾的土。加幾滴我們的眼淚進去拌一拌吧，至於這座山丘的涵義，我們心裡清楚。

二

滑鐵盧戰場遺址，自然由當年的勝利者保存和修復。但奇怪的是，幾乎所有的遊人在心中祭拜的，都是那位騎著白馬的失敗者。那座紀念山丘，兩百多級高高的台階，連小孩也在那裡步步攀登。一隊比利時的小學生全部爬到了頂部，一問，他們只知道拿破崙，不知道威靈頓。他們是小孩，而且並不是法國的。因此，當年壘築這座山丘的意圖，已經全部落空。

以往我們習慣於把戰爭分作正義和非正義兩種，說起來很明快，其實事情要複雜得多。像第二次世界大戰這樣是非分明的戰爭比較好辦，第一次世界大戰分起來就有一點麻煩了。如果分不清就說成是「狗咬狗」，那麼，多數古戰場就成了一片狗吠，很少找得到人的蹤影。

滑鐵盧的戰事成了後代的審美對象。審美一旦開始，雙方的人格魅力成為對比的主要座標，勝敗立即退居很次要的地位。即便是匹馬夕陽、荒原獨吼，也會籠罩著悲劇美。由此，拿破崙就有了超越威靈頓的巨大優勢，正好與勝敗相反。

審美心理曲線是一條長長的拋物線。人們關注拿破崙由來已久，尤其是他從放逐的小島上直奔巴黎搶回皇位的傳奇，即使不喜歡他的人也會聲聲驚嘆。滑鐵盧，只是那個漂亮生命行程的一個終點。與拿破崙相比，可憐威靈頓，雖然勝利，卻只有點而沒有線。因此難怪連比利時的小學生也不知道他，反而爬著他的勝利高坡，來懷念他的手下敗將。

其實豈止是今天的小學生，即便是戰事結束不久，即便不是法國人，大家說起滑鐵盧，也已經作為一個代表失敗的詞彙而不是勝利的詞彙。可見，人們都把拿破崙當作了主體，不自覺地站到了他的一邊。

世界上各個文化群落，都有不同的人格範型。榮格說，一切文化最終都沉澱為人格，一點不錯。隨便一數，就能舉出創世人格、英雄人格、先知人格、使徒人格、苦寂人格、紳士人格、騎士人格、武士人格，以及中國人所追求的君子人格。拿破崙雖敗猶榮，也與他所代表的人格範型有關，在我看來，是六分英雄人格，加上四分騎士人格。

藍旗和孩子

在布魯塞爾歐盟總部大堂門口，一束燈光照射著那面靜靜垂落的藍旗。在它後面，一排排國旗相擁而立，做它的後盾。這些國旗，原先高高地飄揚在各自的國界前。幾十里外滑鐵盧人仰馬翻、旗起旗落。究竟誰是最終的勝利者？滑鐵盧比誰都疑惑，不知道該豎哪面旗。現在，終於有了這面旗，這才是結論。

對此我們似乎還缺少關心。昨天晚上我請教中國駐比利時大使宋明江先生：當前歐洲什麼事情最應該引起中國人重視？

大使說：歐盟。

以經濟的聯合為基礎，防務、外交、內政、司法等各個方面都一一呼應起來。當然麻煩不少，歐盟也步履謹慎，但一直沒有後退。從未後退的小步子，日積月累，總會跨上一個大台階。我的很多讀者預期我到歐洲旅行一定會醉心於它的歷史文化，其實我倒是特別留心當前的發展。到了布魯塞爾就像提綱挈領，看著歐洲如何脫胎換骨，揮別昨天。

記得在斯特拉斯堡歐盟的另一個辦公處，我曾聯想到都德在《最後一課》中刻劃的小佛朗士，並由他進一步聯想到那個後來為歐洲聯合作出過巨大貢獻的女士路易．韋絲，他們都是生長在歐洲衝突拉鋸地帶的男孩和女孩。我因此感嘆，人類的一切崇高理念，也許都來自麻煩之地男孩和女孩痴想的眼神。

沒想到來到布魯塞爾歐盟的最高總部一看，門口鐵柵欄上真的爬著一大群男孩女孩的雕塑。看上去他們都是那樣調皮、潑辣，大大咧咧爬到歐盟大門口來了，而且都抬頭仰天、說說笑笑，幾年都不下來。

我真佩服雕塑家們的設計。成人們最大膽的政治構思，無一不暗合孩子們的幻想；大凡孩子們無法理解的彎彎曲曲，成人們遲早也會擺脫出來。

這些孩子沒有一點小紳士或小騎士的老成姿態。頭髮不理、衣服不整，全然拒絕舊時代對自己的打扮，扭頭只顧新世紀。不知是由他們來塑造新世紀，還是讓新世紀來塑造他們。

因此，歐盟總部大門口的這些孩子，是雕塑，是裝飾，是門衛，更是理念。

海牙的老人

一

海牙的清晨，濕漉漉的廣場上擺滿了舊書攤。很多老年人把畢生收集的書籍、古董陳列在那裡，讓人選購。

在博物館前的那個角落，一位年邁的攝影師擺出了自己拍攝的數千張舊照片，按年份日期排列。邊上還擺放著三台老相機，足可把他的一生概括。而他，又能從自己的角度把荷蘭的歷史概括。

見我仔細翻閱，老人兩眼放光。他用英語向我嘟噥：全拿走吧，實在不貴。

我暗自責備自己翻閱得太久了，使他產生誤會，因此躲避著他的目光。但我還是抬起頭來看著他，向他道謝。我想他應該認出，我是中國人。中國流落在外面的歷史符號就更多了，我們怎能，不先撿拾自己的舊資訊，反而帶走人家的老圖像？

中國人也許做過很多不該做的事情，但從來沒有把別人的歷史藏在自己家裡。

老人見我要離開，又說了一句：「也可以拆開了買走，譬如，先生出生的那一年……」

這話使我心裡一動。因為曾經聽說，一些企圖申請奧運會主辦權的城市，想送一些像樣的小禮物給國際奧會委員，最聰明的是一份某委員出生那天的《泰晤士報》，讓他看看，在他走到世界的那一天，世界發生了一些什麼事。那麼，照老人的提議，我也可以在這裡找到自己生命出現時的某些遠地風景？

我連忙回頭再看那些照片排列，找到我出生那一年，厚厚一疊。但我再看前前後後，每一年都齊整無缺，可見至今沒有人零拆買走。從老人的生活狀態看，他未必擁有複印的技術設備。我笑著向他搖搖頭，心想，我算什麼呢？一個如此平凡的生命，一個在濕漉漉的早晨偶爾駐足的過客，豈能為了比照自己的存在，抽散這位老人的平生勞作？

我相信，在他的同胞中，會出現一個更負責的收藏者，將這些照片保存得更完整、更有意義。再等一年半載吧，老大爺。

二

國與國之間的關係出現了麻煩，能不能不要打仗，而由一個法律機構來仲裁？這是人類的理性之夢，結果便是海牙國際法院的出現。

和平宮就是國際法院的所在地，由美國企業家卡內基捐款修建，竣工於一九一三年。第二年就爆發了第一次世界大戰，好像冥冥中加重了這棟樓屹立在世界上的必要性。

這棟樓造得莊嚴、大氣，但更漂亮的是環繞著它的巨大庭院。因此，從鐵柵欄到主樓還有很長的距離，中間是蔥蘢的草地，遠處林木茂密。

我們找到了第一層門衛，說我們來自何方，兩天前曾來過電話，承蒙同意入內參觀。門衛立即向裡邊打電話，然後態度變得非常客氣，要我們等一等，說很快就會有人出來接引。

出來的是一位女士，講法語，讓我們每個人把護照交給門衛。門衛一一登記了，一併歸還。女士一笑，攤開手掌往裡邊一讓。

走到主樓的正門，那裡站著兩位警衛。領路的女士與他們說了一陣，警衛拿出一本登記簿讓她寫了一些東西，然後她轉身向我們揮手。原來她已完成任務，要離開了。主樓裡邊，已有一位年輕的小姐等著我們。

我們跟著這位小姐輕步前行，繞來繞去，居然從主樓的後門繞到了一座新樓。那裡有幾排椅子，她叫我們坐下休息，說過一會兒會有一位官員來接我們。

大概等了十來分鐘，聽到一聲熱情的招呼，是一位戴眼鏡的中年女士，說一口流利的英語。顯然她比較重要，因為她講話很多，無拘無束。

從她口裡越來越多聽到一個人的名字，說他要破例接待我們。我們問那人是誰，她一怔，然後笑了，說：「我以為你們都知道呢。他是國際法院副院長，今天特地讓出時間來等你們。我現在領你們去他的辦公室。」

這條路有點複雜，上二樓，走過一條長長的玻璃走廊，又回到了主樓。她先領我們看了看各位大法官審案前開會的會議室，再看隔壁的審判庭。這兩個地方今天都空著，一派古典貴族式的莊嚴肅穆。

從審判庭出來，又走了一些路。她向我們先做了一個手勢，然後在一個灰色的門前屏息站定，抬起左手看了看手錶，抬起右手輕輕地敲了兩下。

才兩下，門就開了，站在我們眼前的是一個老人，而且是一個中國老人！「你們來了？請進！請進！」——這更讓我吃驚了，居然滿口濃重的上海口音！

這便是堂堂海牙國際法院副院長史久鏞大法官。

國際法院的法官由聯合國會議選舉產生。史先生在這裡很具威望，是國際法院的靈魂人物，但他並不代表中國。

他的辦公室分兩大間，外面一間堆著各種檔案和電腦。裡面一間有他的大寫字檯。寬寬的落地窗前有一個會客的空間，我們在那裡坐下了。窗外，是法國式的園林，卻又帶有英國園林的自然風味。

我們儘管經常在媒體上看到國際法院，但對它的瞭解實在太少。因此，一開始就有許多最淺顯的問題期期艾艾地提了出來，他一聽就笑了。例如——

問：你們有事幹嗎？國與國，不是打仗就是談判，怎麼會想著打官司？

答：我們這兒忙極了，堆滿了案件。你看，積壓在手邊的就是幾十宗。

問：你們判決以後，那些敗訴的國家會遵照執行嗎？

答：幾十年來只有一個例外，美國。我們判它輸，但它不執行，事情遞交到安理會，它作為常任理事國投了否決票。國際法院是聯合國的下屬機構，這樣一來就沒辦法了。

由此開始，我們的問題越來越多。他沒有固定的國家立場，全然是一種國際式的平正。我們聽起來句句入耳，卻又有一點陌生。

就像過去一個大家族裡各個門戶的對峙，人們早已聽熟他們各自的立場，不知哪天突然來了一位「老娘舅」，他沒有立場，只有規矩，大家一時有點吃驚。

他是一個國際公民，現在住在海牙，但要經常回上海省親。以前他長期居住在上海，我問他住在上海何處，他說原來住在華山路淮海路口，最近又往西動遷了。

我又問，既然經常回上海，會不會與國內法律界的朋友，談談國際法律精神？

這位國際大法官淡淡地說：「我不善於交際，也不喜歡交際。每次回上海，只通知家人。」

我略微有點走神，思路飄忽到了上海的淮海西路一帶：踩踏著秋天的落葉，漫步著一位極普通的老人，誰也不知道他是誰。

過些日子，他又要回上海了。當然上海不會知道，除了家人。

上海青年小心了，當你們坐在街邊長椅上對於剛剛聽來的國際新聞高談闊論的時候，也許，背後有一道蒼老而淡然的目光移過。

自己的真相

一

阿姆斯特丹說得上是一個色彩之都。鮮花出口量全世界第一，又擁有最會擺弄色彩的林布蘭和梵谷。如果再加上櫥窗裡赤裸裸站立的各種色情女郎，太讓人眼花繚亂了。

我們到阿姆斯特丹之後，兩輛車停在不同的停車場。一小時後傳來消息，一輛被砸，一輛被撬。我的一台新買的數碼相機，以及兩個夥伴的手提電腦均不翼而飛。我從希臘開始拍攝的照片，全都貯存在那台數碼相機裡，這下算是全完了。

停車場是收了管理費的，但管理員卻說這樣的事情他們管不著。其實兩個停車場都不大，裡邊發生的任何事都能一眼看到。

到達才一小時就已經這樣，這個平靜的下馬威使我們對這個色彩之都納悶起來。到處都在修路，又是陰雨綿綿，幾個肥胖的黑人在小街中狂奔亂叫，似極度興奮，又似極度憤怒。

吸食大麻的蒼白青年坐在露天木階上手足無措，獨自傻笑。木階下面是河道，有不少船停泊，又有一大堆廢棄的腳踏車在水裡浸泡。

二

在西方大畫家中，平生境遇最悲慘的恰恰正是兩個荷蘭人，林布蘭和梵谷。但梵谷在阿姆斯特丹的時間不長，暫且不論；而林布蘭碰到的實在是一件群體性的審美冤案，而且與這座城市密切相關。

這件事，略知西方美術史的人都不陌生。但我站在阿姆斯特丹的林布蘭故居前，忍不住還想複述幾句。

事情發生時林布蘭三十六歲。但是，直到他六十三歲去世還沒有平反昭雪。這件事幾乎中斷了他靠藝術創作來維持生計的正常生活，去世時只夠花費一個乞丐的喪葬費用。因此，這是通貫一代藝術大師終身的嚴重事件。

那年有十六個保安射手湊錢請林布蘭畫群像，林布蘭覺得要把這麼多人安排在一幅畫中非常困難，就設計一個情景：似乎接到了報警，他們準備出發去查看，隊長在交代任務，有人在擦槍筒，有人在扛旗幟，周圍又有一些孩子在看熱鬧。

這幅畫，就是人類藝術史上的無價珍品《夜巡》。任何一本哪怕是最簡單的世界美術史，都不可能把它漏掉。任何一位外國遊客，也要千方百計擠到博物館裡看上它一眼。

但在當時，這幅畫遇上了真正的麻煩。那十六個保安射手認為沒有把他們的地位擺平均，而且明暗、大小都不相同。他們不僅拒絕接受，而且上訴法庭，鬧得紛紛揚揚。

整個阿姆斯特丹不知有多少市民來看了這幅作品，看了都咧嘴大笑。這笑聲不是來自藝術判斷，而是來自對他人遭殃的興奮。這笑聲又有傳染性，笑的人越來越多，人們似乎要用笑來劃清自己與這幅作品的界線，來洗清它給全城帶來的恥辱。

最讓人驚訝的，是那些藝術評論家和作家。他們不可能感受不到這幅作品的光輝，他們也有資格對愚昧無知的保安射手和廣大市民說幾句開導話，稍稍給無端陷於重圍的林布蘭解點圍，但他們誰也沒有這樣做。他們站在這幅作品前頻頻搖頭，顯得那麼深刻。市民們看到他們搖頭，就笑得更放心了。

有的作家，則在這場可恥的圍攻中玩起了幽默。「你們說他畫得太暗？他本來就是黑暗王子嘛！」於是市民又哄傳開「黑暗王子」這個綽號，林布蘭再也無法掙脫。

只有一個掙脫的辦法，當時親戚朋友也給他提過。那就是再重畫一幅，完全按照世人標準，讓這些保安射手們穿著鮮亮的服裝齊齊地坐在餐桌前，餐桌上食物豐富。

林布蘭理所當然地拒絕了。

那麼，他就註定要面對無人買畫的絕境。他一直在畫，而且越畫越好，卻始終貧困。

直到他去世後的一百年，阿姆斯特丹才驚奇地發現，英國、法國、德國、俄國、波蘭的一些著名畫家，自稱接受了林布蘭的藝術濡養。

林布蘭？不就是那位被保安射手們怒罵、被全城恥笑、像乞丐般下葬的窮畫家嗎？一百年過去，阿姆斯特丹的記憶模糊了。

那十六名保安射手當然也都已去世。他們，怒氣沖沖、罵罵咧咧地走向了永垂不朽。

三

他的故居，這些年重新裝修好了，看起來他晚年不太貧困。但我記得在一本傳記中讀到，這房子當年因林布蘭無力還債，被公證處拍賣掉了，林布蘭不得不搬到一處極其簡陋的猶太人的房子裡去居住。這一點，故居的解釋詞中沒有說明。裡邊反覆放映的一部影片，主要是介紹這些年修復故居的認真和艱難。

對此我有點不大高興。記得早年曾經讀過一本德國人寫的林布蘭傳記裡，其中有一個情節一直讓我無法釋懷。

好像是在去世前一年吧，大師已經十分貧困。一天，磨磨蹭蹭來到早年的一個學生家。學生正在畫畫，需要臨時僱用一個形貌粗野的模特兒，裝扮成劊子手的姿態。大師便說：「我試試吧！」隨手脫掉上衣，露出了多毛的胸膛……

這個姿態他擺了很久，感覺不錯。但誰料不小心一眼走神，看到了學生的畫框。畫框上，全部筆法都是在模仿早年的自己，有些筆法又模仿得不好。大師立即轉過臉去，滿眼黯然。他真後悔這一眼。

記得我當初讀到這個情節時心頭一震，淚如雨下。不為他的落魄，只為他的自我發現。

低劣的文化環境可以不斷地糟踐大師，使他忘記是誰，迷迷糊糊地淪落於鬧市，求生於巷陌——這樣的事情雖然悲苦卻也不至於使我下淚，因為世間每時每地都有大量傑出人物因不知自己傑出，或因被別人判定為不傑出而消失於人海；不可忍受的是他居然在某個特定機遇中突然醒悟到了自己的真相，一時如噩夢初醒，天地倒轉，驚恐萬狀。

此刻的林布蘭便是如此。他被學生的畫筆猛然點醒，一醒卻看見自己脫衣露胸，像傻瓜一樣站立著。更驚人的是，那個點醒自己的學生本人卻沒有醒，正在得意洋洋地遠覷近瞄、塗色抹彩，全然忘了眼前的模特兒是誰。

恕。

作為學生，不理解老師是稀世天才尚可原諒，而忘記了自己與老師之間的基本關係卻無法饒恕。

學生畫完了，照市場價格付給他報酬。他收下，步履蹣跚地回家。這個情節，今天稍稍回想還是心裡難受，便轉身來到故居底層，買了一條印有大師簽名的紅領帶，找一個無人的角落戴上。

今天，他的名字用各種不同的字體裝潢在大大小小的門面上，好像整個城市幾百年來都為這個名字而存在，為這個名字在歡呼。但我只相信這個印在領帶上的簽名，那是大師用最輕微又最強韌的筆觸在塵污中爭辯：我是誰。

荷蘭水

第一次聽到荷蘭這個地名，我六歲，在浙江餘姚（今慈溪）鄉下。

我讀書早，六歲已二年級。那天放學，見不少人在我家裡，圍著正在寫字的媽媽。原來河西老太病重，媽媽寫信通知她在上海的兒子快速回鄉。

突然，媽媽手下的筆停住了，河西老太這兩天一直念叨要吃一種東西，大家幾番側耳細聽都沒有聽明白。

「等到她兒子回來後再說吧。」大家說。

「不，」媽媽說，「也許她要吃的東西只有上海有，問明白了我寫給他兒子，讓他帶來。不然就來不及了。」

媽媽說得有道理，大家都沉默了。

「我去聽聽看！」這是祖母的聲音。祖母和河西老太早年曾生活在上海，是抗日戰爭後期一起回鄉的。

祖母是小腳，按她的說法，小時纏腳時痛得直流淚，她母親不忍心，偷偷地放鬆了，所以是「半大腳」，但走路還是一拐一拐的。她除了去廟裡念經，很少出門，更不會去河西，因為那裡有一座老石橋，石板早已打滑。這天，我扶著她，她把我當拐杖，一步步挪到了河西。

河西老太躺在床上，見到祖母很高興，想伸手卻抬不起來。祖母連忙俯下身去，輕聲問她想吃什麼。

河西老太似乎有點不好意思，但終究喃喃地說了。

祖母皺了皺眉，要她再說一遍。一聽笑了，抬起頭來對眾人說：「她要喝荷蘭水。」

這是我第一次聽到這種奇怪的水名，回到家裡問媽媽。媽媽只說荷蘭是一個很遠的國家，卻也不知道荷蘭水是什麼，就要祖母描述一下。等祖母簡單地說了荷蘭水的特徵，母親「哦」了一聲：「那就是汽水！」

原來，在祖母一代，汽水還叫荷蘭水。

上海的第一代汽水是從荷蘭傳入的嗎？還是汽水本由荷蘭製造，然後別國的汽水也叫了荷蘭水？

對此我從未考證。

只知道媽媽寫完信後，由一位後生快速跑到北邊逍林鎮去寄出。媽媽特地關照他寄「快信」，不可延誤。

幾天以後，河西老太的兒子回來了，一到就從旅行袋裡摸出一個玻璃瓶，上面封著小鐵蓋。他又從口袋裡取出一個開關，輕輕一扳，鐵蓋開了，瓶裡的水冒著密密的氣泡。也不倒在杯子裡了，直接湊上了河西老太的嘴。

河西老太喝了兩口，便搖頭，不想再喝。她兒子把那大半瓶汽水放在一邊，也不再說話。

我當時不明白，是河西老太不想喝了，還是她覺得兒子買錯了？

當天晚上，老太就去世了。

這事早就遺忘，今天到了荷蘭，輕輕地唸一聲國名，才如沉屑泛起，突然記得。

上幾代中國的普通百姓對於西方世界茫然不知，偶有所聞，大多是由於那時開始傳入中國的西方器物，包括衣食享用。這就像，西方普通人對中國的瞭解也長期局限於絲綢、瓷器和茶葉。這種充滿質感的生態交流，看似瑣碎，卻直接滲透到生活底層，甚至遠遠超越政治、軍事、外交領域的各種大命題。你看這位只在上海住過一段時間的老婦人，生命中最後念叨的居然是一個西歐小國的國名。

我猜想河西老太在上海第一次喝到汽水時一定不會適應，但很快就從不適應中找到了一種舒鼻通喉的暢快。這個短暫的轉變過程包含著兩種生態文化的愉快對接，後來失去了對接的可能，就成了一種思念。

思念中的一切都比事實更加美好。離開上海很久的老太其實已經重新適應了傳統風俗，因此她對於那瓶好不容易來到嘴邊的汽水，第一口失望，第二口搖頭。她終於沒有了牽掛，撒手塵寰，也就這樣丟棄了荷蘭。

她以生命的結束，完成了一場小小的兩種生態文明的拉鋸戰。

玲瓏小國

一

一個主權國家的全部面積不到二平方公里，摩納哥實在太小了。但是，這個袖珍小國卻濃縮著四個隱型大國：賭博大國、郵票大國、賽車大國、旅遊大國。

這四個隱形大國都具有俯視世界的地位。

就說賭博大國吧，蒙地卡羅賭場那種地毯厚厚、燈光柔柔、傢俱舊舊的老式貴族派頭，連美國的拉斯維加斯也要鞠躬示敬，更不待說墨爾本、吉隆坡、澳門的那些豪華賭場了。全世界的賭場選「大老」，看來還是非蒙地卡羅莫屬。

更讓人驚異的是賽車。那麼小的國家，不可能另選賽車場地，這些蜿蜒於山坡上的真實街道就是賽車跑道。到時候街道邊人山人海，擁擠著來自世界各國的觀眾，而跑道上則奔馳著五光十色的各種賽車。我們沒有趕上賽車季節，只是順著賽車的路線繞了兩圈，奇怪的是每輛車的駕駛員似乎都認得路線。一問，原來都是從每次賽車的電視轉播中看熟了的。

其實在摩納哥，最能衝擊遊人感官的，是海濱山崖上的一排排豪宅。這是世界各地大量超級富豪選擇的終老之地。據我歷來讀到的資料，很多綁匪、巨盜、毒梟瘋狂斂財，都是為了達到一個目標，能在摩納哥舒舒服服地隱居。

為此，我每次來摩納哥都會看著這些房子出神，心想多少人終於沒有拿到鑰匙而只能永久地呆在監獄裡傻想了，而拿到了鑰匙的，大概也有不少人不敢出門。一扇扇花崗岩框的木門緊鎖著，腳下碧波間，白色的私家遊艇也很少解纜。偶爾解纜於沒有風浪的月夜，如貼水而飛的白鷗，只把全部祕密傾吐給地中海。

這次去，我還發現了摩納哥的另一個祕密。它就躲藏在那幢最宏偉的公共建築——海洋學博物館裡。

如果有時間把這個博物館看得細一點，就會發現大量展品都出自於一種長年累月的出海考察。而這一切的指揮者，就是摩納哥的國家元首阿爾貝一世。

這位國家元首親自以專家的身分率隊出海，整整二十八次，成了世界近代海洋學的創始人。可以看到當年拍攝的無聲電影紀錄短片，我連看兩段就很感動。阿爾貝一世在顛簸的海船上完全不像一個國家元首，而是一名不辭辛勞的科學家。夜晚來臨，他們只能棲宿荒島，狂風襲來，他慌忙去撿拾吹落的風帽。

那是一百年前的事了。歐洲大地當時正兵荒馬亂，他統治的小國哪有周旋之力，於是乾脆轉身，背對戰塵面對大海。就在他撿拾風帽的時刻，多少歐洲君主也在為撿拾皇冠而奔忙。

作為小國之君他無足輕重，但在人類探索自然的領域，他做過真正的君王。

olivetti

比摩納哥大一點的小國，是聖馬力諾。所謂「大一點」卻大了三十多倍，總共六十平方公里吧，大約是上海市的百分之一。

二

聖馬力諾嵌在義大利中部，進出要經過義大利海濱小城里米尼，那我們乾脆就在里米尼住下了。

里米尼的海灘很棒，碧海藍天間最出風頭的是皮膚曬得黝黑的苗條女子和身材健碩的光頭男子。奇怪的是，苗條女子身邊總有一個男友，而光頭男子背後卻沒有女性，只跟著幾個小夥子。

靠近海灘的街道上，有一種營生很熱鬧，就是替剛剛從海水裡鑽出來的年輕旅客描繪皮膚花紋。只是描繪，不是刺青。皮膚已經曬黑，描上金線銀線，花草搖曳、魚蟲舞動，描得多了就像繃了一件貼身花衫。

聖馬力諾是一座山城，道路盤旋重疊。據說西元三世紀一個叫馬力諾的石匠為逃避宗教迫害從亞得里亞海的對岸來此藏身並傳教，因而有了這個地名。看來看去，這真是一個藏身的好地方。

這位石匠留下了一些淳樸的政治遺囑，使這個小國成了歐洲最早的共和國。

當年拿破崙縱橫歐洲，把誰也不放在眼裡，有一天突然發現，在義大利的國土之內居然還有如此一個芥末小國。他饒有興趣地吩咐部下，找這個小國的首領來談一談歷史。

誰知一談之下，他漸漸嚴肅起來，雙目炯炯有神，立即宣布允許聖馬力諾繼續獨立存在，而且可以再撥一些領土給它，讓它稍稍像樣一點。

但是，聖馬力諾人告訴拿破崙，他們的國父說過：「我們不要別人一寸土地，也不給別人一寸土地。」國父，就是那位石匠馬力諾。

我相信這個回答一定使拿破崙沉默良久。他連年奪城掠地，氣焰熏天，沒想到在這最不起眼的地方碰撞到了另一個價值系統。他沒有發火，只是恭敬地點頭，同意聖馬力諾對加撥領土的拒絕。

與拿破崙對話的人，是聖馬力諾的最高行政長官，也叫執政。他的出任方式，不僅與拿破崙不一樣，也與全世界各國的行政長官不一樣，是一種特別原始又特別徹底的民主選舉辦法。

簡單說來，全國普選產生六十名議員，不識字的選民由年輕的女學生代為投票，因為女學生潔淨無瑕；由這六十名議員在普通公民中選擇二十名最高行政長官的候選人，再投票從中選出六人；最後，從民眾中挑出一個盲童，讓他從六人中抽出兩人的名單，作為最高行政長官。

最高行政長官的國際地位，相當於各國總統，但只任期半年，不得連任。每月薪金只有五美元，因此也很難連任。如果被選出的人拒絕上任或半途離任，卻要承受巨額罰款。上任時儀式隆重，當任長官長袍圓帽，佩戴勳章，在鼓號樂隊的簇擁下全城遊行。

這些奇怪的規定，體現了一種樸素的民主政治理念，保存在一個小國中就像保存一種標本，值得珍惜。

我最感興趣的是在全國最高領導人選舉中女生和盲童的作用。聖馬力諾的民眾早早地懂得，越是處理複雜事務，越是需要動用孩童般的單純。

三

再大一號的小國是列支敦士登，夾在瑞士和奧地利中間，一百六十平方公里，大約是北京市的百分之一。

列支敦士登的首都叫瓦杜茲。最明顯的標誌是山巔危崖上的一個王子城堡，當今皇家住處。其實這個首都只是乾乾淨淨一條街，齊齊整整兩排樓，在熱鬧處有幾十家店鋪。一進店就知道這裡富裕，價格說明一切。

小國多是郵票大國，列支敦士登也不例外，很多商店都有賣。剛一打眼就看上了，印得實在精美。連對集郵興趣不大的我，也毫不猶豫地買下了王室成員婚禮和王室收藏的魯本斯繪畫各一套，又配上幾套雜票。結算時價格不菲，才知輕重。

我很想用步行方式把整個首都快速走完。路上新舊建築都有，相比之下，郵票大廈最有派頭。大廈廊廳邊上見到一些信箱，聯想到列支敦士登為了吸引外資，制訂了極其方便的公司註冊的規則，甚至連住房位址都不要，只須申請一個郵政信箱即可。這事對我有點誘惑，心想何不輕輕鬆鬆開辦一家註冊在列支敦士登的文化傳播公司，然後再在國內找個公司搞中外合資。但一想山高水遠，也就算了。

我終於找到了做過首相府的那棟樓，現在是一家老式旅館。做首相府那些年，法院也在裡邊，而且我還知道，地下室是監獄。

這些知識，都來自於一個未被查證的傳說。

那天晚上，副首相被一要事所牽，下班晚了，到大門口才發現門已被鎖，無法出去。他敲敲打打，百般無奈。地下室上來一個人，拿出鑰匙幫他開了門。副首相以為是開門人住在地下室，一問，誰知這是關在下面的囚徒。

囚徒為什麼會掌握大門鑰匙？是偷的，還是偷了重鑄後又把原物放回？這不重要，副首相認為最重要的問題是：囚徒掌握了鑰匙為什麼不逃走？

於是他就當面發問。

囚徒說：「我們國家這麼小，人人都認識，我逃到哪兒去？」

「那麼，為什麼不逃到外國去呢？」

囚徒說：「你這個人，世界上哪個國家比我們好？」

於是他無處可逃，反鎖上門，走回地下室。

四

這些袖珍小國中最大的一個是安道爾，四百多平方公里，不到北京市的三十分之一。都德曾經說過：「你沒有去過安道爾？那還算什麼旅行家？」這樣的口氣我們都知道要反著聽。表面上好像在說安道爾是非去不可的國家，其實是用誇口的方式提出了要成為旅行家的至高標準。因此反而證明，安道爾在他的時代很難到達。

當然很難。從法國到安道爾，必須翻越庇里牛斯山。這中間要穿峽谷、爬山頂、跨激溪，即便是被稱為「山口」的地方也要七轉八拐地旋上去。我去時，已在下雪。

安道爾擠在法國和西班牙之間，一直被這兩個大國爭來奪去，沒辦法，只能從十三世紀開始向它們進貢。

我對於七百年不變的進貢數字很感興趣。

安道爾每逢單數年向法國進貢九百六十法郎，相當於一百多美元；雙年數則向西班牙進貢四百三十比塞塔，相當於兩個多美元。同時各附火腿二十只，醃雞十二隻，乳酪十二塊。直到今天仍是這個數字，就像一個山民走親戚。不知作為發達國家的法國和西班牙，以什麼儀式來迎接這些貢品？

我覺得應該隆重。因為現代社會雖然富有，卻缺少原始政治的淳樸風味。唯淳樸才能久遠。

進入安道爾國土之後，到首都安道爾城還有一段路。路邊有一些房子，以灰色石塊為牆，以黑色石片作瓦，很好看。城市的房舍就沒有這麼好看了，但在市中心有水聲轟鳴，走近一看竟是山溪匯流，如瀑如潮。壯觀在不便壯觀的地方，因此更加壯觀。

在安道爾的商店裡我看著每件商品的標價牌就笑了。

安道爾小得沒有自己的貨幣。旅遊是它的第一財政收入，而旅遊者來自世界各國。因此需要在每件商品上標明以各國貨幣換算的各種價格。但用哪一種文字來標呢？想來想去採用了一個辦法，那就是用各國的國旗代表各國貨幣，一目了然。

這一來，事情就變得非常有趣。你即使去買一雙襪子，拿起標價牌一看就像到了聯合國總部門口，百旗並列，五光十色，一片熱鬧。每個國家，尤其是領頭的那些發達國家，全都莊嚴地舉著國旗在為安道爾的一雙襪子而大聲報價，而且由於那麼多國家擠在一起，看上去還競爭激烈。

這真是小商品的大造化，小國家的大排場。

夜宿安道爾，高山堵窗，夜風甚涼。讀書至半夜，想到窗外是被重重關山包圍著的小空間，這個小空間又藏在歐洲腹地深處，覺得有點奇怪。

近處山巒的頂部已經積雪。這還只是秋天，不知到了嚴冬季節，這兒的人們會不會出行，又如何出行？甚至，是否會出現因某次雪崩而消失了一個國家的新聞？

第四卷
北歐

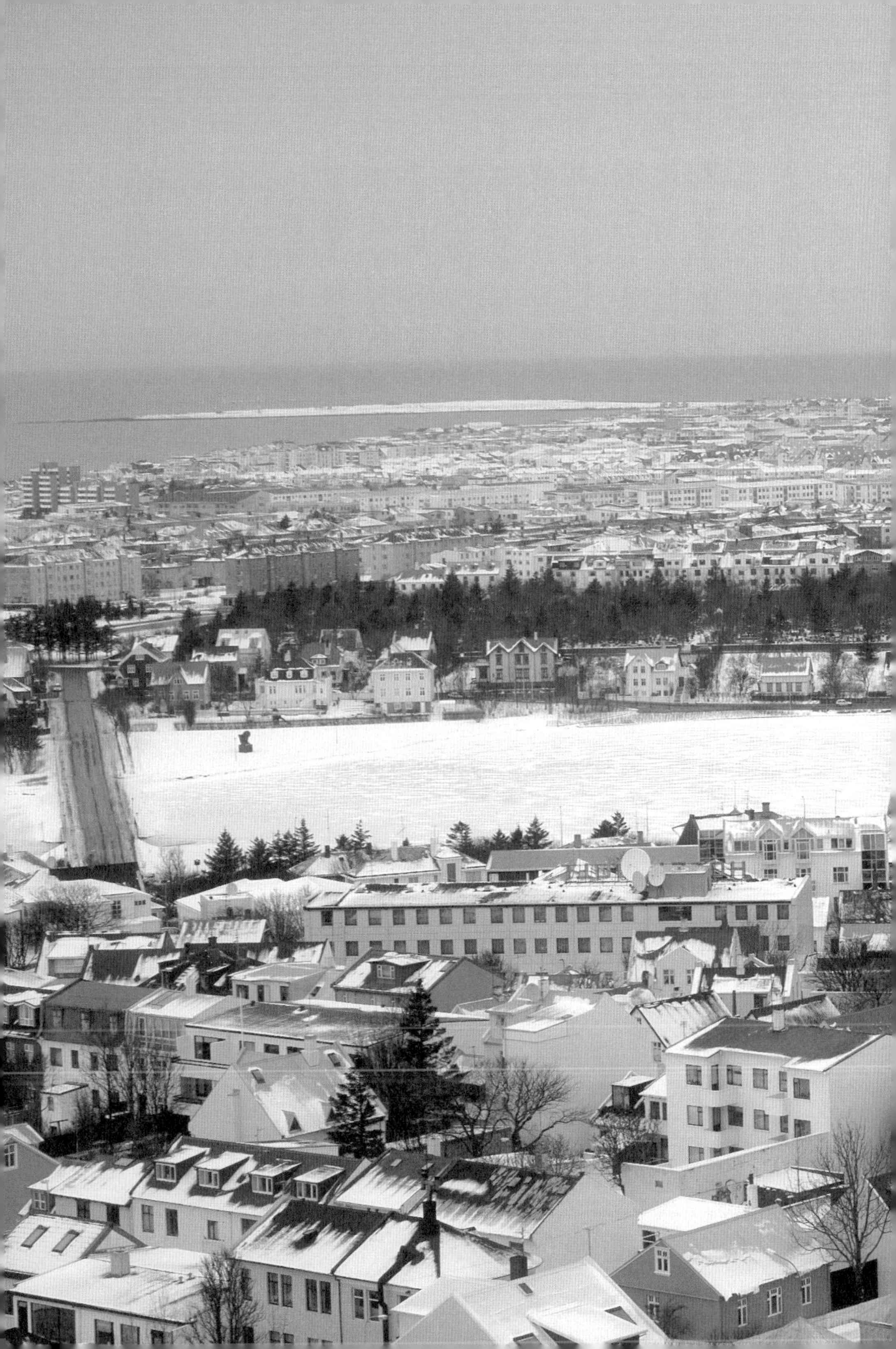

北歐童話

一步跨進北歐，立即天高地闊。

就在剛才，德國的樹林還在以陰鬱的灰綠抗擊寒風，轉眼，丹麥的樹林早已抖盡殘葉，只剩下蕭蕭寒枝。天無遮蔽，地無裝飾，上下一片空明。

這是我第一次來丹麥，滿目陌生。

我驚愕地看著周圍的一切，因為我不能容忍這般陌生，就像不能容忍一位曾經長年通信的長者初次見面時一臉冷漠。

我童年時的精神陪伴者是安徒生，青年時的精神陪伴者是勃蘭兌斯，中年時的精神陪伴者多了，其中一個是齊克果，他們全是丹麥人。

我想更多地端詳這片土地，但明明是下午時分，天已黑了。北歐的冬夜如此漫長如此絕望，那些陪伴我一生的精神食糧，難道都是在黑暗中產生？

第一天夜宿日德蘭半島上的古城里伯市。天下著雨，夜色因濕濡而更加深沉。熬夜不如巡夜，我們在路口跟上了一位更夫。

更夫左手提一盞馬燈，右手握一根戟棒，一路上用丹麥話吟唱著類似於「火燭小心」之類的句子。走到河邊特別警惕，彎下腰去觀察水情。岸邊有一枚石柱刻明，一六三四年的洪水曾使小城滅頂。

更夫離開河邊又回到街道，我看到，街邊偶爾有一二隻蒼老的手輕撩窗簾，那是長夜的失眠者聽到了他的腳步聲。

與更夫聊天，他說，在丹麥過日子，要學會如何度過長夜。連當今的瑪格麗特女王，也在試著適應。她說過：「在冬季王宮的長夜裡，我把優美的法國散文翻譯成丹麥文，作為消遣。」果然，她成了一位傑出的文學翻譯家。她以女王之尊，道出了長夜與文學的關係。

第二站便是奧登塞，安徒生的家鄉。我起了個大早，穿過市場去找他出生的那間紅頂房。聖誕節又臨近了，特意流覽了一下市場，賣火柴小女孩心中的聖誕樹和烤鵝，依然在這裡碧綠焦黃。

一轉彎就看到了街那頭的紅頂房。急速趕去，快步踏入。房間非常狹小，當年這裡是貧民窟，住了很多人家。安徒生家更是貧困，祖母做過乞丐，父親是個木匠，母親替別人洗衣，……哪種愁苦他沒有受過？他把這一切都囫圇咽下，終於明白這個世界上唯一可以傾心的，只有孩子。

孩子們的眼睛沒有國籍又最善於尋找，很快從世界各地教室的視窗，盯上了這間紅頂房。

但是，哪怕是全世界兒童的眼睛集合起來也幫不了安徒生，安徒生還是久久地缺少自信。不僅出身貧寒，而且是小語種寫作，是否能得到文學界的承認？他一直想成為當時比較有名的奧倫斯拉格（Adam Oehlenschläger）這樣的丹麥作家，卻受到各方面的嘲笑。不止一位作家公開指責

他只會討好淺薄浮躁的讀者，連他的贊助人也這樣寫信給他：

你認為自己將成為偉大的詩人——我親愛的安徒生！你怎麼就不覺得，你所有這些想法都將一事無成，你正在誤入歧途。

他很想獲得丹麥之外的歐洲文學界支持，努力結交文化名人，結果反讓人家覺得有「搖尾乞憐的奴態」。即便他後來終於受到廣泛承認，人們也只認為他是一個善於編製童話的作家，並不認為他是文學巨匠。因此，直到他臨死之時，還渴求會見任何訪問者，希望在他們的話語中找到賞識自己的點滴資訊。

他不知道，自己早已成為一個文

學巨匠。那些他所羡慕、拜訪、害怕的名人，沒有一個能望其項背，更不必說像奧倫斯拉格這樣的地區性人物了。

對此，世界各國的讀者都是證據，包括早已不年輕的我們。眼前的證據是，很少懸掛國旗的丹麥，把一面國旗端端正正地升起在那幢紅頂房上。

一個不太在乎標誌的國家，終於找到了國家標誌。這也是一個童話，由所有的童話集合而成。

漫漫長夜

我們到達哥本哈根才下午三點半，天已黑了。當地朋友說，到明天早晨八點，它才亮。終於知道，什麼叫漫漫長夜。

下著雨，不想出門。看街邊住家窗口，都幽光神祕，隱隱約約，而飯店和咖啡座裡，點的是蠟燭。應該有老式的火爐在暗暗燃燒吧？北歐的長夜，真是一個深不見底的世界。

哥本哈根沒什麼高樓，一般都是四五層，我們下榻的旅館算是高的了。從視窗看出去，其他高一點的建築，就是那些教堂尖頂。

黑暗和寂寞能夠幫助深思。一個只有五百萬人的小國在世界科學界成果卓著，尤其在電磁學、光學、天文學、解剖學、醫學、核子物理學等方面甚至大師輩出，這大概與長夜有關吧？

然而，黑暗和寂寞還有大量的負面效應。本來，全世界的憂鬱大多在陽光中消遁，在朋友中散發，這種可能在這裡大大減少。因此，憂鬱也就越積越厚，越燜越稠，產生廣泛而強烈的自殺欲望。教堂的鐘聲會起一點心理舒緩作用，但這種作用也正在漸漸減弱。

我相信在這種心理掙扎中一定有人游到對岸，並向即將沉溺的同伴們招手。

我想起了齊克果。

哥本哈根對他來說幾乎是一個天生的地獄。父親的驚恐苦悶和行為失檢，幾乎打碎了他整個童年。家裡災禍不斷，自己體質很差。為從地獄解脫，他選擇了神學；而選擇神學，又使他不得不放棄初戀。「她選擇了哭泣，我選擇了痛苦」。

從此，他在黑暗中的思考。他最為大家熟悉的思考成果是把人生境界劃分為三個階段，一為感性階段，二為道德階段，三為宗教階段。由淺入深，層層否定，而終點便是第三階段。

感性階段也就是追求感官滿足的階段。很多人終其一生都停留在這個階段，但也有一些人領悟到其間的無聊和寡德，便上升到道德階段。人在道德階段是非分明、行為完美、無瑕可擊，但更多地出自於一種外在規範，一種自我克制，因此必然因壓抑天性而陷入痛苦。能夠意識到這種痛苦並願意從更高層面上獲得解脫的人，就有可能進入宗教階段。齊克果認為在那個階段一個人就會不受物質誘惑，不怕輿論壓力，掙脫塵世網路，漠然道德評判，只是單獨站在曠野上與上帝對話，在償還人生債務的劇痛中感受極樂。

最值得我們珍視的，是齊克果指出了人們在這三個階段面前的「可選擇狀態」。三個階段不是對每個人都依次排列、循序漸進，它只供選擇。而且這種選擇時時存在，處處存在。一個人因選擇的差異而跳躍性地進入不同的人生境界，其間距離，可以判若天壤。不難看出，他的這種主張，已經有了存在主義哲學的萌芽，因此後世的存在主義哲學家們總要把齊克果尊為前輩，甚至稱他為「精神上的父親」。歷史上把哲學，神學熔於一爐的學者很多，齊克果卻在這種熔合中把人生哲學推到了新時代的邊沿。

可惜，這位偉大的哲學家只活到四十二歲。在他生命的最後、也最重要的幾年裡，真可謂心力交瘁。他是虔誠的基督徒，但越虔誠越厭倦丹麥教會的諸多弊端，因此終於與教會決裂。一般市民只相信教會就是信仰所在，於是也就隨之引起了親朋好友與他的決裂，使他空前孤獨。

另一件事情是，這位大哲學家不幸與哥本哈根一家誰也惹不起的攻陷性小報發生了磨擦。哲學家當然寸步不讓，小報則恨不得有這麼一個學者與他們糾纏，於是一片混戰。遺憾的是，一般市民只相信小報起鬨式的謠言和誹謗，於是反倒是他，成了市民們心目中的「第一流惡棍」。

我對著窗下黑黝黝的哥本哈根想，齊克果遇到的對手很多，一是教會，二是小報，但最後真正成為對手的卻是廣大市民。市民們總也不會站在大師一邊，因此我要說，這座城市對自己的大師實在不公。

一八五五年十月二日，身心疲憊的哲學大師散步時跌倒，下肢癱瘓，卻拒絕治療，拒絕探望，也拒絕領聖餐，十一月十一日去世。這樣的結束，實在讓人不敢回想。

十九世紀最耀眼的哲學星座，熄滅於哥本哈根這過於漫長的黑夜。

瑞典小記

一

在挪威和瑞典的邊境我問同車的夥伴今天的日期，夥伴的回答正如我的預感，果然是今天，正巧。

二百八十二年前的今天，瑞典發生了一件大事：年僅三十六歲的國王卡爾十二世率兵攻打挪威，夜間在這裡巡視戰壕，被一顆子彈擊中死亡。這顆子彈究竟出於誰手？至今歷史學家們眾說紛紜。但無可置疑的是，一段窮兵黷武的擴張史，在這個晚上基本終結。

我們既然在無意中撞到了這個日子，這個地方，那就應該祭拜一下那位年輕的軍事天才，同時紀念瑞典早早地走出了「波羅的海大帝國」的血火泥潭。一個天才人物的死亡，很可能是一種歷史的福音。

二

哥德堡人的自豪讓人啞然失笑，他們居然那樣嘲謔首都：斯德哥爾摩的最大優點，是還有一條鐵路可以回哥德堡。

然而哥德堡確實不錯。半夜海風浩蕩，港口的路燈全部用航海器具支撐。日本式的亭座衛護著它們，一眼看去便是萬里之遙。只遺憾臨水的歌劇院造得大而無當，可能出自於航海人的粗糙和狂放。

在這冷雨之夜我最喜歡的，是每家每戶的燈。大家都拉開窗簾，讓點燃著十幾支蠟燭的燈座緊貼著窗，燭光下全是當日的鮮花。數里長街萬家燈火，連接成了一個縹緲的夢境。

自己入夢之前先把整個城市推入夢境，即使半夜驚醒也還在夢中，這個主意真好。

我趁他們全都夢著，悄悄地起個大早，去他們瞧不起的斯德哥爾摩。

三

早晨從哥德堡出發時昏天黑地，恰似子夜，接近中午才曙光初露。

還沒有來得及尋找太陽，只見路邊所有黑色的樹枝全部變成了金枝銅幹，熠熠閃光。一路行去延綿不斷，好像此刻整個世界都會是光柱的儀仗。

但是，這個儀仗是那麼短暫，不到一百公里光輝漸淡，樹幹轉成灰白，樹冠皆呈酡紅。那酡色又越來越渾，越來越深，終於一片昏昏沉沉。

大霧不知從何升起，路上不再有別的圖像，只能隱約看到車尾昏黃的霧燈。車窗上又劈劈啪啪響起雨點，從此這霧再也不散，這雨再也不停。

我知道，一個白天就這樣匆匆打發了。

路旁似乎有一些小屋閃過，立即為它們擔憂起來。如此漫長的冬季，它們能否在愁雲慘霧中找到一個可以結交的信號，哪怕是留住其中某一輛的昏黃的霧燈？

今天終於明白，寂寞是可以被觀察的，而且以天地間最隆重的儀式。以隆重儀式觀察來的寂寞，讓人不寒而慄。

四

他未必算得上世界名人，但是我走在斯德哥爾摩大街上總也忘不了他的身影。

他叫貝納多特，本是拿破崙手下的一名法國戰將，長得特別英俊偉岸，曾被拿破崙指派，騎著高頭大馬到維也納大街上慢慢通過，作為法國風度的示範。就這樣，他被瑞典人選作了國王。這位連瑞典話也不會說的瑞典國王倒是沒有辜負瑞典，他審時度勢，不再捲入拿破崙的戰略方陣，反而參與了反法聯盟，但又不大積極。

拿破崙兵敗滑鐵盧，他一言不發。他已明白像瑞典這樣的國家如果陷身於歐洲大國間的爭逐，勝無利，敗遭災，唯一的選擇是和平中立。

於是，他被很多法國人看作「忘本」之人。他的妻子一直住在巴黎，處境尷尬，卻向人痴痴地回憶著他們初次見面的情景。

那年她十一歲，一個被分配來住宿的士兵敲開了她家的門，父親嫌他粗手笨腳就把他打發走了。「這個士兵，就是後來娶了我的瑞典國王。」她說。

這種政治傳奇得以成立，一半得力於浪漫的法國，一半得力於老實的北歐，兩者的組合變成了一段有趣的歷史。

五

斯德哥爾摩其實是一堆大大小小的島。島與島之間造了很多橋，這些橋沒有坡度，形同平路，讓旅人不知島之為島。只是行走街頭耳邊突然有水聲轟鳴，伸頭一看腳下水流奔騰，海濤滾滾。

王宮、議會、老街、大教堂，全擠在一個島上。老街壁高路窄、門多店小，點點滴滴都是百年富庶的記號。

王宮任人參觀，凜冽寒風中年輕衛士的制服顯得有點單薄。議會大廈底樓正在開會，隔著一層玻璃任何路人都能旁觀。

忽聽得一群青年高喊口號向議會示威，因不懂瑞典語連忙問身旁一對老夫妻。老太太搖著火雞般的脖子連聲抱怨：「誰知道呢，都聖誕了，還這麼吵吵鬧鬧！」

六

歐洲許多城市都患有一種隱疾：它們現在隆重推出一個個已經去世的文化名人，仔細一查，當年它們對這些文化名人都非常冷漠。

對此，斯德哥爾摩可以心地敞亮地莞爾一笑。

它對自己最重要的作家史特林堡，很夠情義。

至少有三個方面，使這座城市對史特林堡的尊重顯得難能可貴：

一、斯德哥爾摩市民並不熟悉史特林堡的主要創作成就。他的戲劇作品，不管是早期的自然主義心理寫實，還是後來的象徵主義和表現主義，斯德哥爾摩市民都不容易接受；

二、他們知道他是一位散文大師，但他的散文曾經猛烈批判斯德哥爾摩市民身上保留的種種陳規陋習，而且連續不斷；

三、他與斯德哥爾摩不辭而別，浪跡天涯，晚年才回來。

——就憑這三點，斯德哥爾摩有充分的理由給他冷臉。但他怎麼也沒有想到，在他生日那天，市民們居然舉著無數火炬，聚集在他寓所前面向他致敬，還募集了大筆資金供他使用。

他沒有獲得過諾貝爾文學獎，但人們說，他獲得了「另類諾貝爾」。

七

離開瑞典之前，突然想起幾個北歐國家對自己的評價，很有意思。

剛到丹麥，就聽當地人說：「由於氣候地理原因，我們北歐人與其他歐洲人不同，比較拘謹，不善言詞」；

到了挪威，又聽他們說：「我們挪威人比不上丹麥人開朗健談，有點沉悶」；

到了瑞典，聽到的居然是：「我們瑞典人不如挪威人熱情」；

……

這是怎麼啦，北歐各國好像都在作一種奇怪的自我譴責，看誰更冷、更酷、更漠然無情。

其實據我看，北歐人不是沒有熱情，而是缺少那種快速點燃又快速轉移的靈敏。他們感應較慢，選擇較遲，不喜宣講，很少激憤，但一旦選定卻不再改變。選擇和平中立，制訂福利政策，設立諾貝爾獎，即使有再大的麻煩也一意孤行。

說自己冷的人不可能真冷，因為真冷無感於冷。

終極關懷

斯德哥爾摩並不繁榮，也不蕭條。它的建築偏向於陳舊，卻又拿不出羅馬、巴黎那種把世界各國旅行者都能鎮住的著名古蹟。街道沒有英雄氣概，充滿了安適情調，卻又安適得相當嚴肅，這在歐洲其他城市不容易看到。

今天，我想稍稍花點筆墨，談點瑞典的福利體制。

瑞典在歷史上也是戰火不斷，但從十九世紀初期開始，它吸取了過去的教訓，一門心思發展工業，並進行了以民主、人權為核心的社會改革。它在二十世紀的兩次世界大戰中由於嚴守中立而倖免於難，富裕程度已是世界領先。

在這個基礎上瑞典推行了比較徹底的社會福利政策。開始是為了救濟失業工人，扶持農村經濟，解決勞資糾紛，後來，便以政府的力量擴展公共工程，廣泛發行公債，提高稅收幅度，增加人民福利。這些政策居然全部奏效，促進了經濟的發展，社會的安定。

順著這條道路，瑞典漸漸建立起了一個被稱之為「從搖籃到墳墓」的人生全程福利保障體制。這不僅把鄰近的東歐、蘇聯比得十分狼狽，而且也超越了自由資本主義。北歐的鄰國如丹麥、挪威競相仿效，一時蔚成氣候。

但是，問題出來了。

就像一個家庭，家長認真治家，家產平均分配，人人無須擔憂，看似敦睦祥和，卻滋長了內在的惰性，減損了對外的活力，可謂闔家安康而家道不振。

大凡平均主義，常常掩蓋著某種根本性的不公平。例如，一九七〇年到一九七一年瑞典國營企業裡的高薪階層曾為抗議政府的平均主義政策而舉行了長達六星期的罷工。高福利、高稅收所帶來的生產成本提高、競爭能力降低、大批資金外流，則以一種無聲的方式在天天發生。更嚴重的是，社會福利的實際費用是一個難以控制的無底洞，直接導致了赤字增大和通貨膨脹。最後連瑞典皇家科學院諾貝爾經濟獎委員會主席阿·林德貝克先生都嘆息了：福利國家的體制帶來的是低效率。

除此之外，傳統工業的生產費用越來越高，國營企業的無效開支越來越大，結果效益倒退、失業增加。失業有福利保證，但福利卻無法阻止頹勢。應該有一批敢於冒險的闖將來重整局面，但平均主義的體制又壓抑了這種可能。

於是，一場靜悄悄的衰退，暴露了瑞典社會經濟體制骨子裡的毛病。

幾十年前西方學者喜歡把瑞典的社會經濟

體制，說成是介乎資本主義和社會主義之間的中間道路。現在世界局勢發生變化，但瑞典仍然是一個世界座標，大家企圖在它和美國之間，找一條新的中間道路。

我想其間原因，就在於瑞典的社會經濟結構體現了一種對理性秩序、社會公平的追求，而這一切在自由市場經濟中很容易失落。瑞典做得過頭了，嘗到了苦果，但是如果完全沒有這種追求，面臨的危機更大。

在這裡讀到美國《外交政策》季刊上一位叫阿塔利的學者寫的文章，集中表達了這種擔憂。他說，不管人們如何把自由市場經濟原則看成是西方文明的普遍真理，至今仍然沒有一個西方國家願意在司法、國防、教育和通信事業上全然實行自由市場經濟，也沒有一個正常的西方人願意生活在一個可以用金錢買賣法院判決、私人護照、無線電波、生化技術、飲用水源、核武器和毒品的國家。自由市場經濟固然是西方文明的支柱，但它與西方文明的另一個支柱民主政治體制就有很尖銳的矛盾。

例如——

市場經濟重在人與人的差距，民主政治重在人與人的平等；

市場經濟重在人的使用價值，民主政治重在人的人格權利；

市場經濟重在流浪者，民主政治重在定居者；

市場經濟重在個體自由行為，民主政治重在少數服從多數；……

阿塔利悲觀地預言，在這兩者的矛盾中，勝利的一方一定是自由市場經濟，市場專制終究會取代民主政治。因此，社會公平、公共道義將難於留存。但這樣一來，等於一個重要的支柱倒塌，西方文明的大廈也有可能因此而崩潰。

我覺得這位阿塔利顯然是把市場經濟和民主政治之間的矛盾磨削得過於尖銳了。但是他對自由市場經濟所包含的內在悖論，表現出了一種清醒。

現在，人類的自然生態和社會生態面臨著牽一髮而動全身的危險處境，一系列全球性法規的制訂已不可拖延。以自由市場經濟為最終驅動的發展活力，以民主政治體制為理性基座的秩序控制，能否在全球範圍內取得協調並一起面對危機？時至今日，各國熱衷的仍然是自身的發展速度，掩蓋了一系列潛在的全球性災難。

正是在這種情況下，北歐和德國的經濟學家們提出的以人類尊嚴和社會公平來評價經濟關係的原則，令人感動。

我學著概括了他們這裡的一系列邏輯關係——

社會安全靠共同福利來實現；

共同福利靠經濟發展來實現；

經濟發展靠市場競爭來實現；

市場競爭靠正常秩序來實現；

正常秩序靠社會責任來實現；

社會責任靠公民義務來實現。

因此，財產必須體現為義務，自由必須體現為責任，這就是現代經濟的文化倫理。

其實，這已觸及到人類的終極關懷。

砰然關門

一

對中國文化界來說，知道挪威，首先是因為易卜生。

《玩偶之家》裡的那個娜拉，因無法忍受夫權而離家出走，易卜生以她的砰然關門來結束全劇。人們說，正是那聲音，關閉了十九世紀。

這聲音當年也震動過中國。那時中國的思想者們正在呼籲婦女解放，娜拉的出走，既是樂觀的信號，又是悲觀的信號。魯迅說，娜拉出走後會到哪裡去呢？一是墮落，二是回來，三是餓死，都不好。

魯迅說，娜拉們的出路，在於經濟權的獲得，因此要以韌性的奮鬥，來改革經濟制度。

挪威在二十世紀的社會改革歷史，我不太瞭解。但這麼多天看下來我驚異地發現，娜拉的後代已徹底翻身，挪威幾乎成了一個「女權國家」。匆匆百年，真可謂天翻地覆。如果易卜生和魯迅再世，一定瞠目結舌。

你看，這次接待我們的幾個重要機構，最高負責人全是女性，站起來致詞口若懸河、風度翩翩。從她們自信的眉眼間可以推斷，在她們自己的小家庭中，也必定是指揮若定、操縱自如。

到街上看看，竟有那麼多挪威姑娘邊走路邊抽菸，姿態瀟灑，旁若無人。

看到一項社會調查，令我啞然失笑。在文化消費上，挪威的女性喜歡去書店和圖書館，挪威的男性喜歡去電影院。外人調笑說，女性一厲害，男性只敢躲在黑暗裡消磨時間了。

另一項調查看起來也很有趣，那些男人一再表示：選擇女友和妻子，不要美貌，只要賢慧。

這麼說來，娜拉出走時的砰然關門聲，果真是切斷了一個時代。

二

魯迅所說的經濟權，不僅需要女人在小家庭中爭取，也需要整個挪威在世界大家庭中爭取。

從這個意義上說，挪威是放大了的娜拉。

在歷史上，挪威的經濟長期不好。自從海盜時代結束，「北海大帝國」夢幻瓦解，挪威全然回歸自己的狹小和荒蕪。十四世紀從英格蘭傳來瘟疫死亡過半，以後一會兒受制於丹麥，一會兒受制於瑞典，哪有幾天好日子過？幸好幾十年前發現北海油田，頃刻暴富。

我曾驚異地發現，瑞士富甲天下而人均外援卻居全歐之末。那麼，人均外援居全歐之首的是誰？是挪威。挪威脫離貧困才幾十年，對別國的窮人還保留著深深的同情。這兩天在奧斯陸的步行街上經常看到衣著整齊的女學生在寒風中向行人伸手要錢，驚訝地停步詢問，原來她們是在為世界各國的窮人募捐。

努力救助別國窮人的挪威，自己貧富差距很小，這實在讓人嚮往。但有一項調查表明，就是這一點點貧富差距，卻直接控制著挪威人的健康。稍稍富裕一點的，健康狀況就好，反之則差，兩者的依賴性程度也居歐洲第一。

這個調查結果很奇怪，仔細一想，卻很能理解。看看中國，也有類似的情況。脫貧致富時間太短，一切還過於敏感，就像一批成績不好的學生突然成了優等生，互相間的一分之差也會又痛又癢。

這是由快速致富造成的心理疾病。好在這是一個善良的民族，敏感也只是敏感，心理失衡只影響自己的健康，而不是攻擊別人，發洩嫉妒。善良，終究會創造健康。

在這方面，中國要向挪威學習的地方太多。

三

致富靠的是石油，但石油不易再生，現在已有枯竭的預感。因此挪威作出明智的決定，讓水產領先出口。

挪威水產協會希望開拓中國市場，也沒有摸清我們這幾個人是做什麼的，就要請我們在奧斯陸北邊一個叫荷門柯林（Holmen kolen）的山地吃海鮮。木屋內爐火熊熊，長窗外冷雨如幕。主人發一聲感嘆：「我們挪威，不管是石油還是水產，全靠自然的恩惠。我們必須對自然更好一點。」

為這種樸素的說法，大家舉起了酒杯。

我突然想起昨天晚上讀到的中國駐挪威外交官孫夜曉先生寫的一篇文章。其中提到，兩個挪威人開著電動雪橇上山遊玩，見到幾隻北極熊就追趕了一陣與牠們逗樂。雖然無傷北極熊的一根毫毛，卻已經犯了騷擾罪，不僅罰以重款，而且兩人都得坐牢。這個判決使當地華人大惑不解，覺得挪威還有不少刑事案件發生，司法當局常常因人權的理由從輕發落，這件事顯然是小題大作。孫先生說得對，這是兩種文化觀念的差異。

挪威一向依賴自然又同情弱者，因此我們應該理解這一判決。北極熊在挪威已不足五十頭，它們不會控訴，不懂法律，理所當然地進入了法律的最後保護線。

對自然都講情義，挪威人仍然是北海好漢。

在他們眼中，時至今日，娜拉們苦惱過的女權、男權已不再重要，經濟權問題也可暫時擱置，千百年的生存本性使他們領悟了另一種權力急需把握，那就是對自然的監護權。他們在環境保護方面的滿意度，一直名列世界前茅。

又是砰然一響的關門聲，這次關的是監獄的門。上次那聲，表達的是娜拉的決心；今天這聲，表達的是挪威的決心。

挪威又在給中國上課了。這次的老師不是易卜生，但仍然是一門世紀課程。

歷史的誠實

奥斯陸的海盜博物館建在比德半島上，與中心市區隔著一個峽灣。

海盜就是海盜，以此命名不是為了幽默。多少搶掠燒殺的壞事都幹了，長長的年月間地球的很大一部分都為之而驚恐萬狀、聞風喪膽。挪威人對自己祖先的這段歷史，既不感到羞愧又不感到光榮，而是誠實記述、平正展現。這種心態很令人佩服，但對我們中國人來說，卻有點陌生。

我在三艘海盜船的前前後後反覆觀看，很想更深入地領悟挪威人的心態。進門時聽他們館長說了，挪威總人口四百萬，每年到這個博物館來參觀的卻有四十萬，占了整整十分之一，他們究竟是怎麼想的呢？

美國人類學家摩爾根說，人類分三個階段演進，一是蒙昧時期，二是野蠻時期，三是文明時期。此間值得我們注意的學術關節是：野蠻相對於蒙昧是一種進步，且又是文明的前身。

你看挪威，古代也就是有人在海邊捕點魚，打點獵，採點野果，後來又學會了種植和造船，生活形態非常落後，應付不了氣候變化和人口增多。八世紀後期開始海盜活動，對被劫掠的地區犯了大罪。但從遠距離看過去，客觀上又推動了航海，促進了貿易，擴大了移民，加強了交流。當然還不是文明，卻為文明作了準備。

從博物館的展出來看，海盜的活動方式也不一致。有的群落比較強蠻，有的群落則比較平和。而且，不同的路線也有不同的重點，例如對於英格蘭、法蘭西、西班牙，以搶掠為主；而對於俄羅斯一帶，更多的是貿易。有些群落為了尋找更大的生存空間，到冰島、格陵蘭這樣的冰天雪地中定居去了。從事搶劫和貿易的，也都有人在當地定居下來。

定居是對一種文明的進入。歷史上有一種非常怪異的現象，海盜們越是到了富裕的地區，搶掠的行為也越蠻橫。這裡包含著因嫉妒、貪婪所激起的破壞欲望，是人性和獸性之間的掙扎。但正是這樣的地區，文明濃度也越高，日後對他們

的同化力量也越大。因此，武力上的失敗者不久又成了文明上的戰勝者。

有些劣跡累累的海盜終其一生無法真正皈附文明生態，但他們只要在文明的環境裡定居下來，子孫們卻會變成另外一種人。

挪威海盜的出現，有一種「歷史的誠實」。在極端惡劣的自然條件下無以為生，又不知道其他謀生方法，更未曾接受起碼的精神啟迪，他們就手持刀劍上了船。換言之，他們徹徹底底地站在蒙昧和野蠻的荒原上，幾乎是別無選擇地走向了惡。

正是這種「歷史的誠實」，正是這種粗礪的單純，使他們具有最大的被救贖的可能。文明的秩序對他們來說是驀然初見，如醍醐灌頂。

相比之下，後世的許多邪惡就失去了這種「歷史的誠實」。那些戰爭狂人、獨夫民賊、法西斯分子往往很有文化，甚至還為自己的暴行編造出一套套堂皇的理由，這就不是文明演進長鏈中的自然順序了。因此，只能是再也變不了人的猿猴。

挪威的海盜文化有一批學者在認真研究。陪我參觀的館長邁克爾遜（Egil Mikkelsen）博士就是奧斯陸大學的教授，他說他周圍專門研究海盜時代的學者就有十餘名。我問他最近研究的興趣點，他居然說，在研究那個時代的北歐與佛教的關係。這當然讓我興奮，問他有什麼起點性的依據。他說，在斯德哥爾摩郊外出土一尊佛像，據測定是海盜時代從東方運來的。另外，還在海盜船上發現貝類串成的項鍊，很可能是佛珠。我建議他，不要對後一項研究花費太多精力。因為佛教反對殺生，一般不會用貝類來串佛珠。在其他原始部落的遺物中，我也經常看到這種貝類項鏈。

他又說，海盜時代與伊斯蘭教的交流，已有大量證據。

我知道，館長先生一直著眼於宗教，是想進一步解析從野蠻走向文明的外來條件。

這種研究，既屬於歷史學和考古學，更屬於人類學和哲學。

於是，海盜這個猙獰的名詞，在這裡產生了深厚的內涵。

冰清玉潔的世界

終於要去冰島了。

我讀到過一本由冰島學者寫的小冊子，開篇竟是這樣一段話：

一個被遺忘的島國，有時甚至被一些簡易地圖所省略。連新聞媒體也很少提到，除非發生了重大自然災害，或碰巧來了別國元首。

它的歷史開始於九世紀，由於海盜。它自從接受了來自挪威的移民之後，長期與歐洲隔離，以至今天的冰島人能毫無困難地閱讀古挪威文字，而挪威人自己卻已經完全無法做到。

它不可能受到外國攻擊，因此也沒有軍隊，形不成集權。它一直處於世界發展之外，有人說，如果冰島從來沒有存在過，人類歷史也不會受到絲毫影響。

用這樣的語氣來談論自己的國家，有一種我們很少領受的涼爽。

在這次出發前我在北京見到了冰島的大使奧拉夫·埃吉爾松大使，他送我一套書。這套書叫《薩迦選集》，厚厚兩冊，一千多頁，掂在手上很重。薩迦（Saga）是冰島中世紀的一種敘事文學，也可以翻譯為「傳奇」，但比中國古代的傳奇更具有宏大的詩史性質，因此不如保持音譯。對於冰島薩迦，我以前略有所聞，卻不知其詳。此刻手上的分量又一次提醒我，很多並不張揚的文明，在遠處默默地厚重著。

記得在斯德哥爾摩，當地朋友一再質問我們：「你們怎麼會選一個隆冬去冰島？冬天，連最後一點苔蘚也沒有了，看什麼？你們有沒有聽說過哪一個重要人物冬天去冰島？」

我的意見恰恰相反：如果要去冰島，一定要趕一個冰天雪地的時節。嚴冬是它的盛世，寒冷是它的本相，夏天反倒是它混同一般的時候，不去也罷。

那麼只能與我們的車輛暫別了。冰島實在太遠，連大海也已凝凍，因此只能坐飛機。車輛連同行李寄存在一個寒枝蕭蕭的院落裡，天正下雪，待我們走出一段路後再回頭，它們全已蒙上了白雪，幾乎找不到了。

由斯德哥爾摩飛向冰島，先要橫穿斯堪的納維亞半島，然後便看到隱約在寒霧下的挪威海。幾個小時後終於發現眼下一片純白，知道已是冰島上空。我以前也曾多次在飛機上俯瞰過雪原，卻第一次看到白得這樣乾淨，毫無皺褶，心裡猜測，那該是厚達千餘米的著名冰川。

皺褶畢竟出來了，那該是冰島高地了。如果沒有大雪覆蓋，這裡應該酷似月球表面。據說美國的登月宇航員出發前，就在這裡適應環境。那麼，這便是不分天上人間的所在。

皺褶不見了，又是純白。純白中漸漸出現一條極細極淡的直線，像是小學生劃下的鉛筆印痕，或是白牆上留下的依稀蛛絲。我好奇地逼視它通向何方，終於看清，那是一條公路，從機場延伸出來。

機場也被白雪籠罩，不可辨認，只見那條細線斷截處，有橙光潤出。飛機就向那裡輕輕降落，儘量不發出聲音。

下地一陣寒噤，冰清玉潔的世界，真捨不得踩下腳去。

生命的默契

雷克雅維克是冰島的首都，我想它大概是世界上最謙虛的首都。西方有人說它是最寒酸的首都，甚至說它是最醜陋的首都，我都不同意。

街道不多，房舍不高，繞幾圈就熟了。全城任何地方都可以看到一座教堂塔樓，說是紀念十七世紀一位宗教詩人的，建得冷峭而又單純。

一處街道拐角上有一幢灰白色的二層小樓，沒有圍牆和警衛，只見一個工人在門口掃地，這便是總理府。

走不遠一幢不大的街面房子是國家監獄，踮腳往窗裡一看，有幾個員警在辦公。街邊一位老婦看到我們這些外國人在監獄窗外踮腳，感慨一聲：「以前我們幾乎沒有罪犯。」

總統住得比較遠，也比較寬敞，但除了一位老保姆，也沒有其他人跟隨和衛護。總統畢業於英國名校，他說：「我們冰島雖然地處世界邊緣，但每一個國民都可以自由地到世界任何一個角落生活。作為總統，我需要考慮的是：創造出什麼力量，能使遠行的國民思念這小小的故土？」

根據總統的介紹，冰島值得參觀的地方都要離城遠行。既然城市不大，離開非常容易，我們很快就置身在雪野之中了。

翹首回望，已看不到雷克雅維克的任何印痕。車是租來的，在雪地裡越開越艱難。滿目銀白先是讓人爽然一喜，時間一長就發覺那裡埋藏著一種危險的視覺欺騙，使得司機低估了山坡的起伏，忽略了輪下的坎坷。於是，我們的車子也就一次次陷於窮途，一會兒撞上高凸，一會兒跌入低坑。

開始大家覺得快樂，車子開不動了就下車推拉，只高聲叫嚷著在斯德哥爾摩購買的禦寒衣物還太單薄。但次數一多，笑聲和表情在風雪中漸漸冰凍。

終於，這一次再也推不出來了，掀開車子後箱拿出一把鏟子奮力去鏟輪前的雪，一下手就知道無濟於事。鐵鏟很快就碰到了鏗鏘之物，知道是火山熔岩。

火山熔岩凝結成的山谷我見過，例如前幾個月攀登的維蘇威火山就是一個。那裡褐石如流，奇形怪狀，讓人頓感一種脫離地球般的陌生。但在這裡，一切都蒙上了白色，等於在陌生之上又加了一層陌生，使我們覺得渾身不安。

至此才懂得了斯德哥爾摩朋友的那句話：「你們有沒有聽說過哪一個重要人物冬天去冰島？」

早已鬧不清哪裡有路，也完全不知道如何呼救。點燃一堆柴火讓白煙充當信號吧，但是誰能看見白雪中的白煙？看到了，又有誰能讀懂白煙中的呼喊？「雷克雅維克」這個地名的原意就是白煙升起的地方，可見白煙在這裡構不成警報。更何況，哪兒去找點火的材料？

想來想去，唯一的希望是等待，等待天邊出現一個黑點。黑點是什麼，不知道，只知道在絕望的白色中，等的總是黑點。就像是伸手不見五指的黑夜中，等的總是亮點，不管這亮點是盜匪

手炬，還是墳塋磷光。

很久很久，身邊一聲驚叫，大家瞇眼遠望，彷彿真有一個黑點在顛簸。接著又搖頭否定，又奮然肯定。直到終於無法否定，那確實是一輛朝這裡開來的吉普。這時大家才扯著嗓子呼喊起來，怕它從別的方向滑走。

這輛吉普體積很小，輪胎奇寬，又是四輪驅動，顯然是為冰島的雪原特製的，行駛起來像坦克匍匐在戰場壕溝間。司機一看我們的情景，不詢問，不商量，立即揮手讓我們上車。我們那輛掩埋在雪中的車，只能讓它去了，通知有關公司派特種車輛來拉回去。

小小的吉普要擠一大堆人不容易，何況車上本來還有一條狗。我們滿懷感激地問司機怎麼會開到這裡，準備到哪裡去。司機回答竟然是：「每天一次，出來遛狗！」

我們聽了面面相覷，被一種無法想像的奢侈驚呆了。那麼遙遠的路程，那麼寒冷的天氣，那麼險惡的山道，他開著特種吉普只為遛狗。

那狗，對我們既不抵拒也不歡迎，只看了一眼便注視窗外，不再理會我們，目光沉靜而深幽。

看了這表情，我們立即肅靜，心想平常那種見人過於親熱或過於狂躁的狗，都是上不了等級的。

在生命存活的邊緣地帶，動物與人的關係已不再是一般意義上的朋友。既然連植物的痕跡都很難找到，那麼能夠活下來的一切，大多有一種無須言說的默契。

我們坐著這輛遛狗的吉普，去參觀了一個單位，然後返回雷克雅維克，入住一家旅館。旅館屋內很溫暖，但窗外白雪間五根長長的旗杆，被狂風吹得如醉筆亂抖。天色昏暗，心中也一時荒涼，於是翻開那部薩迦，開始閱讀。

讀到半夜心中竟浩蕩起來，而且暗自慶幸：到冰島必須讀薩迦；而這薩迦，也只能到冰島來讀。

拍雪進屋

已經在冰島逗留好些天了，每天都在雪地裡趕路，十分辛苦。趕來趕去看什麼呢？偶爾是看自然景觀，多數是看人類在嚴寒下的生存方式。

初一聽這種說法有點過時，因為近年來冰島利用地熱和水力發電，能源過剩，不再害怕嚴寒。但在我看來，這還是生活的表面。許多現代技術往往以花俏的雷同掩蓋了各地的生存本性，其實生存本性是千百年的沉澱，焉能輕易拔除？

例如能源優勢的發現曾使冰島興奮一時，舉債建造大量電廠來吸引外資，但外資哪裡會看得上那麼遙遠的冰島能源？結果債臺高築，而一家家電廠卻在低負荷運行。因此那些徹夜長明的燈，是冰雪大地的長嘆。

到目前為止，冰島經濟還是依靠捕魚，這與千百年來毫無差別。只不過現在要用這古老行當的辛苦收入，去歸還現代衝動造成的沉重外債。如果堅冰封港，或水域受污，全國的經濟命脈立即受阻，這便是這個島嶼的生存困境。

今天，在一個地熱鹽水湖邊耽擱了太長時間，直到半夜才準備返回雷克雅維克。

我們的車又在雪地裡尋路了，拐來拐去，大家早已饑餓難忍。饑餓的感覺總是摻雜著預期的成分，解除的希望越渺茫便越強烈。據我們前幾天的經驗，這個時間回到雷克雅維克已經絕無就餐的可能。整個小旅館的一切部門不再工作，連一個警衛也找不到，你只能摸著走廊開房門，煎熬在饑餓的萬丈深淵裡。

在這般無望的沮喪中，竟然見到路邊有一塊小木牌，在雪光掩映下，似乎隱隱約約有「用餐」字樣。

連忙停車，不見有燈。那塊木牌，也許已經在十年前作廢。還是眼巴巴地四處打量，看到前面有一所木屋，貼地而築，屋頂像是一艘翻過來的船隻。我知道這是當年北歐海盜們住的「長屋」的衍伸，只是比以前的大了一些。

不抱什麼希望地敲門，大概敲了十來下，正準備離去，門居然咯吱一下開了。屋內有昏暗的燈光，開門的是位老太太。我們指了指門外那塊木牌，老太太立即把我們讓進門內，扭亮了燈，幫我們一一拍去肩上的雪花。拍完，豎起手指點了點我們的人數，然後轉身向屋內大叫一聲。我們聽不懂，但猜測起來一定是：「來客了，八位！」

喊聲剛落，屋內一陣響動，想必是全家人從睡夢中驚醒，正在起床。

從進門拍雪的那間屋子轉個彎，是一個廳。老太太請我們在桌子邊坐下，就轉身去撥火爐。裡屋最先走出的是一個小夥子，手裡托著一個盤子，上面一瓶紅酒，幾個酒杯，快速給我們一人一杯斟上。他能說英語，請我們先喝起來。

我們剛剛端杯，老大爺出來了，捧著幾盤北極魚蝦和一簍子麵包。這樣的速度簡直讓我們心花怒放，沒怎麼在意已經盤淨簍空。老大爺顯然是驚慌了，返身到廚房去尋找食物，而我們因有東西下肚，開始神定氣閒。

老大爺重新出現時端上來的食物比較零碎，顯然是從角角落落搜尋來的。好在剛才擱在火爐上的濃湯已經沸騰，大家的興趣全在喝湯上。

這時，屋內一亮，不知從哪個門裡閃出一位極美麗的少婦。高眺寧靜如玉琢冰雕，一手抱著嬰兒，一手要來為我們加湯。她顯然是這家的兒媳婦，也起床幫忙來了。閃爍的爐火照得她煙霞朦朧，這麼多天我們第一次見到真正的冰島美人。她手上的嬰兒一見到黑頭髮就號啕大哭，她只得搖頭笑笑抱回去了。

孩子的哭聲使我們意識到如此深夜對這個家庭的嚴重打擾，反正已經吃飽，便起身付賬告辭。他們全家都到門口鞠躬相送。

車剛起步，便覺得路也模糊，雪也模糊，回頭也不知木屋在何處，燈光在何處。

議會——阿爾庭

在雷克雅維克不管看到什麼，心中總想著辛格韋德利。那部薩迦一再提醒我，冰島歷史上最重要的故事都與那裡密切相關。

辛格韋德利往往被稱作「議會舊址」，或者叫阿爾庭（Althing）舊址。阿爾庭就是議會。

初聽名字時我想，議會舊址應該有一座老房子吧，如果老房子坍塌了，還應該有地基的遺跡。後來讀薩迦漸漸發覺情況有異，但究竟如何並不清楚。今天終於趕到了這裡，大吃一驚。

沒有老房，沒有地基，也沒有希臘奧林匹克露天體育場那樣的半天然石壘座位，而是崇山間一片開闊的谷地。谷地一面有一道由熔岩構成的嶙峋峭壁，高約三十多米，長達七八公里，攔成了一個氣勢不凡的天然屏障。谷地南面是冰島第一大湖，便叫議會湖。

沿著峭壁進入，有一條險峻的通道，今天冰雪滿路，很不好走。刺骨的寒風被峭壁一裁，變得更加尖利，幾乎讓人站立不住，呼吸不得。

這就是議會舊址，冰島議會年年都在這野外開會，從西元十世紀到十八世紀末，整整延續了八百多年。這是世界上最早的議會，比英國議會的出現還早了三百年。

因此，這個令我們索索發抖的怪異谷地，是人類文明史上一個小小的亮點。

參加議會的有三十六個地方首領，各自帶著一些隨從，普通百姓也可以來旁聽。會議在六月份召開，那時氣候已暖，在這裡開會不會像我們今天這樣受苦。

陪我們前來的拉格納爾・鮑得松先生邊指邊說，峭壁前的那座山崗就是開會的場所，山崗上的那塊石頭叫「法律石」，是議事長老的位置，而旁聽的普通百姓則可坐在山崗的斜坡上。

那時冰島沒有王室、王權，也沒有常設的政府機構，主要就靠這麼一個議會來判決各種事端，依據的是不成文的法律。

就這樣，一年一度的會議把整個冰島連接起來了。

一群由北歐出發的海盜及其家屬，在這裡落腳生根，卻越來越感到有必要建立自己的仲裁機制，判別榮辱是非。時間一長，他們居然成了世界上特別仰仗法律的文明族群。

這實在是人類文明的一大跳躍，對此我已經知道不少，因為我讀了薩迦。薩迦不是普通傳奇，而是海盜們脫胎換骨的史詩。

按年代比照，這在中國歷史上相當於宋元之間。那時的中國已積聚了太多既成的概念，而冰島還在享受著草創期才有的巨人意識。

很多好漢本來是為了求得一個公正而勃然奮起的，結果卻對他人帶來更大的不公正。這樣的例子比比皆是，所以，東西方都會有那麼多的江湖恩仇故事，既無視規則又企盼規則，即便盼來了最公正的法律也往往胸臆難平。這是人類很難通過又必須通過的一大精神險關。只有通過了這個精神險關，才能真正踏上文明之途，走向今天。

當年冰島的好漢們並不害怕流血死亡，卻害怕這裡的嶙峋亂石。那些偉岸的身軀、渾濁的眼睛遠遠地朝向著這裡，年年月月都在猜測和期待。

這裡並無神靈廟堂，除了山谷長風，便是智者的聲音，民眾的呼喊。從薩迦的記述來看，起決定作用的是智者的聲音，而不是民眾的呼喊。

尼雅爾薩迦

眾多的冰島薩迦中最動人的要算是《尼雅爾薩迦》，這些天我沿途埋頭細讀，不斷受到令人窒息的心靈衝撞。

現任冰島古籍手稿館館長韋斯泰恩・奧拉松先生曾經這樣揭示薩迦的基本觀念：

這個世界是充滿危險的，它與生俱來的問題足以把心地善良的好人摧殘殆盡。但它又容許人們不失尊嚴地活著，為自己和親近的人承擔起責任。

此刻我為了避開越來越厲害的寒風，正縮脖抱肩躲在辛格韋德利議會舊址的一個岩柱背後，重溫著奧拉松先生的這句話。

我一直在想：這兒，正是尼雅爾和他的朋友們如貢納爾、弗洛西站立過的地方嗎？

回到旅館，我決定用自己的筆記述幾段《尼雅爾薩迦》的片斷。因為那裡的故事太出色了，而在冰島的寒風裡記述這樣的故事，又太合適了。我如果不做這種記述，就對不起踏遍了好漢足跡的冰島。

《尼雅爾薩迦》一開始並沒有讓這幾個主要人物出現，而是推出了一位當時冰島的法律專家名叫莫德。在還沒有成文法的時代，人們相信，如果沒有莫德參與，任何判決都無效。那麼，坐在「法律石上的」莫德，就是辛格韋德利議會山谷間的最高代表。

這位代表法律的莫德能對全國各種重大事件作出權威性判斷，卻無法處理好自己女兒的婚事。女婿就在「法律石」前提出要與他決鬥，他自知不是對手，退縮了，引來民眾一片恥笑，恥笑著法律對武力的屈服，而且很快，莫德也就病死了。

在他之後又出現了一個人也叫莫德，我看這是佚名的薩迦作者的象徵性安排。這個莫德顯然是一個小人，卻也精通法律，最喜歡那些「能夠互相殺戮的男子」。如果不能夠互相殺戮，這位法官也要想方設法為他們布置戰場。此後很多惡事的出現，都與他有關。

那位老莫德身後留下了一個女兒，這個女兒有事要找親戚貢納爾幫忙，而貢納爾則請最智慧的朋友尼雅爾出主意。這樣，兩個主要人物就出現了。尼雅爾果然為貢納爾出了好主意，他們兩人也就更加親密。

一切純淨而高貴的友情都是危險的。

尼雅爾和貢納爾兩家往來頻繁，反而產生了越來越多的小糾葛，小糾葛又積累成大麻煩，連兩位主人也一次次臨近翻臉的邊緣，差一點成為莫德所喜歡的「互相殺戮的男子」。幸好他們立身高邁，拒絕挑撥，互相以退讓維繫了友情，直到貢納爾被別人所殺，尼雅爾悲痛不已。

在當時的冰島，男人們追求的是榮譽，而榮譽的主要標誌是不計成敗地復仇。

在復仇的血泊邊，也有一些智者開始在構建另一種榮譽，這種榮譽屬於理性與和平，屬於克制和秩序，但一旦構建卻處處與老式榮譽對立。尼雅爾和貢納爾就長期在這兩個榮譽系統間掙扎，他們眼前有親屬的哭訴、真實的屍體，他們都忍下了，同時也就忍下了眾人的譏笑，內心的煎熬。

他們已經意識到，只要稍有不忍，就會回到老式榮譽一邊，個人受到歡呼，但天下再無寧日。而如果能忍，則有可能進入一個連他們自己也不清楚的新天地。所以，此刻要忍氣吞聲。

貢納爾死後，尼雅爾又遇到了另一位似友似敵的勇士弗洛西，而且成了聯姻的親戚。嫉妒者莫德，就在那對新婚夫婦身上做起了文章，結果新郎無辜被殺，新娘要求復仇，尼雅爾和弗洛西兩個家族成了不共戴天的冤家。

仍然是莫德作判決，由尼雅爾賠償弗洛西。那天，一大堆白銀陳列在「法律石」邊上。尼雅爾仍然覺得對不起弗洛西，又在這堆白銀上加添了一件絲綢長袍。但他沒有想到，這個加添突破了判決的數字，使法律賠償突然具有了法律之外的賜予。這也立即被弗洛西敏感到了，懷疑其中包含著羞辱，便拒絕賠償，抓起絲綢長袍狠狠一摔，開始採取法律之外的暴力行動，把已經開始舒緩的事態重新推向危機。

尼雅爾家族終於被弗洛西點燃的烈火所包圍。弗洛西有意讓尼雅爾夫婦逃生，尼雅爾拒絕了。尼雅爾死後，弗洛西坐上一條不適合航行的船出海，再也沒有回來。

兩個好漢都選擇了死亡，因為他們在精神上已無路可走。就老式榮譽而言，已經無力為自己的兒子們復仇；就新式榮譽而言，也無力把法律重新從血泊中扶起。

其實還有一個層面他們都無法對付，那就是薩迦作者一再強調的在暴力與法律之間遊走的小人。尤其是那個我們經常遇到的莫德，不僅集嫉妒、挑撥、兇殺於一身，而且還是一個永恆的審判者。有這樣的人擠在中間，什麼壞事都會冒出來，什麼好事都存不住，什麼好人也活不長。而且，人們總是用口口相傳的惡意，在嘲笑著英雄好漢。難怪尼雅爾死後一位叫卡里的武士長嘆一聲：「用口殺人，長命百歲。」

但是卡里也抓不住那些「用口殺人」的人，至少找不到可以陳之於阿爾庭的證據。他在「法律石」前握劍站起，決定先用傳統暴力手段改變一下人們嘲諷的方向，然後用生命來祭奠那個用法律和暴力都無法衛護的詩與花的世界。

他在「法律石」上隨口吟詠了幾句詩：

武士們不願停止戰鬥，
而此時的詩人斯卡弗蒂
蜷縮在盾牌後面，
身上被扎傷。
這位仰面朝天的無畏英雄
被廚子們拖進小丑的房間。
當船上的水手們
嘲弄著被燒死的

尼雅爾、格里姆和海爾吉——
他們犯了天大的錯誤。
如今，在綴滿石楠花的山丘上，
在大會結束之後。
人們的嘲諷轉向了那一方。

他所說的「大會」，就是阿爾庭議會。

許多英雄、武士、殺手在冰島引刀一快之後，便覓舟遠航。他們來到歐洲大陸後，有不少人皈依了基督，有的還獲得了宗教赦免，包括卡里在內。在此期間，冰島的阿爾庭仍然年年召開，直到歐洲文明早已瓜熟蒂落的十八世紀末尾。

今天的阿爾庭舊址乍一看遠遠落後於歐洲的主體文明遺跡，但它卻以最敞亮的方式演示了人性中善意衝動和惡念衝動的旋渦，生命欲望和秩序欲望的互窺。細細想來，壯觀極了。

這就怪不得當司各特、華格納、海明威、波赫士等人讀到薩迦時是那麼興奮。他們只遺憾，海險地荒，未能到這裡來看看。

我有幸，終於來到了這個地方。中國有悠久的「遊俠」傳統，歷來也好漢輩出。直到今天，武俠小說和武俠電影仍是中國文化的一大景觀。中國好漢也是遊走在法律之外的，但是，他們並沒有主動經歷一個「法律石」的時代，因此也沒有出現尼雅爾那樣的生命掙扎。

從結果看，今天北歐的文明程度，實在令人嚮往。

地球的裂縫

離開阿爾庭舊址沒多遠，見到一道延綿的石壁，黑森森地貼地而行，看不到盡頭。走到跟前探頭一看，石壁下是一道又深又長的地裂。這才猛然想起，我們撞到了地球的一條老疤痕，早就在書中讀到過的。

地質學家說，不知在多少年前，歐洲大陸板塊和美洲大陸板塊慢慢分離，在地球深處扯出一條裂縫。地心的岩漿從這條裂縫中噴發，驟然凝固而成了冰島。

眼下便是歐洲大陸板塊和美洲大陸板塊分離時留下的裂縫？

我重新虔誠地扒在石壁邊上俯視，只見兩壁以緊緊對應的圖形直下萬丈，偶有碎石阻塞，卻深不見底。我這個人，只要遇到巨大驚嚇，就會立即激起巨大的勇氣。我直起身來向地裂的兩頭打量，終於找到一處最窄的裂口，飛奔而去，然後分腳跨立在裂口上，左腳踩著「美洲」，右腳踩著「歐洲」。

我往常並不恐高，此時卻不敢直視腳下的裂口。越不敢直視越覺得此刻裂口正在擴大，活生生要把我的軀體撕開。

當然這只是一時暈眩，深深地吸了一口氣便回過神來了。一回過神來，我立即覺得自己獲取了一個新的高度。從我現在跨立的角度看過去，哥倫布從歐洲出發的對美洲的地理大發現，無非是我腳下的地裂擴大後，兩個板塊之間的一次尋找。他的起點和終點，都是我腳下裂口的延伸，只是延伸得長了一點。

讓分裂開去的土地重新相認，就像為一個失散多年的家族拉線搭橋，哥倫布功不可沒。可惜人們對這件事情的闡釋一直出於歐洲中心論的立場，讓南美洲的本地人聽起來很不入耳。

什麼地理大發現？我們一直好好地住在這裡，何用你來「發現」？難道只有你的眼睛才算眼睛？

冰島人從另一個角度表現了不滿。要說歐洲，冰島也是歐州，但冰島人萊夫．埃里克松一千年之前就已到達美洲，比哥倫布早了五百年。尤其讓他們感到驕傲的是，冰島船隊一千年前抵達美洲的時候，其中還有一位叫做古德里德的冰島女性，她在那裡生了個兒子，那也就是美洲大陸上第一個歐洲人後裔。古德里德留下了兒子，自己卻返回冰島，在家鄉安度晚年。

思路一旦突破了哥倫布，冰島人也就比其他歐洲人更坦誠地面對這樣一個被很多證據所指向的可能：中國人在二千多年之前就可能到達了美洲。冰島駐華大使奧拉夫．埃吉爾松先生在一篇文章中就以輕鬆愉快的口氣說到這一點。現在我跨立在這個裂口上，立即明白了他輕鬆愉快的理由。

看來我們過去讀到的許多歷史，確實把許多並不太重要的事情說大了。冰島沒有什麼大事，卻又能把別處的大事一一看小，這很痛快。

此刻我把心思從裂口延伸的遠處收回，不想中國的二千年、冰島的一千年和哥倫布的五百年了，只想腳底的這個地球裂口，是結住了的死疤，還是仍在發炎，仍在疼痛？

「仍在疼痛！」身旁的拉格納爾．鮑得松先生快速地回答了我。他說，當初地心岩漿就是從這條撕開的地裂中噴發的，直到今天，冰島仍有活火山三十多座，每五年就有一次較大規模的噴發，每一次都海搖地動。

我們趕不上冰島的火山爆發了，但也能用一種溫和的方式感受地球傷痕的隱痛。冰島那些火山熔岩湖的湖水，在這冰天雪地的季節依然熱氣蒸騰，暖霧繚繞。其間發出的硫磺味，使人聯想到傷口自療。

當晚我就接受夥伴們幾天前的召喚，終於脫衣跳到了一個火山熔岩湖裡。咫尺之外是滴水成冰的嚴寒，湖裡卻熱得發燙。抬頭，四顧雪山森羅、冷氣凜冽，我赤裸地躲縮在地球的傷口間。

一切傷口都保持著溫度，一切溫度都牽連著疼痛，一切疼痛都呼喚著癒合，一切癒合都保留著勉強。因此，這裡又準備了那麼多白雪來掩蓋，那麼多堅冰來彌補。

北極印痕

一

驅車進入北極圈，是歐洲之旅最後一段艱難行程。從赫爾辛基到羅瓦涅米八百五十公里，全被冰雪覆蓋。

雪越下越大，我們的車像是捲進了一個天漏雲碎的大漩渦。

不時下車，在雪地裡頓腳跳躍算是休息，然後再啟程。十幾個小時後，終於完全頂不住了，只得把車停在一邊，打一會兒盹。

頃刻間車身車窗全部大雪封住。千里銀白，只有這裡閃爍著幾粒暗紅的尾燈。突然驚醒，驚醒在完全不像有生命存在的雪堆裡。趕緊推門四處打量，找不到星光月光，卻知北極已近。

二

北極村的土著是遊牧民族薩米人。

他們的住處是尖頂窩棚，門口蹲守著幾隻狗，中間燃燒著篝火。窩棚頂端留出一個大窟窿，讓白煙從那裡飄出。但是，紛紛白雪也從那裡湧入，兩種白色在人們的頭頂爭逐。

好在主人昨天已砍好一大堆木柴，我們幫著劈添，為白煙造勢。只見主人的女兒雙眉微微一蹙，她在擔心此刻耗柴過多，後半夜會不會火滅棚冷，難以棲宿。

高低不同的樹樁便是桌子凳子，有幾處鋪有鹿皮，那是長輩的待遇。

窩棚外的天色早已一片昏暗，無垠的雪地泛起一種縹緲的白光。主人為歡迎我們，在窩棚前前後後都點上了蠟燭，迎風的幾處還有麻紙燈罩衛護。

暖黃的燭光緊貼著雪地蜿蜒盤旋，這個圖景太像玲瓏剔透的童話。注視片刻便忘記周圍的一切，只知這是一條晶瑩的路，可以沿著它走向遠處。

三

在北極村的一個狗拉雪橇前我們停下了。這個雪橇已經套了八條狗，這些狗今天還沒有出過力，條條精力旺盛，搏騰跳躍，恨不得把拴在樹樁上的繩套掙斷。

戴著長毛皮帽的主人看出了我們想坐雪橇的心思，說等等，現在你們都坐不住。說著便獨自站在雪橇上解開了繩套，剎那間眾狗歡吠、撒腿狂奔，只見雪霧騰騰，如一團遠去的飛雲。

過不久雪霧旋轉回來，正待定睛細看卻又早從眼前掠過。如此轉了幾圈，眾狗洩去了最初的瘋勁兒，進入正常奔跑狀態，主人從雪橇上伸出一根有尖刺的長棍往雪地裡一插，自己的手像鉗子一樣把長棍握住，雪橇停下來了。他這才朝我們一笑，說現在你們請上來吧。

我坐在雪橇上想，這些薩米人懂得，人類對於自然之力，只有避其鋒銳、洩其殺氣，才能從容駕馭。因此，他們居然在如此嚴酷的北極，一代代住了下來。

大雪小村

從北極圈南下，沒想到天氣越來越冷，風雪越來越大，我們的車已經被凍得發動不起來。在奧盧看地圖，發現從這裡到赫爾辛基不僅距離遙遠而且地形複雜，再加上這樣的氣候，如果開車，不知半路上會遇到什麼情況。思考再三，決定搭乘火車。

從地圖上看，我們要找的那個鐵路始發站叫康提奧美克（Kontiomaki），在奧盧東南方向一百八十公里處。

到了以後才發現，康提奧美克連一個小鎮也算不上，當地人說這兒的居民只有十人。我想這種說法有點誇張，但到頂也就是幾十人的小村落吧，居然安下了一個火車始發站，大概與鐵路網路的整體布局有關。

說是火車站，我們只看到大雪中兩條細細的鐵軌。這兒的雪粒比別處大，晶瑩閃亮地塞滿了整個視野，連一個腳印也沒有，可見這條線路非常冷落。我們被告知，要等候整整三個小時。

雪中的鐵道、月台，如果有一些腳印，再加一個遠去的車尾影子，會讓人想到托爾斯泰。但這兒找不到任何一個可供想像的信號，只聽到自己的腳探入積雪時咯吱咯吱的響聲。

離鐵軌不遠處有一間結實的木屋，門外有門亭，窗裡有燈光。牆上的字是芬蘭文，不認識，但可以猜測是一個公共場所。如遇救星般地推門而入，裡邊果然溫暖如春，與外面完全是另一個世界。

說不清這是什麼場所，反正什麼都有。台球、遊戲機、簡單的餐食、廁所。見我們進去，裡邊的幾個老人兩眼發光，定定地注視著我們的一舉一動。一數，他們也有七八個人，我由此證明當地只有十個居民的說法不準確。夥伴去問屋中唯一的一位中年女服務員，誰知她笑著用簡單的英語說：「差不多都在這裡了，過一會兒還會來幾個老太太。」

一個車站小屋，居然把全村的人都集中了，我想主要原因並不是它暖和。在冰天雪地的北歐小村，人們實在太寂寞了，總想找一個地方聚一聚。儘管這裡列車很少，但說不定也能看到幾張生面孔，這就比村民聚會更豐富了。今天我們這一哨人馬吵吵嚷嚷蜂擁而入，在這裡可是一件不小的事情。據那位服務員說，有兩位老人已經急急地摸回家去通知太太了，要她們趕快來湊熱鬧。

夥伴們快速地進入了各項遊戲項目，有的打牌，有的打台球，有的玩遊戲機，老人們都興致勃勃地圍在一旁看著，很想插話又覺得不應該干擾。我離開台球桌上廁所，一位老人跟了進來，大概他覺得這是一個開始談話的好地方。他大聲地用芬蘭話與我聊天，我用英語搭話他聽不懂，一上來就撞到了死角。但他不相信有人竟然完全不懂芬蘭話，正像我不相信他完全不懂英語，彼此尋找最簡單的字句努力了很久，最後他只能打起了手語。

他用雙手畫了一個方框，然後又窩成一個圓圈放在中間，我想了想就明白了，他在比劃日本國旗，是問我是不是日本人。我的否定他聽懂了，但他居然聽不懂「中國」的英語說法，我當然也無法用手語來表現圖案相當複雜的中國國旗。

他很遺憾無法交流，但仍然在滔滔不絕地講著。這使我想起童年時熟悉的家鄉老人，他們也不相信天下竟然有人完全聽不懂本地方言，總是在外地人面前反覆講，加重了語氣講，換一種方式講，等待哪一刻精誠所至，金石為開。

從廁所出來，我看到了另一個苦口婆心的現場。我們的攝像師東濤前些天不小心在北極村滑了一跤，腳受了點傷，拄了拐杖，也就不去玩那些遊戲項目了，坐在一角喝茶。這也被老人們看出是一個沒有打擾嫌疑的談話對象，三位老漢和兩位老太太在一起全圍著他。老太太顯然就是剛才被急急召喚來的。

老人們用手勢問東濤受傷的原因，東濤無法向他們說明白，除了不小心沒有別的特殊原因。他們比劃來比劃去，終於比劃出一個不容申辯的理由：一定是滑雪摔傷的。然後諸老人爭先恐後地比劃自己滑雪的經歷，有一位老人似乎也受過傷，他已在教育東濤一個受傷的人該怎麼自我護理了。

在語言不夠而熱情足夠的情況下，唯一的辦法就是糊里糊塗地隨順對方，千萬不要把事情解釋明白。今晚的老人要的是與一個陌生人談話，與一個受了傷的陌生人談話，與一個他們估計是滑雪受傷的陌生人談話，與一個能讓他們回憶起自己的滑雪經歷和受傷經歷的陌生人談話，談話在寒冷的冬夜，談話在他們的家鄉，這就夠了。我們可憐的東濤如果在不懂芬蘭話的前提下非要把事情講清楚不可，一是艱難無比，二是掃了老人們的興，何必呢。

由此我懂得了在很多情況下，興致比真實更重要。以前納悶為什麼我堅守某些事情的真實反而惹得那麼多的人不高興，現在懂了，人家興致濃著呢。

這些老人今天晚上比劃得非常盡興，這種比劃就是他們的享受。旅行使我們永遠地成為各地的陌生人。當老人們在比劃我們的時候，突然想到我們其實也一直在比劃自己不熟悉的人。互相比劃，不斷告別，言語未暢而興致勃勃，留下彼此的想頭，留下永恆的猜測，這便是旅行。

就這麼顛顛倒倒、迷迷糊糊三個小時，終於傳來一聲招呼，火車來了。我們告別老人來到屋外，這才發現這三小時完全忘記了天氣與環境。刺骨的寒冷立即使我們的手臉發痛，痛過一陣後又徹底麻木。在這麼絕望的寒冷中，只有那麼一間溫暖的公共活動房屋，可見人與人的相聚真是極其珍貴。對此，我們這些來自世界上人口最稠密的地方的人常常忘記。

感謝這次旅行的末尾遇到的這個車站，它以超常的冷清總結了我們一路的熱鬧。它在大雪深處告訴我們：人類最饑渴、也最容易失去的，是同類之間的互遇互溫，哪怕語言不通，來路不明。

當深夜列車啟動之後，我們會熟睡在寒冷的曠野裡。一定有夢，而且起點多半是那些老人。至於夢斷之處，或許是一聲汽笛鳴響，或許是一次半途停車，驚醒之後撩窗一望，目力所及杳無人影。

總結在寒夜

一

我在〈自序〉裡說過，這次考察歐洲，本來是想進一步為中華文明尋找對比座標的。但是，歐洲果然太厲害了，每次踏入都會讓人迷醉。我只知深一步、淺一步地往前走，處處都有感受，每天也寫了不少，卻忘了出行的目的。

在歐洲旅行，還可以在各地讀不少資料。我在佛羅倫斯讀美第奇，在布拉格讀哈維爾，在冰島讀《薩迦》，都讀得非常入迷。這一來，離中華文明就越來越遠了。

直到此刻，在北歐的夜行火車上，我才回過神來。這趟火車除了我們幾個人外，沒有別的乘客，我一個人占了一間設備齊全的臥室。車窗外是延綿不絕的雪原，而這雪原的名字又沒有在地圖上找到。路那麼長，夜那麼長，一種運動之中的巨大陌生，幾乎讓自己消失。我靜下心來，開始整理一路上與中華文明有對比關係的感受。

歐洲圖像太多，話題分散，很難簡明地歸納出與中華文明的邏輯對比。我只能放棄概括，保留感性，回想一路上哪一些圖像具有對比價值。從行李裡抽出兩張紙來，寫了三十多個，覺得太多，刪來刪去，刪成了七個對比性圖像，那就是——

一行字母；
一片墓地；
一份圖表；
一個城堡；
一群閒人；
一塊巨石；
一面藍旗。

二

先看那一行字母。

那行字母在義大利的佛羅倫斯，M-E-D-I-C-I，在街邊、門牆、地上都有。這是美第奇家族的拼寫。

按照中國文化的習慣思維，一個有錢有勢的貴族門庭，大多是歷史前進的障礙，社會革命的對象。但是，美第奇家族讓我們吃驚了。

最簡單的事實是：如果沒有文藝復興，世界的現代是不可設想的；如果沒有佛羅倫斯，文藝復興是不可設想的；如果沒有美第奇家族，佛羅倫斯和文藝復興都是不可設想的。

美第奇家族在歷史的關鍵時刻營造了一個新文化的中心，把財富和權力作為匯聚人文主義藝術大師的背景，構成了一個既有挑戰性質，又有示範性質的強大存在。歷史，就在這種情況下大踏步地走出了中世紀。哐、哐、哐，腳步很重，腳印很深。但丁的面模供奉在他們家裡，米開朗基羅和達．芬奇的蹤跡處處可見，大衛的雕像驕傲地挺立著，人的光輝已開始照亮那一條條堅硬的小方塊石子鋪成的狹窄巷道。儘管當時的佛羅倫斯還沒有產生深刻的近代思想家，但這座城市卻為近代歐洲奠定了基石。

在中國的歷史轉型期，總是很難看到權力資源、財富資源和文化資源的良性集結。中國的社會改革者們更多地想到剝奪，這種剝奪即便包含正義，也容易使歷史轉型在搖擺晃蕩中降低了等級。

這中間，最關鍵的是文化資源。美第奇家族在這方面做得特別出色，他們不是把文化創造的權力緊握在自己手上隨意佈施，而是以最虔誠的態度去尋找真正的創造者。他們對於一代藝術家的發掘、培養、傳揚、保護，使新思想變得感性，使新時代變得美麗。

這座城市的市民長期追隨美第奇家族，而美第奇家族卻在追隨藝術大師，這兩度追隨，就完成了一次關及人類的集體提升。

中國的一次次進步和轉型，都容易流於急功近利，忽略了新的精神文化基礎的建立，還誤以為暫時犧牲文化是必要的代價。其實，社會轉型的成功關鍵，恰恰在於必須集中權力資源、財富資源和文化資源，一起開創一種新文化。

三

再看那一片墓地。

我說的是德國柏林費希特、黑格爾的墓地。其實，歐洲可供遊觀的學人墓地很多，隨之還有大量的故居、雕像，讓後人領略一個個智者的靈魂。

同樣是知識分子，德國的同行在整體上遠比中國同行純粹，並因純粹而走向宏偉。歷代中國文人哪怕是最優秀的，都與權力構架密切相連，即便是逃遁和叛逆，也是一種密切的反向連結。因此，他們的「入世」言行，解構了獨立的文化思維；他們的「出世」言行，則表現出一種故意。直到今天，中國文人仍然在政客式的熱鬧和書蠹式的寂寥間徘徊，都帶有自欺欺人的虛假。

德國學者很少有這種情況，即使像歌德這樣在威瑪做大官，也不影響《浮士德》的創作。黑格爾龐大的哲學架構和美學體系，更不可能是應時之作。他擔任柏林大學校長，算是一個不小的行政職務了，卻也堅守大學創始人威廉·洪堡的宗旨，實行充分學術自由，不許官方行政干涉。

比黑格爾的思維更加開闊的是康德，終身靜居鄉里，思索著宇宙和人類的奧祕。

但是，即便這樣，康德也反對知識分子偽裝出拒絕社會、擺脫大眾的清高模樣。他以法國啟蒙主義者為例，提出了知識分子的行為標準：「勇於在一切公共領域運用理性」。這恰恰是中國知識分子的致命弱點。即便是我們尊敬的前輩知識分子，他們留給「公共領域」的精神財富也少而又少。

因此，中國知識分子的墓地和故居，也總是比較冷落。

當代歐洲知識分子的傑出典範，我認為是曾經當了十多年捷克總統的哈維爾。我在美麗的布拉格居然好幾天都把自己鎖在旅館裡，讀他近年來的著述。我把他的主要思想寫進了本書第二卷〈哈維爾不後悔〉一文的第四節，真希望有更多的中國讀者能仔細閱讀。

四

再說那一份圖表。

圖表在法國里昂的一家博物館裡，列出了這座城市在十九世紀的創造和發明。我細細看了三遍，每一項，都直接推動了全人類的現代化步伐，從紡織機械到電影技術，多達十幾項。

這還僅僅是里昂。擴而大之，整個法國會有多少？但我又看到，待到十九世紀結束，無論是法國的各級官員還是知識分子都沉痛反省：比之於美國和德國的創造發明，法國遠遠落後了！

正是這份圖表提醒我們，中國人再也不要躺在遙遠的「四大發明」上沾沾自喜了。

中國由於長期封閉，不僅基本上沒有參與人類近代文明的創造，而且對西方世界日新月異的創造態勢也知之甚少。結果，直到今天，組成現代生活各個側面的主要部件，幾乎都不是中國人發明的。更刺心的是，我們的下一代並不能感受此間疼痛，仍在一些「國粹」中深深沉醉。這種情形，使文化保守主義愈演愈烈，嚴重阻礙了創新的步伐。

西方有一些學者對中國早期發明的高度評價，常常會被我們誤讀。因此，我在牛津大學時曾借英國李約瑟先生的著述《中國古代科技史》來提醒同胞：

> 但願中國讀者不要抽去他著作產生的環境，只從他那裡尋找單向安慰，以為人類的進步全部籠罩在中國古代那幾項發明之下。須知就在他寫下這部書的同時，英國仍在不斷地創造第一。第一瓶青黴素，第一個電子管，第一台雷達，第一台電腦，第一台電視機……即便在

最近，他們還相繼公布了第一例複製羊和第一例試管嬰兒的消息。英國人在這樣的創造浪潮中居然把中國古代的發明創造整理得比中國人自己還要完整，實在是一種氣派。我們如果因此而沾沾自喜，反倒小氣。

五

那一座城堡。

我是指英國皇家的溫莎堡，以及不遠處的伊頓公學。

中華文明本是信奉中庸之道的，但在中國近代救亡的危機之中，受法國激進主義影響較深。從法國大革命到巴黎公社，激情如火的慷慨陳詞和鐵血拚殺，感染了很多中國的改革者。相比之下，對英國的溫和、漸進的改良道路，反而隔膜。

後來，他們甚至不知道法國社會最終安定在什麼樣的體制下，關起門來激進得無以復加。甚至在和平年月裡仍然崇拜暴力，包括語言暴力。

很容易把這種激進主義當作理想主義加以歌頌。即便是在經歷了「文革」這樣的極端激進主義災難之後，還有不少人把「窮批猛打」作為基本的文化行為方式。而事實上，這種激進主義對社會元氣的損傷、民間禮義的破壞、人權人道的剝奪，業已釀成巨大的惡果，不僅禍及當代，還會貽害子孫。

對此我早已切身感受，但等到這次在深秋季節進入溫莎堡和伊頓公學東張西望地漫步長久，才在感性上被充分說服。

我寫道：

英國也許因為溫和漸進，容易被人批評為不深刻。然而細細一想，社會發展該做的事人家都做了，文明進步該跨的坎人家都跨了，現代社會該有的觀念人家也都有了，你還能說什麼呢？

較少腥風血雨，較少聲色俱厲，也較少德國式的深思高論，只一路隨和，一路感覺，順著經驗走，繞過障礙走，怎麼消耗少就怎麼走，怎麼發展快就怎麼走——這種社會行為方式，已被歷史證明，是一條可圈可點的道路。

六

現在要面對的另一個對比點，是沿途處處可見的一群群閒人。

在歐洲各地，總能看到大量手握一杯啤酒或咖啡，悠閒地坐在路旁一張張小桌子邊的閒人。他們吃得不多，卻坐得很久，有的聊天，有的看報。偶爾抬頭打量街市，目光平靜，安然自得，十分體面。

這又與我們中國人的生態構成了明顯對比。

記得在義大利時曾與當地的一些朋友討論過這個問題。現在已經有很多中國移民在歐洲謀生，義大利朋友對他們既欽佩又納悶。佩服的是，他們通過自己日以繼夜的辛勞，不僅在當地站穩了腳跟，而且還積累了可觀的財富；納悶的是，他們幾乎沒有閒暇，沒有休假，讓人看不到他們辛勞的目的。說是為了子女，子女一長大又重複這種忙碌。

平心而論，我很能理解同胞的行為方式。以前長期處於貧困，後來即便擺脫了貧困也還是缺少安全感，不能不以埋頭苦幹來積累財富。

問題在於，當這種無休止的苦幹由群體行為演變成心理慣性，就陷入了盲目。而這種盲目的最大危機，是對公共空間、公共生態的隔膜。本來，他們是可以在那裡擺脫這種危機的。

我在羅馬時，看到絕大多數市民在公共假期全部外出休假而幾乎空城的景象，想到了他們與中國人在文明生態上的重大差異。我寫道：

> 中國人刻苦耐勞，偶爾也休假，但那只是為了更好地工作；歐洲人反過來，認為平日辛苦工作，大半倒是為了休假。因為只有在休假中，才能使雜務中斷，使焦灼凝凍，使肢體回歸，使親倫重現。也就是說，使人暫別異化狀態，恢復人性。這種觀念溶化了西方的個人權利、回歸自然等等主幹性原則，很容易廣泛普及，深入人心……

讀者一看就知道，我在說休假的時候，著眼點不在休假，而在於「使人暫別異化狀態，恢復人性」。這是人生的根本問題，卻最容易被盲目的實用主義慣性所遮蔽。因此，悠閒很可能是一種清醒，而忙碌則很可能是一種糊塗。中華文明注重實用理性，絀於終極思考，在經濟發展的道路上較少關心人文理想。這一點，歐洲常常使我清醒。例如北歐有些國家，近年來經濟發展的速度並不太快，其中大半原因，就是由於實行了比較徹底的社會福利政策，使悠閒成為一種廣泛的可能。

為此，我在瑞典的斯德哥爾摩寫下了一段話：

我學著概括了他們這裡的一系列邏輯關係——
社會安全靠共同福利來實現；
共同福利靠經濟發展來實現；
經濟發展靠市場競爭來實現；
市場競爭靠正常秩序來實現；
正常秩序靠社會責任來實現；
社會責任靠公民義務來實現。
因此，財產必須體現為義務，自由必須體現為責任，這就是現代經濟的文化倫理。

想到這裡，我更明白了，看上去慢悠悠、暖洋洋的瑞典模式，不應該被處於高速發展中的國家嘲笑。

那麼，縮小了看，那些在歐洲很多街邊可以看到的休閒人群，也值得我們另眼相看。正在快速積聚財富的中國人，有沒有想過自己今後的生態模式呢？財富無限而生命有限，當人生的黃昏終於降臨，你們會在哪裡？

七

接下來，是那塊巨石。

在冰島，我去看了辛格韋德利火山岩間的那塊巨石，大家叫它「法律石」。

我去的時候那裡非常寒冷，卻咬牙忍凍站了很久。初一聽，那是北歐海盜們自發地接受法律仲裁的地方，去看看只是出於好奇。但是站在那裡，我卻想到了中華文明的一大隱脈，後來回到冰島的首都雷克雅維克之後花幾天時間一連寫了好幾篇文章。

中華文明的這一大隱脈，就是武俠精神。武俠小說和武俠電影至今爆紅，證明這一隱脈的潛在力量至今猶存。往往是以家族復仇為起點，各自設定正義理由，行為方式痛快、壯烈，貫串著對「好漢人格」的崇拜。但是，這一隱脈在本性上是無視法律的，因此也造成了中華文明與近代社會的嚴重阻隔。無數事實證明，「好漢人格」很容易轉化成「暴民人格」，荼毒社會。

在冰島辛格韋德利的「法律石」前，我發現了當年北歐好漢們如何花費幾百年時間，痛苦地更換榮譽座標，改寫英雄情懷。

更換和改寫的結果，是放下長劍和毒誓，去傾聽法律的宣判，以及教堂的鐘聲。這就與中國好漢們遇到的「招安還是不招安」的問題判然有別了。如果也要用「招安」這個詞，那他們是被法律和宗教「招安」了。我寫道：

很多好漢本來是為了求得一個社會公正而勃然奮起的，結果卻給他人帶來更大的不公正。這樣的例子比比皆是，所以東西方都會有那麼多江湖恩仇故事，既無規則又企盼規則，即使盼來了最公正的法律也往往胸臆難平。這是人類很難通過又必須通過的精神險關，只有通過了這個精神險關，才能真正踏上文明之途，走向今天。

我特別注意的，是北歐的好漢們通過這個精神險關時的掙扎過程，《薩迦》對於這個掙扎過程有細緻的描述。相比之下，中國好漢們心中的「社會公平」，一直是單向的，復仇式的，因此與法律的關係始終是對立的，衝撞的。

《薩迦》記載，「好漢中的好漢」尼雅爾和貢納爾等人既看到了以復仇為基礎的老榮譽，又看到了以理性為基礎的新榮譽，而且，還看到了當時法律的代表者是一個小人。但他們還是願意為新榮譽和法律，獻出生命，並忍受譏笑。

這樣的人物形象，在同時代的中國故事中找不到，於是後來也就更難找到了。

由此，我把「法律石」當作了一個重要的對比點。

這裡發生的故事，曾使司各特、華格納、海明威、波赫士非常興奮，但是，由於海險地荒，他們都未能到冰島來看看。我有幸來了，並在這裡想著中華文化。

八

最後一個主要對比點，是一面藍旗。

這面藍旗，就是歐盟的旗幟，在歐洲到處都可以看到，卻更權威地飄揚在布魯塞爾的歐盟總部大堂門口。離歐盟總部僅四十公里，便是改寫了歐洲近代史的滑鐵盧戰場。這種近距離的對接，讓我不無震撼。

不朽的偉業、成敗的英雄，總是維繫在滑鐵盧和其他許多戰場上。永久的目光，總是注視著在炮火硝煙間最後升起的那面勝利者的旗幟。然而，歐洲終於告訴我們，最後升起的旗幟無關勝負，無關國家，無關民族，而是那面聯合的旗，與藍天同色。

我們中國人已經關注到了這個現實，但對這個現實中所包含著的深意，卻還比較漠然。

就民族國家之間的戰爭而言，歐洲特別有聲有色。從古代到近代，世界歷史上最傳奇、最殘酷的篇章，大半發生在歐洲的民族國家之間。對此，歐洲居然有更宏偉的良知，提出了反證。

中華文明在本性上具有一種開闊無垠的天下意識。民族國家的概念，則產生於遭受內亂和外力的威脅之時。目前，當中國終於大踏步走向國際社會的時候，既有可能因視野打開而顯出氣度，又有可能因競爭激烈而倒退回狹隘。

於是，我覺得有一些話，應該從歐洲的土地上寫給中華文化：

康德相信人類理性，斷定人類一定會克服對抗而走向和諧，各個國家也會規範自己的行為，逐步建立良好的國際聯盟，最終建立世界意義的「普遍立法的公民社會」。正是這種構想，成了後來歐洲統一運動的理論根據。

我當然更喜歡康德，喜歡他跨疆越界的大善，喜歡他隱藏在嚴密思維背後的遠見。民族主權有局部的合理性，但歐洲的血火歷程早已證明，對此張揚過度必是人類的禍殃。人類共同的文明原則，一定是最終的方向。任何一個高貴的民族，都應該是這些共同原則的制訂者、實踐者和維護者。

歐洲的文化良知，包括我特別敬仰的歌德和雨果，也持這種立場。事實早已證明，而且還將不斷證明，很多邪惡行為往往躲在「民族」和「國家」的旗幡後面。我們應該撩開這些旗幡，把那些反人類、反社會、反生命、反秩序、反理智的龐大暗流暴露在光天化日之下，並合力予以戰勝。否則，人類將面臨一系列共同的災難。大家已經看到，今天的絕大多數災難，已經沒有民族和國家的界限。

這是我在歐洲的「最後一課」。

九

在歐洲考察，當然不會像上次考察北非、中東、南亞那樣恐怖，但也不是預想的那樣安全。西班牙北部的分裂主義集團在不斷地製造事件，我們在那裡時天天受到人們緊張的提醒；德國的「新納粹」專挑外國人動手，這又要讓我們一直處於警覺之中；在義大利南部的那不勒斯一帶，我們被告知，即便是在街邊停車吃一頓飯，出來時很可能被卸掉了一半車輪；一個當地人說：「我們這個區，至少有一半人進過監獄」，這可能有點誇張，但追捕黑手黨的淒厲警笛卻確實常在耳畔；歐洲各地都能遇到大量來自世界各地的流浪者，因此偷盜事件的發生如家常便飯……

我們車隊的重大失竊發生在巴黎，車上的幾個大箱子都沒有了。後來經過細緻的回憶，發覺由於我們不熟悉市內交通而臨時僱來的司機有極大的疑點。他很可能是盜竊集團的成員，停車時故意沒有把車門鎖住。

在荷蘭的阿姆斯特丹，我們停在不同停車場的幾輛車，車窗全部砸得粉碎，幾台手提電腦不見了，連我的數碼相機也不翼而飛，包括全部彌足珍貴的考察照片。去警局報案，員警平靜地說，那是吸大麻的人沒錢了才這麼幹的，但這樣的案子天天發生，從來沒有破過。

這一切說明，儘管我一路都在以歐洲文明為座標來尋找中華文明的短處，但歐洲文明自身遇到的麻煩也很多。人類的很多災難是互滲的，我在中東和南亞看到的種種危險，也都在歐洲有明顯的投射。連法國圖盧茲這樣原以為最平靜的城市，我們也遇到了大爆炸。可惜，優秀的歐洲對於世界其他地區的災難已經失去敏感和關切，對於已經來到身邊的危機也缺少應對能力。我寫道：

上幾代東方文化人多數是以歆羡和追慕的眼光來看待歐洲文明的，結果便產生了一種以誤讀為基礎的濫情和淺薄。這種傾向在歐洲本身也有滋長。當歷史不再留有傷痛，時間不再負擔使命，記憶不再承受責任，它或許會進入一種自我失落的精神恍惚。

歐洲的旅途，使我對法蘭西斯．福山在《歷史的終結》一書所闡述的法國哲學家柯傑夫（Alexandre Kojeve）的觀點產生質疑。這種觀點認為，歐洲集中了從基督教文明到法國大革命的多種營養，戰勝了諸多對手，在物質的充裕、個體的自由、體制的民主和社會的安定等各個方面已進入了歷史的終結狀態。今後雖然還會有局部衝突，整體趨向卻是在全球一體化背景下的消費和遊戲。

我覺得，這種觀點，是一種躲藏在自己價值系統裡的閉目塞聽，也是對各地實際存在的危機、積怨、恐怖、暴力的故意省略。歐洲的這種心態也會給自己帶來很大的不安全，因為當一種文明不能正視自己的外部世界，也就一定不能正視自己的歷史，結果只能削弱自己的體質。

面對這種狀況，我們在學習歐洲文明的時候，不能繼續像文化前輩那樣一味抱歉羨和追慕的態度，而應該作一些更深入的總體思考。

中華文明和歐洲文明差別很大，但既然都稱為「文明」，就必須應對所有文明的共同敵人，那就是一切非文明的力量，例如恐怖主義、核競賽、環境污染、自然災害……

這也正是我不贊成杭廷頓教授的地方，他只指出了各個文明之間有可能產生的衝突。事實上，二十一世紀的最根本衝突，產生在文明與非文明之間。守護全人類的整體文明，是迫在眉睫的當代大道。

新人間叢書 ㉑④

行者無疆（十年珍藏版）

作　者—余秋雨
主　編—陳瓊如
特約編輯—鄭順聰
美術設計—張士勇工作室
圖片提供—Hanson Huang（p.12, p.109, p.113, p.133, p.253, p. 337），Piecefive（p.261, p.265）
英國旅遊局（p.209, p.217, p.237），達志影像（p.280, p.313）
執行企畫—黃婷儀

董事長—趙政岷
出版者—時報文化出版企業股份有限公司
一〇八〇一九臺北市和平西路三段二四〇號四樓
發行專線—（〇二）二三〇六—六八四二
讀者服務專線—〇八〇〇—二三一—七〇五．（〇二）二三〇四—七一〇三
讀者服務傳真—（〇二）二三〇四—六八五八
郵撥—一九三四—四七二四時報文化出版公司
信箱—10899臺北華江橋郵局第九九信箱

時報悅讀網—http://www.readingtimes.com.tw
電子郵箱—liter2@readingtimes.com.tw
法律顧問—理律法律事務所 陳長文律師、李念祖律師
印　刷—和楹印刷有限公司
二版一刷—二〇一一年七月一日
二版十刷—二〇二二年十月二十六日
定　價—新台幣四〇〇元

時報文化出版公司成立於一九七五年，
並於一九九九年股票上櫃公開發行，於二〇〇八年脫離中時集團非屬旺中，
以「尊重智慧與創意的文化事業」為信念。

行者無疆：十年珍藏版 / 余秋雨著.
-- 二版. -- 臺北市：時報文化, 2011.07
面； 公分. --（新人間叢書；214）

ISBN 978-957-13-5405-7（平裝）

855　　100011944

ISBN 978-957-13-5405-7
Printed in Taiwan